Tucholsky Wagner Zola Scott Sydow Freud Schlegel
Turgenev Wallace Fonatne
Twain Walther von der Vogelweide Fouqué Friedrich II. von Preußen
Weber Freiligrath Frey
Fechner Fichte Weiße Rose von Fallersleben Kant Ernst Frommel
Hölderlin Richthofen
Engels Fielding Eichendorff Tacitus Dumas
Fehrs Faber Flaubert
Maximilian I. von Habsburg Fock Eliasberg Zweig Ebner Eschenbach
Feuerbach Ewald Eliot Vergil
Goethe Elisabeth von Österreich London
Mendelssohn Balzac Shakespeare Dostojewski Ganghofer
Trackl Lichtenberg Rathenau Doyle Gjellerup
Stevenson Hambruch
Mommsen Tolstoi Lenz Droste-Hülshoff
Thoma Hanrieder
Dach Verne von Arnim Hägele Hauff Humboldt
Reuter Rousseau Hagen Hauptmann Gautier
Karrillon Garschin
Defoe Hebbel Baudelaire
Damaschke Descartes
Hegel Kussmaul Herder
Wolfram von Eschenbach Darwin Dickens Schopenhauer Rilke George
Bronner Melville Grimm Jerome Bebel Proust
Campe Horváth Aristoteles
Bismarck Vigny Barlach Voltaire Federer Herodot
Gengenbach Heine
Storm Casanova Tersteegen Gilm Grillparzer Georgy
Chamberlain Lessing Langbein Gryphius
Brentano Lafontaine
Strachwitz Claudius Schiller Kralik Iffland Sokrates
Katharina II. von Rußland Bellamy Schilling
Gerstäcker Raabe Gibbon Tschechow
Löns Hesse Hoffmann Gogol Wilde Gleim Vulpius
Luther Heym Hofmannsthal Klee Hölty Morgenstern Goedicke
Roth Heyse Klopstock Kleist
Luxemburg Puschkin Homer Mörike
Machiavelli La Roche Horaz Musil
Navarra Aurel Musset Kierkegaard Kraft Kraus
Lamprecht Kind Kirchhoff Hugo Moltke
Nestroy Marie de France
Laotse Ipsen Liebknecht
Nietzsche Nansen Ringelnatz
Marx Lassalle Gorki Klett Leibniz
von Ossietzky May
vom Stein Lawrence Irving
Petalozzi
Platon Knigge
Sachs Pückler Michelangelo Kock Kafka
Poe Liebermann Korolenko
de Sade Praetorius Mistral Zetkin

La maison d'édition tredition, basée à Hambourg, a publié dans la série **TREDITION CLASSICS** des ouvrages anciens de plus de deux millénaires. Ils étaient pour la plupart épuisés ou uniquement disponible chez les bouquinistes.

La série est destinée à préserver la littérature et à promouvoir la culture. Elle contribue ainsi au fait que plusieurs milliers d'œuvres ne tombent plus dans l'oubli.

La figure symbolique de la série **TREDITION CLASSICS**, est Johannes Gutenberg (1400 - 1468), imprimeur et inventeur de caractères métalliques mobiles et de la presse d'impression.

Avec sa série **TREDITION CLASSICS**, tredition à comme but de mettre à disposition des milliers de classiques de la littérature mondiale dans différentes langues et de les diffuser dans le monde entier. Toutes les œuvres de cette série sont chacune disponibles en format de poche et en édition relié. Pour plus d'informations sur cette série unique de livres et sur l'éditeur tredition, visitez notre site: www.tredition.com

tredition a été créé en 2006 par Sandra Latusseck et Soenke Schulz. Basé à Hambourg, en Allemagne, tredition offre des solutions d'édition aux auteurs ainsi qu'aux maisons d'édition, en combinant à la fois édition et distribution du contenu du livre en imprimé et numérique et ce dans le monde entier. tredition est idéalement positionnée pour permettre aux auteurs et maisons d'édition de créer des livres dans leurs propres domaines et sujets sans prendre de risques de fabrication conventionnelles.

Pour plus d'informations nous vous invitons à visiter notre site: www.tredition.com

Une femme d'argent

Hector Malot

Mentions légales

Cette œuvre fait partie de la série TREDITION CLASSICS.

Auteur: Hector Malot
Conception de couverture: toepferschumann, Berlin (Allemagne)

Editeur: tredition GmbH, Hambourg (Allemagne)
ISBN: 978-3-8491-4398-5

www.tredition.com
www.tredition.de

Toutes les œuvres sont du domaine public en fonction du meilleur de nos connaissances et sont donc plus soumis au droit d'auteur.

L'objectif de TREDITIONS CLASSICS est de mettre à nouveau à disposition des milliers d'œuvres de classiques français, allemands et d'autres langues disponible dans un format livre. Les œuvres ont été scannés et digitalisés. Malgré tous les soins apportés, des erreurs ne peuvent pas être complètement excludes. Nos partenaires et nous même, tredition, essayons d'aboutir aux meilleurs résultats. Toutefois, si des fautes subsistent, nous vous prions de nous en excuser. L'orthographe de l'œuvre originale a été reprise sans modification. Il se peut que ce dernier diffère de l'orthographe utilisée aujourd'hui.

UNE FEMME D'ARGENT

PAR HECTOR MALOT

I

Après avoir occupé une des premières places à la tête de la banque parisienne pendant la Restauration et sous le règne de Louis-Philippe, la maison Charlemont avait vu son importance s'amoindrir assez vite lorsque, de la direction de Hyacinthe Charlemont, elle était passée sous celle d'Amédée Charlemont, fils de son fondateur.

C'était toujours la même maison cependant, le même nom, mais ce n'était plus du tout le même homme, et si le fils succédait au père en vertu du droit d'héritage, il ne le remplaçait pas.

Né dans une famille de pauvres gens des Ardennes, Hyacinthe Charlemont était arrivé à Paris avec trois francs en poche pour commencer l'apprentissage de la vie dans une boutique de la rue aux Ours, et c'était de là qu'il était parti pour devenir successivement petit commis dans une maison de banque, caissier, puis directeur de cette maison, régent de la Banque de France, président de la Chambre de commerce de Paris, député, ministre et pair de France. Et partout à sa place, toujours au-dessus de la position qu'il avait conquise à force de travail, de volonté, d'application, d'intelligence, de hardiesse, et aussi, jusqu'à un certain point, par des qualités naturelles qui avaient aidé ses efforts: un caractère facile, une humeur gaie, des manières liantes. Mais ce qui plus que tout encore avait fait sa fortune, ç'avait été la façon dont il avait compris le rôle que les circonstances lui permettaient de remplir: à une époque où le crédit public existait à peine, il avait largement mis ses capitaux, ceux de sa maison aussi bien que les siens propres, au service de ses idées et de son parti; et si son parti ne les lui avait pas toujours rendus, il lui en avait au moins payé les intérêts en renommée, si bien que dix journaux, vingt journaux dont il payait les amendes ou dont il faisait le cautionnement avaient tous les jours célébré ses mérites et chanté sa gloire. «Notre grand financier Charlemont, notre grand citoyen Charlemont», était une phrase qu'on aurait pu clicher dans les imprimeries des journaux libéraux. Comme avec cela ses rivaux ou ses ennemis étaient obligés de rendre justice à la supériorité en même temps qu'à la droiture avec laquelle il traitait les affaires, cette renommée avait été universellement acceptée, et Charlemont était devenu populaire autant pour ses opinions qui étaient celles de la partie la plus remuante du pays, que pour ses richesses dont il faisait réellement un noble usage, secourant toutes les infortunes, soutenant tout ce qui méritait d'être encouragé, même chez ses adversaires, pour le plaisir de bien faire et sans arrière-pensée d'intérêt personnel. Chose rare, le succès ne l'avait point grisé et quand Louis-Philippe, à qui il avait rendu des services de toutes sortes, avait voulu les lui payer économiquement en le faisant baron, il avait refusé: «Je mets mon orgueil dans mon humble origine», avait-il répondu à son roi. En effet, bourgeois il avait été toute sa vie, bourgeois il voulait rester; c'était chez lui affaire de coquetterie et de vanité; le mot «bourgeois» était celui qu'il répétait à tout propos, il ne voyait rien au-dessus ni au delà; ses idées, ses opinions, ses ambitions, son existence avaient été bourgeoises, rien que bourgeoises, et dans son vaste cabinet de travail il avait pour toute oeuvre d'art un grand dessin, splendidement encadré, qui résumait bien ses goûts et ses idées: c'était une copie qu'il avait fait faire par un homme de talent du *Banquet de la garde civique*, ce tableau célèbre du musée d'Amsterdam dans lequel Van der Helst a peint de grandeur nature une trentaine de bourgeois à table, où les différents types du bourgeois sont fidèlement représentés avec toute leur vigueur et aussi toute leur vulgarité: grands, solides, bien nourris, contents de la vie et d'eux-mêmes, au caractère énergique, laborieux, avisé, audacieux et prudent, aventureux et timide, aussi dur à soi-même qu'à autrui. Pour lui c'étaient là des ancêtres dans lesquels il se retrouvait avec un sentiment non avoué qu'il leur était supérieur.

Quand le fils avait remplacé le père à la tête de la maison de banque en ce moment à son apogée, les choses avaient rapidement changé et la prospérité de la maison qui, sous le père, avait été toujours en grandissant, sous le fils avait toujours marché en diminuant.

Le vieux Charlemont avait été un homme de travail, le jeune était un homme de plaisir. Tout enfant, Amédée Charlemont avait eu horreur de tout ce qui pouvait lui donner de la peine, et cette répulsion naturelle n'avait fait que se développer avec les années. Ce n'était point défaut d'intelligence, loin de là, car son esprit était vif et délié, apte à tout comprendre; mais tout effort l'ennuyait, surtout toute application, et laissé maître de soi par un père qui avait autre chose en tête que de le surveiller, il avait pris l'habitude de ne faire que ce qui lui plaisait. Et ce qui lui plaisait, c'était la vie facile, brillante et bruyante. Pourquoi se fût-il donné de la peine ou de l'ennui? Puisque son père avait assez travaillé pour plusieurs générations, lui, son fils, n'avait qu'à marcher gaiement dans les chemins bordés de fleurs qu'il lui avait ouverts et à cueillir, quand l'envie lui en prendrait, les fruits mûrs qui s'offraient à sa main. Sa soeur était duchesse… de l'Empire, il est vrai, lui serait roi du monde où l'on s'amuse; n'était-il pas beau garçon, grand, bien fait, d'allure et de manières distinguées, habile à tous les exercices du corps, assez riche pour ne reculer devant aucune fantaisie, aucune folie? S'il n'avait point conquis cette royauté visée par son ambition de vingt ans, il avait au moins pris place parmi les quelques jeunes hommes qui menaient alors le monde parisien et qui s'efforçaient d'échapper, n'importe comment, à la vie calme et monotone de cette époque bourgeoise.

Avec eux il avait été un des fondateurs du sport, en France, et ses couleurs avaient brillé sur les hippodromes de Chantilly et du Champ-de-Mars, aussi bien que dans les terres labourées de la Croix-de-Berny. Mais les succès du turf ne lui avaient pas suffi, et il en avait obtenu d'autres dans le monde de la galanterie où ses aventures avaient bien des fois soulevé de retentissants tapages.

Cette existence longtemps continuée était une assez mauvaise préparation à la direction d'une maison de l'importance de celle que Hyacinthe Charlemont laissait en mourant à son fils; aussi l'administration de celui-ci avait-elle été déplorable.

Libre de faire ce qu'il voulait, il n'aurait pas hésité à procéder immédiatement à la liquidation de la maison paternelle, mais cette liquidation eût été un désastre dans lequel eût sombré la meilleure part de sa fortune et, bon gré, mal gré, avec un profond dégoût qu'il ne prenait pas la peine de cacher, il avait dû continuer les affaires commencées par son père ou plus justement les laisser aller toutes seules.

Elles allèrent tout d'abord à peu près comme si le chef de la maison avait été encore de ce monde, en état de les diriger de sa main sûre; puis, au bout d'un certain temps, elles s'étaient dévoyées ou ralenties et, malgré la force d'impulsion qui leur avait été imprimée, elles auraient fini par s'arrêter entièrement, si un employé, un simple commis, nommé Fourcy, ne s'était trouvé là à point pour les remettre en chemin et suppléer, par son zèle, son activité, son intelligence, son dévouement, à l'incurie et à l'impuissance du chef de sa maison.

Ce Fourcy, qu'on avait longtemps appelé le petit Jacques parce qu'il était né dans la maison Charlemont et qu'il y avait grandi, était le fils d'un garçon de recettes qui n'avait eu d'autres visées pour son fils que de le voir hériter un jour de sa sacoche et de son portefeuille à chaînette de cuivre. Mais le fils avait eu plus d'ambition que le père. Au lieu de se contenter de l'instruction de l'école primaire que ses parents trouvaient plus que suffisante pour lui, il avait voulu davantage, et prenant sur ses heures de sommeil pour travailler, économisant les sous de son déjeuner pour acheter des livres, partout où il y avait des cours gratuits il les avait suivis: mathématiques, comptabilité, histoire, langues française, anglaise, allemande, tout avait été bon pour sa soif d'apprendre; c'étaient des provisions qu'il emmagasinait dans sa tête sans s'inquiéter de savoir à quoi il les emploierait plus tard, convaincu seulement qu'à un moment donné elles lui serviraient.

Et de fait elles lui avaient si bien servi que celui qui ne devait être que garçon de recettes était devenu le chef de la maison Charlemont, le continuateur du grand Charlemont, le petit Jacques, M. Fourcy;—et M. Fourcy, pour tout le monde, aussi bien pour ses anciens camarades ou ses anciens chefs forcés de subir sa supériorité que pour les personnages les plus importants de la finance et du commerce qui le traitaient en égal.

II

Débarrassé de tout souci d'affaires et ayant pleine confiance dans son fidèle Fourcy, M. Charlemont ne passait guère qu'une heure par jour dans ses bureaux, et encore restait-il quelquefois des séries de jours, même des semaines, sans s'y montrer, occupé qu'il était ailleurs.

L'âge en effet avait glissé sur lui sans modifier en rien ses habitudes, et à soixante ans il était aussi jeune qu'à vingt, à vrai dire même plus jeune, plus brillant encore, plus gai d'humeur, plus fringant d'allure, plus coquet de tenue, plus insouciant de caractère, plus tendre de complexion, plus passionné de tempérament.

La rareté de ses visites faisait qu'elles étaient toujours une sorte de petit événement pour beaucoup de ses employés et que, lorsqu'on entendait son phaéton entrer dans la cour de l'hôtel du faubourg Saint-Honoré au trot rapide des deux chevaux superbes qu'il conduisait lui-même avec autant d'élégance que de correction, plus d'une tête curieuse se levait pour le suivre des yeux et plus d'une réflexion s'engageait, car il y avait toujours quelque histoire à raconter sur son compte à propos de ses chevaux de course qu'il faisait courir avec le plus parfait mépris du public, de façon à dérouter bien souvent le *ring*, ou à le ruiner quelquefois, ou bien à propos de ses maîtresses, ou bien à propos de ses gains et de ses pertes au jeu.

Et pendant ce temps, il montait le bel escalier de pierre qui du rez-de-chaussée conduisait à son cabinet, marchant allègrement, le chapeau légèrement incliné, la tête haute relevée par une large cravate en satin, les épaules effacées, la poitrine bombée, ne s'arrêtant point, ne ralentissant point le pas pour respirer, laissant flotter derrière lui les pans de sa longue redingote serrée à la taille, se balançant légèrement tantôt sur une jambe, tantôt sur l'autre, en faisant résonner les marches de ses bottes vernies prises dans un pantalon à sous-pied; — en tout pour le costume, aussi bien que pour la tenue, la reproduction vivante d'un fashionnable de Gavarni qui aurait vieilli de trente ans, mais bravement, sans artifices, sans cosmétiques, sans bricoles, sans teintures, en homme convaincu qu'un vieillard vaut, un jeune homme, s'il ne vaut pas mieux; ne le savait-il pas bien, ne le lui disait-on pas tous les jours, et des lèvres roses charmantes qu'il ne pouvait pas ne pas croire?

Ce cabinet était celui que son père avait occupé pendant si long-temps et où se trouvait la fameuse copie du Van der Helst, mais bien que rien n'y eût été changé et que l'ameublement fût resté le même, il ne ressemblait guère sous le fils à ce qu'il avait été sous le père; plus d'entassement, plus d'encombrement de pièces, de livres, de plans sur les tables, les fauteuils et le tapis; au contraire un ordre parfait qui dans sa froide nudité faisait paraître immense cette vaste pièce; on sentait que chaque matin le plumeau d'un domestique soigneux pouvait se promener partout sans craindre de rien déranger, puisqu'il n'y avait rien.

Jamais M. Charlemont ne s'asseyait devant son bureau: «C'est l'instrument qui me fait la plus grande peur avec la guillotine», disait-il; mais après avoir tiré un cordon de sonnette, il prenait place devant le feu pendant l'hiver, et en été devant une fenêtre ouverte sur le jardin, dans un fauteuil, tout simplement en visiteur; et au garçon qui répondait vivement à cet appel, il commandait qu'on allât prévenir M. Fourcy qu'il était arrivé.

Celui-ci paraissait aussitôt portant des papiers sur ses bras et suivi d'un commis, son secrétaire, chargé d'autres liasses.

—Bonjour, Jacques, disait M. Charlemont eu lui tendant la main, mais sans se lever, comment vas-tu?

—Très bien, monsieur, je vous remercie, et vous?

—Tu vois.

Et il levait la tête d'un air superbe pour bien se montrer, sachant qu'il n'avait rien à craindre d'un examen en plein jour.

—Assieds-toi donc, disait-il de nouveau.

Et Fourcy s'asseyait, mais non pas dans un fauteuil devant la cheminée ou la fenêtre; pendant qu'ils se serraient la main en échangeant ces quelques mots de politesse affectueuse, le secrétaire avait déposé sur le bureau la charge qu'il portait sur ses bras, et c'était à ce bureau,—celui du vieux, du grand Charlemont,—que

Fourcy prenait place, le monceau de papiers, de livres, de portefeuilles devant lui et à portée de la main.

Alors lentement, méthodiquement, en quelques mots clairs et précis, il expliquait ce qu'il y avait de nouveau.

C'était un curieux contraste que celui qu'offraient alors ces deux hommes.

L'un adossé commodément dans son fauteuil, une jambe jetée par-dessus l'autre, la tête inclinée sur l'épaule, tournant ses pouces en écoutant d'un air indifférent comme s'il s'agissait d'affaires qui ne le touchaient pas, ou en tous cas de peu d'importance.

L'autre, penché sur les papiers qu'il feuilletait d'une main attentive, tout à sa besogne corps et âme, comme si sa fortune personnelle était en jeu et qu'une seconde de distraction dût le compromettre.

Au reste, ces différences dans les attitudes se retrouvaient dans les natures et les caractères des deux personnages.

Au lieu d'être grand, élancé, dégagé comme son patron, Fourcy était de taille moyenne, trapu et carré, ce qu'on appelle un homme solide, rien de brillant ni d'élégant en lui, mais une charpente à supporter le travail si pénible, si dur, si prolongé qu'il fût, et un tempérament à défier toute fatigue, celle du corps et celle de l'esprit; avec cela réservé et jusqu'à un certain point timide dans ses mouvements, comme s'il se défiait de lui-même, de ses manières et de son éducation. Au lieu de parler légèrement, rapidement avec un sourire railleur qui se moquait toujours de quelque chose ou de quelqu'un, il s'exprimait posément, en pesant ses mots, d'un accent convaincu, en homme qui ne parle que pour dire ce qui est utile.

Mais ce qui, plus que tout encore, les rendait si différents l'un de l'autre, c'était la physionomie; tandis que celle de M. Charlemont respirait un parfait contentement de soi-même et une complète indifférence pour tout ce qui ne devait pas s'appliquer immédiatement ou tout au moins dans un temps rapproché à son intérêt ou à son plaisir, sur celle de Fourcy, au contraire, se montraient tous les bons sentiments; lorsqu'on le connaissait et qu'on parlait de lui, on manquait rarement de dire: «C'est un honnête homme»; mais lorsque, sans le connaître, on se trouvait en face de lui, on ne pouvait pas ne pas penser que c'était un brave homme.

Et de fait, il était l'un et l'autre, honnête homme et brave homme.

Sa probité, sa droiture, il les prouvait chaque jour dans les affaires, et c'était parce que M. Charlemont avait eu les oreilles rebattues d'un mot qu'on lui avait répété sur tous les tons: «Je vous envie un honnête homme comme Fourcy», qu'il s'était décidé à faire de son commis le chef de sa maison, pour cela bien plus que pour les autres mérites de ce commis; en effet, il était commode pour sa paresse de mettre à sa place quelqu'un en qui il pouvait avoir pleine confiance et qu'il n'avait pas besoin de surveiller ni de contrôler.

Sa bonté et son dévouement, il les affirmait à chaque instant dans sa famille composée d'une femme qu'il adorait et de deux enfants, un fils et une fille, pour lesquels il était le meilleur des pères, le plus tendre, mais cependant sans mauvaise sensiblerie et sans faiblesse égoïste, pensant toujours à eux avant de penser à sa propre satisfaction paternelle; pour lui, toute la joie en ce monde était dans le bonheur des siens, et il répétait ce mot si souvent que M. Charlemont, qui trouvait dans tout matière à raillerie, l'appelait parfois: «M. le bonheur des siens»; puis il ajoutait en riant: «Sais-tu que si tu avais une histoire, mon brave Jacques, cela lui ferait un titre excellent: «Le bonheur des siens»; cela vous a quelque chose de vague et de mystérieux qui plaît à l'imagination; il est vrai qu'il y aurait peut-être des gens qui diraient: «Le bonheur des chiens»; mais ceux-là seraient d'infâmes blagueurs qui ne respectent rien.»

D'histoire, Fourcy en avait une cependant: celle de son mariage.

Cette femme qu'il adorait après vingt ans de ménage exactement comme s'il était encore en pleine lune de miel (et de fait pour lui il y était toujours), — cette femme, d'une beauté et d'une intelligence remarquables, était sa cousine. A dix ans elle s'était trouvée orpheline de père et de mère sans autres parents que son oncle le père Fourcy, le garçon de recettes de la maison Charlemont, et son cousin Jacques Fourcy, qui, sans que rien en lui pût faire prévoir ce qu'il deviendrait plus tard, était déjà mieux qu'un simple garçon de recettes. Le père Fourcy qui n'était pas tendre, n'avait aucune envie de se charger de l'orpheline, mais Jacques n'avait pas voulut abandonner la petite Geneviève et il l'avait placée à ses frais dans une petite pension des environs de Paris, à Gonesse, où les prix étaient modérés et en rapport avec l'exiguïté de ses ressources. C'était par bonté, par devoir, qu'il s'était imposé cette charge, car alors il la connaissait à peine, n'ayant jamais eu de relations avec les parents de la petite, qui étaient d'assez mauvaises gens. Mais il avait été la voir quelquefois à son pensionnat, dans le commencement, toujours par devoir, pour qu'elle ne fût par trop malheureuse de son isolement, et peu à peu il s'était attaché à elle à mesure qu'elle avait grandi, qu'elle avait embelli et qu'il l'avait mieux connue, si bien que ses visites, plus fréquentes, n'avaient plus été inspirées par le simple devoir; mais par le plaisir, puis enfin par l'amour, et que, quand elle avait eu seize ans, il lui avait demandé si elle voulait devenir sa femme: il avait, lui trente-six ans, mais il venait d'être nommé caissier en chef de la maison Charlemont. Elle avait accepté.

III

Il y avait près d'un mois que M. Charlemont n'était venu à sa maison de banque, lorsqu'un matin on le vit descendre de son phaéton et tous les yeux qui pouvaient l'apercevoir se tournèrent d'un même mouvement vers la cour.

Il arrivait d'Angleterre, où il avait été pour voir courir ses chevaux, disaient les uns, pour accompagner sa maîtresse la comédienne Céline Faravel, qui donnait des représentations à Londres, disaient les autres.

Aussi s'éleva-t-il une rumeur dans les bureaux lorsque courut ce mot, répété de bouche en bouche: «Voilà le patron»; et plus d'un curieux se mit-il à la fenêtre.

—Voyons donc s'il est changé.

—Et pourquoi voulez-vous qu'il soit changé?

—Dame, un mois de Céline Faravel!

—Eh bien, après?

—A son âge.

—Il est plus jeune que vous qui avez trente ans; et puis ce n'est pas pour Céline Faravel qu'il a été à Londres, c'est pour ses chevaux.

—Mettons que c'est pour ses chevaux et pour sa maîtresse.

—Pour ses chevaux seulement, et il a joliment tiré profit de son voyage, il a vendu une part de son écurie de course à Naïma-Effendi pour cinq cent mille francs et il en garde la direction; si le Turc gagne quelque chose, je connais quelqu'un qui sera bien étonné.

—Pas maladroit, le patron, quand il veut s'en donner la peine.

—Le malheur est qu'il ne se donne de la peine que pour ce qui n'en vaut pas la peine; ah! s'il voulait employer son habileté au profit de la maison!

—Enfin, le trouvez-vous changé?

— Pas du tout; aussi vert, aussi fringant, aussi vainqueur que toujours, il ne changera jamais.

Pendant ce temps, il avait monté l'escalier et, arrivé dans son cabinet, il avait tiré un cordon de sonnette, puis, quand il avait été installé dans un fauteuil en face de la fenêtre ouverte, il avait jeté sa jambe droite par dessus sa jambe gauche, et au domestique qui s'était empressé d'accourir, il avait adressé sa phrase habituelle:

— Prévenez M. Fourcy que je suis arrivé.

Pourcy s'était présenté presque aussitôt, suivi de son secrétaire chargé de papiers et M. Charlemont lui avait dit, comme d'ordinaire, sans se lever et en lui tendant la main:

— Bonjour, Jacques, comment vas-tu?

— C'est à vous, monsieur, qu'il faut adresser cette demande.

— Bien, très bien, comme tu vois; quoi de nouveau?

— Mes lettres, dit Fourcy, en s'asseyant au bureau, ont dû vous tenir au courant.

— Elles ont dû, cela est vrai, seulement je t'avoue que je n'ai pas eu le temps de les lire toutes; j'ai été entraîné dans un tourbillon; c'était la fin de la saison, à peine ai-je trouvé le temps de faire ma toilette; sais-tu qu'à Londres, dans ce pays de la suie, il faut, pour être à peu près propre, changer de chemise trois ou quatre fois par jour; alors, tu comprends, n'est-ce pas?

Fourcy comprit d'autant mieux qu'il était habitué à ces façons de son chef, l'homme de Paris assurément qui avait la plus vive répugnance pour la lecture manuscrite aussi bien qu'imprimée, et, tout de suite, sans perdre son temps en plaintes ou en remontrances vaines, il se mit à exposer, pièces en mains, ce qu'il avait déjà raconté par ses lettres, c'est-à-dire ce qui s'était passé pendant l'absence de M. Charlemont.

Tout d'abord celui-ci écouta assez attentivement, décidant d'un mot les cas qui étaient soumis à son appréciation et qui exigeaient une solution; mais bientôt il donna des signes manifestes de fatigue et d'ennui; il s'agita sur son fauteuil, se pencha en avant, se rejeta en arrière, alluma un cigare, le lança dans le jardin après quelques bouffées; enfin, n'y tenant plus, il interrompit Fourcy:

—Assez d'affaires pour aujourd'hui, dit-il, autre chose si tu veux bien.

—Mais...

—Autre chose que tu me pardonneras en ta qualité de père de famille, de bon père: donne-moi des nouvelles de Robert; rentré de cette nuit, je l'ai fait appeler ce matin, mais monsieur mon fils n'a pas couché chez lui; comment va-t-il?

—Très bien et les nouvelles que je vous donne sont toutes fraîches, de ce matin même, car il a couché chez moi à Nogent; rassurez-vous donc.

—Ce n'était pas de savoir où mon fils avait couché que j'étais préoccupé, mon brave Jacques, je ne suis pas un père bien sévère, d'ailleurs Robert a dix-neuf ans, et il est assez grand garçon pour coucher où bon lui semble; ces exigences sont bonnes pour un père tel que toi et non pour un père tel que moi, car si j'adressais cette question à mon fils: «Où as-tu couché?» il pourrait très bien me répondre: «Et toi?» ce qui serait quelquefois gênant.

—Il ne se permettrait pas une pareille question.

—Heu, heu; enfin je voulais tout simplement savoir comment il allait, car pendant cette absence, il ne m'a pas accablé de ses lettres.... Il est vrai que de mon côté je ne l'ai pas non plus accablé des miennes; pour tout dire, il me semble qu'il ne m'a pas écrit.

—Dites que vous n'avez pas reçu ses lettres.

—C'est possible; enfin, tu l'as vu pendant cette absence?

—Très souvent, surtout en ces derniers temps, car je vous avoue que j'ai cherché à l'attirer à Nogent, et, grâce à sa camaraderie avec Lucien, j'ai réussi; depuis huit jours, il est à la maison et, comme j'ai donné un congé de quinze jours à Lucien, ils restent tous les deux à se promener aux environs, à pêcher, à faire du canotage.

—Je suis enchanté de cela, Robert a tout à gagner avec Lucien, car ton fils est un brave garçon, il est digne de toi.

La figure de Fourcy s'épanouit, non pour le compliment qui lui était adressé, mais pour celui qui était fait à son fils, dont il était fier; mais ce sourire de bonheur et d'orgueil paternel ne fut qu'un éclair, son front se contracta et son regard s'obscurcit; évidemment il était sous le coup d'une préoccupation pénible.

—Je dois vous expliquer, dit-il, pourquoi j'ai tenu si vivement à attirer Robert dans mon intérieur et à l'y retenir.

—N'est-ce pas tout naturel? ton fils et le mien ont fait leurs classes ensemble, ils sont camarades.

—Cette raison ne m'eût pas déterminé si je n'en avais pas eu d'autres d'un ordre plus élevé, car, par sa position, son nom, sa fortune, Robert doit vivre dans un autre monde que le nôtre.

—Quelles raisons? Tu m'inquiètes, parle.

Mais, avant de parler, Fourcy chercha un dossier, et, l'ayant trouvé, il prit une feuille de papier dont un des côtés était occupé par une colonne de chiffres et il la présenta à M. Charlemont:

—Voici le relevé des sommes qui ont été payées depuis trois mois pour le compte de Robert; vous voyez le total.

—Bigre!

—Ce n'est pas seulement le total qui est grave, c'est aussi le détail des sommes payées: Haupois-Daguillon, orfèvre, 5,400 francs; Damain, joaillier, 17,000 francs, et les autres, que vous pouvez voir en suivant; évidemment ce ne sont pas là des dépenses excusables ou tout au moins justifiables chez un jeune nomme de dix-neuf ans.

—D'autant mieux qu'on ne lui connaît pas de maîtresse en titre.

—J'ai dû croire cependant qu'il en avait une, car il n'est pas probable qu'il achète des bijoux pour lui-même, et il n'est pas probable non plus que ce soit pour ses dépenses personnelles qu'il ait eu recours aux usuriers et particulièrement à Carbans qui a ruiné tant de jeunes gens: Carbans a d'autant plus facilement prêté qu'il sait que dans deux ans Robert sera mis en possession de son héritage maternel.

—Et que doit-il à Carbans?

—Je n'en sais rien, mais le certain, c'est qu'il est entre les mains de ce coquin; ce sera à voir au moment de le tirer de là; pour le présent, en vous attendant, j'ai fait le possible pour l'arracher à la vie de Paris et l'attirer à Nogent.

—Et tu dis qu'il est resté chez toi?

—Depuis huit jours.

—Sans venir à Paris?

—Sans venir à Paris.

—Voilà vraiment qui ne s'explique que si sa maîtresse est elle-même absente de Paris en ce moment; car il est évident que c'est cette maîtresse qui lui fait faire ces dépenses et ces dettes. Maintenant, quelle est cette femme, voilà l'inquiétant. Il est certain que si c'était une femme en vue, une femme de théâtre ou une cocotte, on connaîtrait leur liaison: une de ces femmes n'a pas Robert Charlemont, unique héritier de la maison Charlemont, pour amant, même en second ou en troisième, sans que cela se sache. S'il en était ainsi, il n'y aurait pas à s'en tourmenter, même quand elle l'entraînerait à quelque folie, c'est-à-dire à de grosses dépenses; on guérit de cette folie-là ou tout au moins on en change, ce qui est un genre de guérison. Non, ce qui m'inquiète, c'est de penser que la femme que nous cherchons est une femme du monde, ce qu'on appelle une honnête femme. Et ce compte d'argent dépensé par Robert, montre comment elle entend et pratique l'honnêteté.

—C'est impossible.

—Impossible à admettre pour toi, mais non pas impossible dans la réalité; ce genre de femme se rencontre, je ne dis point à chaque pas, mais encore très souvent, crois-en l'expérience d'un homme qui connaît le monde et la vie; c'est là la femme que je crains, car, avec une nature comme Robert, elle peut exercer une influence désastreuse. Il ne faut pas s'y tromper, Robert est une nature féminine, capable de grandes choses ou de très vilaines choses, selon qu'il sera poussé dans un sens ou dans un autre. Par certains côtés, il tient de sa mère; mais sa mère a été la meilleure des femmes, la plus tendre et la plus digne; tandis que je ne sais pas ce qu'il sera; il y a en lui des coins sombres et mystérieux qui ne m'ont jamais rien dit de bon. Ah! si j'avais pu m'occuper de son enfance! Mais était-ce possible avec ma vie? Si j'avais pu surveiller sa jeunesse! En tous cas, il faut, pour le moment, que nous cherchions quelle est cette femme, sa maîtresse, et que nous ne le laissions pas aller plus loin dans la voie où elle l'a amené et où elle le pousse. Tu m'aideras.

Ce n'était point l'habitude de M. Charlemont de parler si longuement et sur ce ton; il fallait vraiment que ce que Fourcy lui avait dit et le compte qu'il lui avait montré l'eût ému plus profondément qu'il ne se laissait ordinairement toucher.

Mais il ne resta pas sous cette impression, car il avait horreur de ce qui le troublait ou l'affectait péniblement, et il cherchait toujours à s'en débarrasser aussi vite que possible.

—Et chez toi comment vont les choses? dit-il en homme qui veut changer le sujet de l'entretien; tu es toujours content de Lucien et de Marcelle?

—Aussi content que peut l'être le père le plus exigeant. Pour le travail et pour tout, Lucien m'a satisfait pleinement; depuis un an bientôt qu'il est dans cette maison, on n'a pas eu un reproche à lui adresser; et je ne l'ai pas traité avec l'indulgence d'un père faible, croyez-le-bien.

—Tu vois donc que j'ai eu bien raison de combattre ton idée d'École polytechnique.

—Ce n'était pas mon idée, c'était celle de Lucien, et c'était parce que je voyais en lui une sorte de vocation pour la science que j'avais scrupule de la contrarier.

—La vocation de ne rien faire, je comprends cela, mais la vocation du travail, du travail ingrat, du travail pour le travail lui-même, c'est trop naïf; où l'Ecole polytechnique aurait-elle conduit Lucien? à mourir de faim dans quelque fonction honorable. Je le veux bien, mais misérable; heureusement que madame Fourcy, qui est un esprit pratique, a compris cela et tandis que je te faisais de l'opposition de mon côté, elle t'en faisait du sien, de sorte que nous l'avons emporté; voilà Lucien dans la maison: il y fera son chemin comme tu y as fait le tien, et il sera pour Robert ce que tu as été pour moi: nous y trouverons tous notre compte. Lucien ne se plaint pas?

—Certes non.

—Voilà ce que c'est que la vocation; à douze ans, on a la vocation de la marine pour Robinson; à quinze ans on a celle de l'École polytechnique pour le manteau et l'épée; mais à vingt, un peu plus tôt, un peu plus tard, on commence à comprendre qu'il n'y a qu'une chose dans la vie: gagner de l'argent, et que la plus belle profession est celle qui nous en fait gagner davantage et le plus vite possible.

—Ce n'est pas à ce point de vue que Lucien se place.

—Je pense bien, mais il est en bon chemin, il y arrivera; je suis tranquille pour lui; et Marcelle? son mariage?

—Les choses en sont toujours au même point.

—C'est étrange; comment votre marquis italien ne met-il pas plus d'empressement à épouser une belle fille telle que la tienne?

—Rien ne presse, Marcelle n'a que dix-huit ans, et sa mère aussi bien que moi nous désirons ne pas la marier trop jeune; pour mon compte, j'aurais voulu ne pas la marier avant qu'elle eût atteint la vingtième année; c'était une date que je m'étais fixée, non par égoïsme paternel, non pour l'avoir plus longtemps à moi, bien que je l'aime tendrement, vous le savez, et que la pensée d'une séparation me soit cruelle, mais pour elle, dans son intérêt; aussi ai-je vu avec chagrin le marquis Collio la rechercher, en même temps que j'ai vu avec regret Marcelle se montrer sensible aux attentions du marquis. Maintenant le marquis ne parle pas de mariage et ne m'adresse point une demande formelle, c'est tant mieux; ma femme et moi nous sommes heureux de gagner du temps; nous ne voyons aucun inconvénient à ce que le marquis fasse longuement sa cour; nous apprenons ainsi à le mieux connaître; c'est un charmant garçon; chevaleresque, plein de délicatesse, aussi noble par les sentiments et le caractère que par la naissance.

—Riche?

—En biens fonds, oui, je le crois, mais ses biens sont grevés de dettes, c'est cette situation embarrassée qui lui a été léguée par sa famille, mais qu'il n'a pas faite, qui l'a décidé à embrasser la carrière militaire.

—Capitaine et attaché militaire à l'ambassade d'Italie, ce n'est peut-être pas un moyen pratique de payer ces dettes.

—En ce moment non, mais plus tard; et puis en tous cas cela vaut mieux que de traîner une vie inoccupée dans un château du Milanais; on lui reconnaît un bel avenir.

—Enfin il vous plaît.

— Il plaît beaucoup à ma femme, et il ne déplaît point à Marcelle; pour moi, j'avoue que j'aimerais mieux pour gendre un Français qui ne serait pas soldat, mais je ne contrarierai pas le goût de ma fille, si je vois qu'elle doit être malheureuse en ne devenant pas la femme d'Evangelista.

— Ah! il se nomme Evangelista?

— Evangelista *marchese* Collio; il est le dernier représentant d'une grande famille du Milanais; mais vous pensez bien que ce n'est pas là ce qui me touche, je n'ai pas d'ambition nobiliaire; je ne veux que le bonheur de ma fille.

— Le bonheur des siens, parbleu!

— Mon Dieu oui, est-il rien de plus doux que de rendre heureux ceux qu'on aime? A ce propos, je dois vous prévenir que je ne viendrai pas demain à Paris, de façon à ce que nous nous entendions aujourd'hui sur les recommandations que vous pouvez avoir à me faire.

— Moi des recommandations à te faire, mon cher Fourcy, vraiment ce serait bien drôle.

— C'est l'anniversaire de notre mariage, et pour nous c'est la grande fête de la famille; nous célébrerons demain cette fête après vingt ans de mariage, avec autant de joie que nous l'avons célébrée après notre première année, et même avec un bonheur plus complet encore, puisque nos enfants s'associeront à nous.

— Sais-tu que tu es un homme unique au monde, mon brave Jacques; ce que je n'ai jamais rencontré: pleinement heureux et digne de son bonheur; je t'admire encore plus que je ne t'envie; j'admire ton existence entre une femme que tu aimes comme si tu avais vingt ans et des enfants qui sont aussi bons que charmants; j'admire la sagesse de ta vie et la modération de ton caractère; et cela je peux dire que je l'envie autant que je l'admire.

Puis tout à coup, changeant de ton, comme s'il obéissait à une pensée qui venait de se présenter à son esprit;

— Et en quoi consiste cette fête d'anniversaire? demanda-t-il.

— Le matin un landau viendra nous prendre à Nogent et nous conduira au restaurant Gillet, à l'entrée du bois de Boulogne; c'est là que s'est fait notre dîner de noces quand je n'étais encore que caissier, et nous allons y déjeuner une fois tous les ans, ma femme, nos deux enfants et moi ce jour même de notre anniversaire; c'est par là que commence notre fête, puis ensuite nous faisons une promenade en voiture dans le bois et autour du lac comme nous en avons fait une le jour de notre mariage, nous passons aux endroits où nous avons passé; c'est un pèlerinage. «Te souviens-tu?» et nous remontons de vingt ans en arrière.

—Si on pouvait y rester.

—Nous n'y tenons pas; notre présent est aussi heureux que l'a été notre passé et pour moi ma femme a toujours les seize ans qu'elle avait à l'époque de notre mariage. Notre promenade faite, nous rentrons grand train à la maison pour recevoir nos amis qui viennent nous apporter leurs compliments et dîner avec nous.

—Alors, la table est complète?

—Avec toutes ses rallonges, oui, cependant nous n'avons que nos amis intimes auxquels se joindront cette année votre fils puisqu'il est notre hôte, et aussi le marquis Collio.

—De sorte que si je te demandais une place à cette table, il serait impossible de me la trouver.

—Vous, monsieur Amédée!

—Et pourquoi pas?

Fourcy était manifestement sous le coup d'une profonde émotion, d'un trouble de joie; il attendit quelques secondes avant de répondre:

—Parce qu'il est des faveurs qu'on désire vivement, dit-il enfin d'une voix vibrante, mais que précisément pour cela on n'ose pas solliciter.

—Laisse-moi te dire, mon bon Jacques, que tu me traites beaucoup trop cérémonieusement. Pourquoi ne m'as-tu jamais invité chez toi? Tu vas me répondre: «Pourquoi n'êtes-vous jamais venu?» Et tu auras raison, au moins jusqu'à un certain point. Mais comment veux-tu que dans le tourbillon qui m'emporte j'aie le temps de faire ce que je désire? Je vais où la fantaisie de l'heure présente m'entraîne et jamais où j'avais décidé la veille d'aller. Voilà comment jusqu'à présent je n'ai jamais pu te faire ma visite à Nogent. Maintenant qu'une bonne occasion se présente, je la saisis au passage, et si tu veux de moi, demain je serai ton convive, avec tes autres amis.

Fourcy se leva vivement et venant à M. Charlemont, il lui prit les deux mains qu'il serra avec effusion.

—Ne suis-je pas ton plus vieil ami, dit M. Charlemont, et ne devrais-tu pas agir avec moi sans cette réserve et cette discrétion que tu apportes dans nos relations, comme si tu étais encore le petit Jacques; ne sommes-nous pas associés?

Puis, s'arrêtant sur ce mot, mais pour reprendre aussitôt:

—Puisque ce mot est prononcé entre nous, je te préviens que mon intention est que désormais il soit une réalité; si cette maison a repris un peu de son ancienne prospérité, c'est à toi qu'elle le doit, car entre mes mains elle aurait fini par s'effondrer. Il est juste que celui qui l'a relevée et qui la soutient participe aux bénéfices qu'elle donne. A partir du 1er janvier prochain tu auras donc une part dans les bénéfices qu'elle produit, et cela dans une proportion que nous discuterons et que nous arrêterons ensemble. Pour aujourd'hui je n'ai voulu que poser le principe.

L'émotion de Fourcy était si vive qu'elle l'empêcha de trouver des paroles pour traduire ce qui se passait en lui: l'associé de la maison Charlemont, lui le petit Jacques, le fils du garçon de bureau!

M. Charlemont s'était levé et au moment où Fourcy allait enfin pouvoir exprimer ses sentiments de reconnaissance et de joie il lui coupa la parole:

—A demain, dit-il.

—Mais, monsieur, vous me laisserez bien…

—Rien, dit-il, à demain, je suis pressé.

Et il partit sans rien vouloir entendre, marchant gaillardement en chantonnant.

IV

C'était après la guerre que Fourcy avait acheté sa maison de Nogent.

En se promenant un dimanche avec sa femme et ses deux jeunes enfants, pour visiter les positions occupées par les armées et se rendre compte par les yeux des combats dont ils avaient lu ou entendu les récits, ils étaient entrés dans une propriété où l'on avait établi une batterie.

C'était dans la grande rue: au milieu des maisons, ils avaient trouvé une allée ouverte entre deux murs garnis de lierre du haut en bas, et en la suivant, ils étaient arrivés sur une pelouse qui s'étalait entre des communs et une grande maison de belle apparence, sans trop savoir où ils allaient, et surtout sans se douter de la vue qu'ils allaient rencontrer là: à leurs pieds, ils avaient la Marne, dont le cours, gracieusement arrondi, était dessiné par une double ligne d'arbres, qui, çà et là, au caprice des branches et du feuillage, ouvrait des perspectives changeantes sur les eaux miroitantes de la rivière: à leur gauche le viaduc du chemin de fer passant à travers les cimes des peupliers; à leur droite, le village de Joinville se profilant nettement sur le ciel: enfin en face d'eux, au delà des prairies, les coteaux qui montent doucement pour aller finir d'un côté à Noisy et de l'autre à Chennevières, se perdant dans des profondeurs vaporeuses.

On était au printemps et il faisait une de ces journées de bonne chaleur et de lumière gaie où l'on se sent heureux de vivre; après être restés enfermés pendant huit mois privés d'air et de verdure, cette sortie dans la campagne avec un horizon où les yeux s'enfonçaient librement, était une griserie pour eux.

Tandis que le mari et la femme, assis sur un arbre abattu dans les herbes, regardaient le panorama qui se déroulait devant leurs yeux, les enfants jouaient dans le jardin à escalader à quatre pattes les épaulements de la batterie ou à courir à travers les gazons coupés d'ornières, creusées par les caissons et les prolonges.

Élevée au milieu d'une pelouse à l'un des angles de la maison, celui-là même d'où la vue s'étendait librement sur les coteaux opposés, cette batterie avait naturellement attiré les obus prussiens, dont quelques-uns avaient atteint la pauvre maison, éventrant la toiture et déchirant sa façade.

Comme il n'y avait rien à prendre dans cette maison abandonnée et pillée plusieurs fois, elle était ouverte à tous venants sans qu'il y eût là un jardinier ou un concierge pour la garder; cependant elle était à l'intérieur moins dévastée que bien d'autres, et cela précisément parce qu'elle avait été exposée au bombardement, les obus allemands lui ayant été plus cléments que ne l'eussent été les francs tireurs ou les mobiles s'ils l'avaient occupée. Ainsi, les portes, les lambris, les parquets n'étaient point brûlés, les marbres des cheminées n'étaient point tailladés à coups de sabre, les glaces n'étaient point percées de trous de balles et les pièces où n'avaient point pénétré les éclats d'obus étaient à peu près intactes.

Justement ces lambris et ces cheminées étaient fort jolis, car la maison datait de la fin du dix-huitième siècle, et tout ce qui était décoration avait été traité dans le goût de l'époque; il y avait là des chambranles, des moulures, des dessus de porte en marbre et en bois qui étaient des oeuvres d'art charmantes.

La visite de M. et madame Fourcy avait été longue, non pas que Fourcy prêtât grande attention à ces sculptures, — il ne connaissait rien aux oeuvres d'art; non pas que madame Fourcy se donnât la peine de les admirer — elle ne s'intéressait ordinairement qu'aux choses qui lui appartenaient ou dont elle pouvait tirer parti, mais parce que la maison était vaste, distribuée en pièces nombreuses avec de petits cabinets, des coins et des recoins, et aussi parce qu'ils éprouvaient un certain plaisir, dont ils ne se rendaient pas bien compte, à se promener dans ces appartements sonores où retentissait le bruit de leurs pas et de leurs voix.

Enfin, ils étaient sortis; alors l'idée leur était venue de parcourir les jardins dont ils n'avaient vu que l'ensemble; ils étaient assez étendus, ces jardins, et divisés en deux parties: l'une, la plus voisine de la maison, dessinée en pelouse et en bosquets, avec des allées de vieux arbres; l'autre, inclinée vers la rivière, partagée en carrés réguliers et en plates-bandes de potager avec des arbres fruitiers en ce moment blancs de fleurs.

Lorsqu'ils étaient arrivés à l'extrémité de ce potager ils avaient trouvé une vieille femme à genoux dans un carré et coupant avec une faucille un gros paquet d'herbes, et cela non pour nettoyer ce jardin abandonné, mais pour en nourrir sa vache.

—C'est-y que vous voudriez acheter la propriété? avait demandé la vieille en les regardant curieusement.

—Elle est donc à vendre?

—Elle y est et elle n'y est pas; c'est-à-dire que la propriétaire voudrait bien la garder, mais elle n'aura jamais les moyens de la remettre en état; pour lors il faudra bien qu'elle la vende.

Ils n'avaient pas continué la conversation et quittant le village ils étaient descendus au bord de la rivière qu'ils avaient longée; Fourcy ne parlant pas et paraîssant réfléchir.

Tout à coup il s'était arrêté et se tournant vers sa femme:

—Si nous l'achetions.

—Acheter quoi?

—La maison.

Et montrant la façade qu'on apercevait à travers les branches:

—Regarde donc comme elle a bon air et dans quelle admirable situation elle se trouve.

—Acheter une maison à Nogent, quelle idée!

—Et pourquoi acheter une maison à Nogent est-il une plus mauvaise idée qu'en acheter une à Saint-Cloud?

—Parce que Saint-Cloud est autrement habité.

Il n'avait point répliqué, mais le lendemain soir au dîner il avait raconté qu'il était revenu à Nogent et que décidément la maison lui plaisait tout à fait; elle était à vendre et en pourrait l'avoir pour un bon prix: sans doute, il y aurait des réparations, mais elles ne seraient pas ce qu'on pouvait croire après un premier examen; il avait amené avec lui un architecte qui lui avait donné un devis approximatif; enfin, toutes les raisons justificatives qu'on trouve aisément et qui abondent lorsqu'on est sous le coup d'un violent désir.

—Si tu voulais la revoir, tu me ferais plaisir.

—Alors, je la verrai demain.

Le lendemain, en effet; elle l'avait visitée de nouveau, mais cette fois dans des dispositions autres que la première; par le fait que ces marbres et ces boiseries pour lesquels elle n'avait eu qu'un coup d'oeil indifférent, pouvaient lui appartenir, ils avaient pris le mardi une importance qu'ils n'avaient pas eue le dimanche et elle leur avait trouvé des mérites qu'elle n'avait pas tout d'abord aperçus; le point de vue aussi lui avait révélé des beautés qui lui avaient échappé, et Nogent n'avait plus été trop inférieur à Saint-Cloud.

Évidemment on pouvait tirer parti de cette vaste maison construite à une époque où le prix des matériaux et de la main-d'oeuvre permettait des développements que de nos jours des millionnaires seuls peuvent se payer: elle avait grand air.

En rentrant le soir et en retrouvant son mari qui l'attendait impatiemment, madame Fourcy n'avait rien dit de cette dernière considération, mais elle avait reconnu que les objections qui s'étaient présentées le dimanche contre cette maison de Nogent n'existaient plus: pour les enfants il était bien certain qu'elle avait des avantages.

—Et pour nous n'en a-t-elle pas? crois-tu que ce n'est pas pour moi un vif, un très vif chagrin de n'avoir pas encore pu t'offrir une maison de campagne digne de toi: sans doute depuis quelques années déjà nous aurions pu acheter quelque maisonnette, mais je ne veux pas que tu demeures dans une maisonnette, où tu serais à l'étroit et qui ne serait pas un cadre convenable pour ta beauté; celle de Nogent est ce qu'il te faut; je te vois venir au devant de moi sous l'allée de tilleuls quand je rentrerai, et je te vois aussi avec ton ombrelle, assise comme une châtelaine sur la terrasse en face de la Marne; tu seras là à ta place; tu sais bien que si j'ai jamais souhaité la fortune, ça été pour toi, pour le faire une niche qui ne soit pas indigne de ma divinité.

—Bon Jacques!

—Est-ce qu'il y a une plus grande joie au monde que de travailler pour sa femme et ses enfants? Voilà une satisfaction dont les riches sont privés.

—Ils en ont d'autres.

—Sans doute, mais ils n'ont pas celle-là qui vaut bien les autres.

—Enfin comment la payer cette maison; as-tu l'argent?

—Je l'aurai.

—Tu l'aurais bien mieux si, au lieu de travailler exclusivement pour ta banque, tu avais voulu comme je te l'ai demandé cent fois travailler un peu pour toi.

—Je n'étais pas mon maître, je me devais à celui qui m'employait.

—Tu m'as dit cela vingt fois.

—Il faut bien que je te le dise encore puisque tu y reviens.

—Je n'y reviens que parce que tu vas te trouver en présence d'embarras qui ne te gêneraient pas à cette heure si tu avais voulu.

—Si j'avais pu; en faisant des affaires pour mon compte, j'aurais mal fait celles de la banque Charlemont.

—Ne discutons pas cela; dis-moi seulement comment tu espères payer cette maison.

—Si elle n'est pas vendue plus de cent mille francs, comme j'ai tout lieu de l'espérer, cela me sera facile, et même je pourrai faire faire les réparations sans lésiner; seulement nous serons pris de court pour l'ameublement; mais en nous tenant dans une sage réserve, surtout en allant lentement, nous arriverons, nous serons à la campagne, non à Paris; il y a de si jolies choses à bon marché.

—Donne-moi le soin de l'ameublement, laisse-moi faire comme je voudrai, et, de mon côté, je te laisse toute liberté pour l'acquisition et les réparations: livre-moi la maison, je la meublerai sans beaucoup dépenser.

—Comment?

—Tu verras cela: le beau ne se trouve pas réuni au bon marché dans le neuf; pour l'avoir, il faut attendre des occasions, laisse-moi les chercher.

V

Elle les avait cherchées ces occasions. Elle les avait trouvées.

A partir du jour où l'achat de la maison de Nogent avait été réalisé et où les réparations avaient commencé, madame Fourcy n'avait plus été chez elle.

Où était-elle du matin au soir?

A chercher les occasions qui devaient lui permettre de meubler sa maison de campagne avec goût et aussi avec économie.

Il n'est pas difficile au riche de trouver de belles choses; dix magasins les lui offrent avant qu'il ait parlé: il n'a qu'à choisir et à payer; et encore paye-t-il plus souvent qu'il ne choisit.

Mais quand l'argent ne répond ni aux suggestions du désir ou de la fantaisie, ni aux exigences du goût ou aux besoins du moment, c'est une tout autre affaire.

Il faut chercher.

Il faut remplacer l'argent par le flair et la peine.

Fourcy n'avait donc pas été surpris des fréquentes absences de sa femme; elle était en quête de quelque curiosité, elle travaillait pour les siens comme il travaillait lui-même, cela était tout naturel à ses yeux.

Il est vrai que, comme il n'avait jamais eu le goût de la curiosité ni du bibelot, il aurait mieux aimé qu'au lieu de se donner tant de peine elle se contentât de choses simples et ordinaires qu'on aurait trouvées ou commandées chez les marchands: en meubles chez les ébénistes du faubourg Saint-Antoine, en étoffes dans les magasins de nouveautés; mais il ne lui avait jamais fait d'observations à ce sujet; elle lui avait cédé en consentant à habiter Nogent; n'était-il pas juste qu'il cédât maintenant aux désirs qu'elle pouvait avoir. D'ailleurs pourquoi l'eût-il contrariée, alors surtout que cette question d'ameublement était pour lui de si peu d'importance? La maison, sa vue, sa situation, oui cela le touchait et beaucoup, mais un meuble, une étoile, cela lui était tout à fait indifférent, le plus souvent même il ne remarquait pas les nouvelles acquisitions de sa femme.

Ce qui eût provoqué son attention, c'eût été le prix de ces acquisitions s'il avait été excessif, mais au contraire il avait toujours été d'une extrême modération et tel qu'on ne pouvait être qu'émerveillé de la chance avec laquelle elle avait ces bonnes occasions, et de l'habileté avec laquelle elle en avait profité; mais quoi d'étonnant à cela, ne réussissait-elle pas tout ce qu'elle entreprenait?

Elle avait si bien réussi cette affaire de l'ameublement de leur maison de Nogent, qu'en moins de deux ans cette maison était devenue une sorte de musée de choses curieuses et même précieuses.

Ainsi, dans l'entrée on trouvait une suite de tapisseries flamandes du dix-septième siècle à personnages mythologiques, encadrées de bordures à médaillons représentant des oiseaux, admirables de conservation, — des vases en porcelaine de Chine, de Saxe et de Sèvres; — des tables-consoles avec dessus en mosaïque; — des chaises portugaises, à fond de cuir.

Si les tapisseries de l'entrée étaient superbes, celles du grand salon étaient dignes d'un palais: signées Audran et exécutées aux Gobelins, elles représentaient des scènes tirées d'*Esther*. On sait combien sont rares les tapisseries de ce genre. Mais plus rare encore était le tapis étendu sur le parquet; c'était un tapis d'Orient d'une haute antiquité sans qu'il fût possible de lui attribuer une date certaine, aux couleurs bien éteintes par conséquent, à la laine bien usée et tellement que par places on voyait la trame, mais ce qui en plus de cette vénérable antiquité en faisait le mérite et la curiosité, c'étaient des armoiries dessinées aux quatre angles Comment des armoiries d'un chef féodal se trouvaient-elles sur un tapis fabriqué en Orient, depuis cinq ou six siècles? C'était là une question que ne se posaient point la plupart de ceux qui regardaient ce vieux tapis, mais qui intéressait vivement ceux qui étaient en état de l'étudier.

Dans la salle à manger, ce n'étaient point des tapisseries qui recouvraient les murs, mais des cuirs de Cordoue à fond d'argent et à feuillage d'or, qui formaient une noble décoration que complétaient bien un ancien lustre hollandais en cuivre et des portières en vieux velours de Gênes grenat sur fond bouton d'or. L'escalier qui montait droit au premier étage continuait dignement l'entrée: au bas deux

Sirènes de grandeur naturelle, et qui semblaient avoir été sculptées et peintes d'après un modèle de Paul Véronèse, tenaient dans leurs bras des candélabres en verre de Venise: elles reposaient sur des socles en brèche africaine, tandis que des portières et des cantonnières en brocatelle les enveloppaient à demi; de place en place en montant, des fanaux en bois sculpté et doré provenant de quelque ancienne galère, et sur le palier une couple de grands vase Médicis en porcelaine de Sèvres.

Mais cet ameublement n'était pas combiné pour la seule ostentation; dans les appartements où ne pénétraient que les intimes on retrouvait les même choses de choix, collectionnées et disposées avec le même goût artistique.

Dans la chambre du mari et dans celle de la femme, tendue en damas de soie bleue avec lit et meubles Louis XV; dans celles des enfants, dans celles à donner, dans les boudoirs, les cabinets de toilette, la salle de billard, enfin partout c'était le même entassement de beaux meubles et de belles étoffes: tenture, rideaux, lambrequins, tapis, consoles, tables, vitrines pleines d'objets précieux, sièges, porcelaines, faïence, lustres, lampadaires.

Comment avait-on pu se procurer tout cela?

C'était la question que se posaient ceux qui visitaient ce curieux musée.

Comment la femme d'un employé de banque, si gros que fussent les appointements de cet employé, avait-elle pu acheter ces richesses artistiques?

C'était une autre question que se posaient ceux qui connaissaient la situation et les ressources de Fourcy.

Mais pour Fourcy lui-même, il ne se posait ni celle-ci ni celle-là: sa femme avait autant de chance que d'habileté, voilà tout; et ce tout était aussi simple que naturel: n'y a-t-il pas des gens qui ne font que de bonnes affaires quand d'autres n'en font que de mauvaises? Il voyait cela chaque jour autour de lui; sa femme était au nombre de ceux qui n'en font que de bonnes; pour qu'il s'étonnât il eût fallu que c'eût été le contraire qui se fût produit, et dans ce cas il ne l'eût très probablement pas cru: sa femme ne pas faire mieux que les autres en toutes choses, allons donc! c'était impossible.

Pour ceux qui ne partageaient pas cette confiance maritale, la question était restée posée et bien souvent elle avait été agitée sans qu'on arrivât jamais à se mettre d'accord sur une réponse satisfaisante.

—Fourcy n'a pas de fortune, n'est-ce pas?

—Il a ses appointements.

—Qu'il gagne trente mille francs, quarante mille francs si vous voulez, ce n'est pas avec cela qu'il peut faire face à ses dépenses: deux maisons, une à Paris, l'autre à la campagne; les toilettes de madame qui sans être ruineuses sont toujours élégantes et fraîches, l'éducation et l'entretien des enfants, la vie de tous les jours qui sans être follement dispendieuse chez eux est large cependant, tout cela prélevé que reste-il pour l'achat de ce mobilier?

—On m'a dit que le tapis du salon qui est tout usé...

—Celui qui a des armoiries aux quatre coins?

—Justement, on m'a dit qu'il valait plus de vingt mille francs.

—Valait... c'est un mot; mais ce qu'il a coûté, c'est une autre affaire.

—En tous cas, c'est une idée singulière, vous en conviendrez, d'avoir sur un meuble qui vous appartient des armoiries qui ne sont pas à soi.

—Les Fourcy n'ont pas d'armoiries, que je sache.

—Alors, pourquoi achètent-ils des tapis armoriés?

—Et la tapisserie des Gobelins?

—Et la tenture en cuir de la salle à manger?

—Et les statues en bois de l'escalier, celles qui tiennent un candélabre?

—On m'a dit qu'il y en avait du même genre chez un marchand de la rue
Bonaparte qui valent dix mille francs.

—Pourquoi madame Fourcy ne veut-elle jamais indiquer ses marchands?

—Elle a peur qu'on lui souffle ses occasions.

—Croyez-vous à ces occasions?

—Et vous?

—J'ai entendu les mettre en doute.

—Eh bien, alors?

—Alors elles seraient encore meilleures que madame Fourcy ne le dit: ce qu'on ne paye pas du tout, coûtant encore moins cher que ce qu'on paye bon marché.

—Est-ce possible?

—Je n'en sais rien; c'est ce que j'ai entendu dire par des gens qui, ne pouvant pas s'expliquer autrement cette acquisition de meubles de grand prix, supposent qu'il n'y a pas acquisition, mais donation.

—C'est invraisemblable.

—Elle est assez belle encore pour qu'on fasse des folies pour elle.

—Ce n'est pas cela que je veux dire, je proteste seulement contre la supposition qu'une femme comme madame Fourcy, une honnête femme, qui a le meilleur des maris, qui aime ses enfants, peut faire le métier d'une cocotte.

—Protestez, c'est très bien, mais alors expliquez.

—Quel serait cet amant généreux?

—Il y en aurait plusieurs.

—Qui?

—On nomme le père Ladret.

—Allons, un bonhomme de soixante-douze ans, un phoque, aussi laid que grossier.

—Tout ce que vous voudrez, mais assez riche pour se passer toutes ses fantaisies et ne pas compter.

—Eh bien, pour moi je n'admettrai jamais cela; je crois madame Fourcy une honnête femme, je crois qu'elle aime son mari qui l'adore, et je crois qu'elle a le respect de ses enfants.

—Alors comment expliquez-vous ses dépenses?

—Par des spéculations heureuses; puisqu'on cherche des raisons coupables pour expliquer sa liaison avec le vieux Ladret, pourquoi n'en cherche-t-on pas d'honnêtes pour expliquer son intimité avec La Parisière qui est à la Bourse et qui peut tout aussi bien faire les affaires de madame Fourcy qu'il fait celles d'autres personnes?

—S'il en est ainsi, pourquoi ne le dit-elle pas?

—Parce que Fourcy ne lui permettra certes pas de jouer à la Bourse.

—C'est une explication, j'en conviens, mais Ladret aussi en est une; laquelle est bonne? la question reste posée.

—Pas pour moi.

VI

Fourcy aurait voulu aussitôt après le départ de M. Charlemont, courir à Nogent, car il n'y avait de joie complète pour lui que celle qu'il partageait avec sa femme; comme elle allait être heureuse! comme elle allait être fière de lui! ce n'était pas seulement leur fortune qui était assurée, c'était encore celle de leurs enfants. Lucien serait un jour l'associé de Robert; et si le marquis Collio avait pu hésiter à épouser la fille d'un employé, il n'hésiterait certes plus, maintenant que cet employé était l'associé de la maison Charlemont, le successeur officiel du grand Charlemont; c'était aussi une noblesse, celle-là.

Mais précisément parce qu'il ne devait pas venir le lendemain à son bureau, il avait des affaires importantes à préparer ou à régler qui le retinrent à Paris, et il ne put partir que par le train de cinq heures et demie, ce qui ne lui faisait qu'une heure d'avance sur son arrivée de chaque jour.

Enfin c'était toujours une avance, c'est-à-dire une surprise.

Au lieu que sa femme vînt au-devant de lui comme tous les soirs, il allait la surprendre.

Et il se faisait une fête de cette surprise comme un amoureux de vingt ans.

Ce fut à pas pressés qu'il monta la grande rue de Nogent et en courant presque qu'il traversa son jardin: personne sur la terrasse devant la maison, personne dans le vestibule; sans doute sa femme était dans un petit salon de travail où elle se tenait ordinairement; il y entra sur la pointe des pieds.

Mais elle n'était pas dans ce salon; alors comme il avait vu dans le vestibule son ombrelle et son chapeau de jardin, il conclut de là qu'elle devait être dans sa chambre et il monta au premier étage.

Il trouva la porte de cette chambre fermée au verrou, ce qui l'étonna, car ce n'était point l'habitude de sa femme de s'enfermer chez elle, et ce qui le contraria, car sa surprise allait être manquée, puisque, pour se faire ouvrir, il était obligé de frapper et de se nommer.

Ce fut au bout de quelques instants seulement que la porte lui fut ouverte.

—Déjà! s'écria madame Fourcy.

Déjà.

Mais il ne releva pas ce mot.

—Tu t'enfermes donc? dit-il, en regardant sa femme qui paraissait légèrement émue.

—Tu vois, quelquefois.

Il était entré et il avait refermé la porte; sur une table recouverte d'un tapis en damas bleu, une tache rouge attira son attention: c'étaient des écrins en maroquin qui faisaient éclater cette tache rouge au milieu du bleu; l'un des écrins était tout neuf et sortait bien manifestement des mains du gainier.

—C'était pour cela que tu t'étais enfermée? demanda-t-il.

—Justement; je mettais ces bijoux en état pour demain.

—Alors pourquoi t'enfermer?

—Pour qu'on ne me dérange pas, voilà tout; tu penses bien que je n'avais pas peur d'être volée.

—Est-ce que cet écrin n'est pas neuf? dit-il en prenant celui qui paraissait n'avoir pas encore été touché.

—Tout neuf, je l'ai acheté hier avec le bracelet qu'il renferme, regarde.

Elle lui prit l'écrin des mains et l'ouvrant, elle le lui montra de loin en l'inclinant tantôt à droite, tantôt à gauche, en avant ou en arrière: sur le cercle en or se détachait une grosse émeraude entourée de diamants avec, çà et là, d'autres diamants plus gros qui suivaient le contour du bracelet.

—Vois comme l'émeraude est belle, dit-elle, d'un vert pur, comme les diamants brillent! Qui se douterait que tout cela est faux et coûte quelques centaines de francs?

—Pas moi à coup sûr; mais il est vrai que je n'y connais rien; pourquoi as-tu acheté cela?

—Pour compléter ma parure, et puis aussi parce que j'aime les pierreries et les bijoux; c'est une faiblesse, une niaiserie, tout ce que tu voudras, j'en conviens, mais enfin je les aime et ne pouvant pas satisfaire ma passion avec la réalité, je la trompe au moins avec l'illusion. Ne me gronde pas.

Il s'approcha d'elle et la prenant dans ses deux bras il la serra fortement sur sa poitrine en l'embrassant:

—Moi, te gronder, ma chère Geneviève, moi qui voudrais voir toujours un sourire dans tes beaux yeux. Si je t'ai demandé: «pourquoi as-tu acheté cela?» c'est simplement parce que je ne veux plus que tu portes des bijoux faux.

—Je ne demanderais pas mieux que d'en porter de vrais.

—Cela m'humilie autant que cela me peine de voir qu'une femme comme toi, avec ta beauté, avec ta supériorité, en est réduite à se parer de bijoux faux, tandis que les plus beaux, les plus vrais, seraient à peine dignes de toi: aussi tu vas me faire le plaisir de te débarrasser de tous ceux-là.

—Comment!

—Je ne veux plus que tu en portes des faux, mais comme d'autre part je ne veux pas contrarier tes goûts et que moi-même je trouve que les bijoux te vont admirablement, je serai heureux de t'en donner des vrais.

Ce fut elle à son tour qui le prit dans ses bras et l'embrassa.

—Mon bon Jacques!

—Tu es contente.

—Je suis heureuse de ton intention et je te remercie avec un coeur ému de ta bonté et de ta tendresse; mais je ne veux pas te permettre de réaliser cette intention, je ne veux pas que tu te ruines à m'acheter des diamants.

—Je ne me ruinerai pas.

—Je ne veux pas que tu dépenses ton argent, celui de nos enfants pour satisfaire mes caprices: est-ce qu'un mari doit se ruiner pour sa femme?

—Mais quand ce mari est le plus épris, le plus passionné des amants?

—Il se contente d'être aimé pour son amour: qu'importe que mes bijoux soient faux si tout le monde croit qu'ils sont vrais?

—Mais moi je sais qu'ils sont faux et cela suffit; je ne veux pas que chez une femme comme toi, qui est l'honnêteté et la droiture en personne, il y ait un mensonge quel qu'il soit.

—Eh bien moi, je ne veux pas que tu me fasses un pareil cadeau: il me semble que cette honnêteté dont tu parles s'amoindrirait, si elle acceptait un cadeau qui entraînerait une si grosse dépense; je sens bien que tu aurais plaisir à me le faire, mais moi j'aurais honte à l'accepter de toi; n'en parlons donc plus, et laisse-moi porter ces bijoux qui me suffisent et me contentent; c'est entendu, n'est-ce pas?

Et elle lui tendit la main.

—Tu sais, n'en parlons plus, je ne veux pas que tu en parles.

—Veux-tu au moins me permettre de te dire que tu es la meilleure des femmes?

—Cela oui, tant que tu voudras; je veux même bien que tu laisses librement couler cette larme attendrie que tu retiens dans ta paupière et qui vaut mieux pour moi que tous les diamants du monde.

Puis tout de suite, comme si elle voulait couper court à cette émotion:

—Mais tu as donc gagné aujourd'hui des millions? dit-elle en riant.

—Justement.

—Et tu ne le dis pas! fit-elle en riant d'un air moqueur.

—C'est ta faute; j'arrivais empressé de partager avec toi cette bonne nouvelle, et c'est même ce qui m'a fait avancer mon retour, quand cet incident de tes bijoux, se jetant entre nous, m'a empêché de te parler de ce que j'avais tant de hâte à te dire.

—C'est donc sérieux?

—Comment! si c'est sérieux: à partir de janvier prochain M. Charlemont me donne une part dans les bénéfices de la maison.

Il avait prononcé ces quelques mots lentement, d'un air triomphant.

—Enfin, dit-elle, il te rend donc justice?

Il resta un moment interdit.

—Eh quoi, dit-il enfin, c'est ainsi que tu accueilles cette nouvelle que j'étais si heureux de t'apporter!

—Vas-tu t'imaginer que je ne suis pas heureuse de l'apprendre? mais il y a si longtemps que je l'attends que ma joie ne peut pas être aujourd'hui ce qu'elle eût été il y a cinq ans, il y a dix ans; tu as cinquante-six ans, moi j'en ai trente-cinq, quand jouirons-nous de la fortune que tu vas mettre dix ans encore à gagner?

—Nos enfants en jouiront.

—Mais nous? Ah! que n'est-elle venue plus tôt!

Ce fut avec violence qu'elle lança ces derniers mots, avec un accent désespéré où il y avait autant de rage que de douleur.

—As-tu manqué de quelque chose pendant ces dix ans?

Elle le regarda longuement et secouant la tête:

—J'ai manqué de confiance en l'avenir, j'ai manqué de sécurité: en te voyant refuser si obstinément de faire des affaires, comme tu en avais la facilité, j'ai cru que la fortune ne viendrait jamais et que notre existence à tous se traînerait dans la médiocrité… et si tu venais à mourir, la mienne et celle de nos enfants dans la misère! Dieu merci pour toi, tu n'as pas été sous l'obsession de cette horrible pensée; mais ne pensons plus à cela, d'autant plus que regrets et remords sont inutiles maintenant.

—Comment des regrets et des remords! Que veux-tu dire?

—Rien… rien, si ce n'est que j'ai eu tort de te tourmenter pendant ces dix dernières années et de te pousser à faire des affaires.

—Ne parle donc pas de remords à propos de cela; ton intention était bonne, et si je n'ai pas cédé à tes suggestions, je ne t'en ai jamais voulu de ce que tu me les adressais pressantes et fréquentes; je comprenais le sentiment qui te les inspirait; au reste, tu vois maintenant qu'en ne prenant les choses qu'au point de vue de nos intérêts, j'ai eu raison de te résister; si j'avais fait des affaires, si j'avais gagné de l'argent, M. Charlemont ne m'aurait jamais fait sa proposition, c'est cette médiocrité justement qui l'a décidé.

— Dis la comparaison entre la médiocrité de celui qui faisait tout, et l'opulence de celui qui ne faisait rien: et quelle part te donne-il?

— Cela n'a pas été décidé, mais le principe est posé, et c'est là l'essentiel; je pense donc qu'en voyant M. Charlemont, tu n'hésiteras pas à lui montrer ta satisfaction.. et ta reconnaissance, au moins pour Lucien qui sera un jour l'associé du fils comme je suis celui du père; il vient dîner demain avec nous.

Cette grande nouvelle si importante pour Fourcy ne parut pas jeter madame Fourcy dans une extase de joie.

— Ah! dit-elle simplement.

Et ce fut tout.

Fourcy resta pendant quelques instants à la regarder tout étonné, mais il ne se permit pas d'observation; il savait que sa femme n'avait jamais aimé M. Charlemont, son coeur ulcéré par dix années d'attente ne pouvait changer tout à coup; cela viendrait plus tard sûrement elle lui rendrait justice; il était tranquille.

— Où est Marcelle? demanda-t-il; elle aussi doit apprendre cette nouvelle, qui peut avoir une influence décisive sur son avenir.

— Dans le jardin; va la lui apprendre toi-même.

— Viens avec moi.

— Il est juste de te laisser ce plaisir, va.

VII

Il croyait trouver sa fille à la place qu'elle occupait le plus souvent dans le jardin, sous un beau tulipier, dont les longues branches qui n'avaient jamais été coupées retombaient sur le gazon et formaient une voûte de verdure impénétrable aux rayons du soleil aussi bien qu'à la pluie: elle affectionnait cette place autant pour la fraîcheur qu'on y trouvait toute la journée, que pour les perspectives qui se déroulaient de là sur le cours de la Marne et les horizons lointains.

Mais elle n'était pas là; au moment où il allait se mettre à sa recherche, deux détonations qui retentirent presque en même temps lui apprirent qu'elle était au tir, avec Robert Charlemont sans doute.

Il se dirigea donc du côté d'où étaient parties ces détonations et au bout d'une allée de tilleuls, à l'endroit où cette allée finit à un mur, il les aperçut tous les deux, sa fille et Robert; ils lui tournaient le dos et Robert tenait dans ses mains une petite carabine qu'il était en train de charger; ils faisaient face à une plaque noir en fer appliquée contre le mur et sur laquelle se détachait la blancheur de deux cartons.

Au bruit de ses pas sur le gravier de l'allée, ils tournèrent la tête et aussitôt Marcelle vint au devant de lui en courant et en criant:

—C'est père, quel bonheur!

Alors il s'arrêta pour la regarder venir, pour l'admirer avec ses yeux de père, et de fait, elle était réellement charmante dans sa robe blanche légère que soulevait derrière elle la rapidité de sa course, et les frisons de ses cheveux blonds flottant au vent, arrivant les bras entr'ouverts, les lèvres souriantes de tendresse, le regard joyeusement ému; en tout des pieds à la tête une belle jeune fille de dix-huit ans, aussi gracieuse que jolie.

Elle jeta ses deux bras autour du cou de son père et se haussant sur la pointe des pieds, elle l'embrassa sur les deux joues de deux gros baisers qui sonnèrent.

—Est-ce gentil, dit-elle en se pendant à son bras, de venir nous faire cette bonne surprise; puisque te voilà, tu vas tirer quelques balles avec nous; tu donneras une leçon à M. Robert; lui qui tire si bien d'ordinaire, il en a joliment besoin aujourd'hui.

Pendant ce temps, Robert Charlemont s'était avancé à son tour, mais lentement, comme à regret, ou comme s'il était retenu, et ç'avait été aussi avec une sorte de contrainte qu'il avait pris et serré la main que Fourcy lui tendait dans un mouvement affectueux.

Mais ni Fourcy ni Marcelle n'avaient remarqué cette contrainte, habitués qu'ils étaient l'un et l'autre à la réserve de Robert, qui se tenait toujours sur une sorte de défensive, même avec ses meilleurs amis. Était-ce timidité? Était-ce fierté? Était-ce humeur sombre? Le certain c'est qu'il n'avait jamais montré la moindre expansion; lui, le fils d'un père tout en dehors, aux manières ouvertes, au parler haut et facile, il était tout en dedans et il ne parlait que peu, aussi peu que possible, pour ne dire que ce qu'il devait dire en quelques mots rapides, d'une voix basse. Et cependant il n'était ni laid, ni sot, ni maladroit; beau garçon au contraire, grand, souple, les traits du visage fins et distingués, naturellement élégant, au repos au moins, car lorsqu'il agissait il y avait une hésitation dans ses manières qui leur donnait de la gaucherie; avec cela des cheveux noirs, fins et frisés, le teint pâle et des yeux qui eussent été magnifiques sans leur expression sombre et s'ils n'avaient point toujours été en mouvement, inquiets et défiants.

—Bonjour, mon cher Robert, dit Fourcy, je vous apporte de bonnes nouvelles de M. votre père, que j'ai vu ce matin.

—Ah! il est revenu?

—D'hier soir; il va très bien, il a fait un excellent voyage.

—J'en suis heureux.

—Il a été un peu surpris de ne pas vous trouver, car vous ne lui avez pas écrit que vous étiez ici.

Il y eut de l'embarras dans la contenance de Robert, et ce fut au bout d'un instant qu'il répondit:

—Non.

—Vous aurez le plaisir de le voir demain.

Robert le regarda d'un air surpris, semblant dire que son intention n'était pas d'aller le lendemain à Paris.

—Car il doit venir ici, continua Fourcy, il nous fait l'amitié de dîner avec nous pour célébrer l'anniversaire de notre mariage.

—Ah!

—Et vous m'en voyez l'homme le plus heureux du monde, car c'est la première fois qu'il vient à Nogent. Au reste, cette joie n'est pas la seule qu'il m'ait donnée aujourd'hui: pour me récompenser de mon dévouement encore plus que des services que j'ai pu rendre, il m'accorde une part dans les bénéfices de la maison.

Cessant de s'adresser à Robert et se tournant vers sa fille, qui était restée appuyée sur son bras:

—C'est pour vous annoncer cette grande nouvelle, ce grand bonheur, ce grand honneur, à ta mère et à toi, que j'ai avancé mon retour, car pour Lucien vous pensez bien qu'il en a été averti tout de suite.

Marcelle ne dit rien, mais elle serra le bras de son père dans une étreinte qui valait toutes les paroles.

Pour Robert, il demeura un moment silencieux, enfin il se décida à parler, mais ce fut lentement et à voix basse:

—Je remercierai mon père, dit-il; vous ne doutez point, n'est-ce pas, du plaisir que me cause cette bonne nouvelle; c'est un acte de justice.

Il s'établit un moment de silence, et ils restèrent tous les trois debout au milieu de l'allée: évidemment l'entretien était difficile entre deux personnages aussi peu à l'unisson que Fourcy et Robert: l'un débordant de joie, l'autre glacé.

—Eh bien, reprenons-nous le tir? demanda Marcelle après quelques secondes de ce silence.

Puis coupant à la plaque et montrant les deux cartons:

—Ne te trompe pas, dit-elle à son père, le bon carton, c'est le mien, le mauvais, je veux dire l'autre, c'est celui de M. Robert.

—Je venais de marcher vite, dit Robert en prenant la parole plus rapidement que de coutume, c'est ce qui a fait trembler ma main.

—Eh bien, maintenant, vous avez eu le temps de vous calmer, continua
Marcelle.

—Maintenant je vous demande la permission d'aller m'habiller pour dîner; d'ailleurs la nuit vient et ma vue est mauvaise le soir.

Sans en dire davantage, il les quitta et se dirigea vers la maison, marchant à grands pas.

—Quel singulier garçon, dit Marcelle lorsqu'il se fut éloigné, on ne sait jamais s'il est content ou fâché; bien fine sera sa femme si elle devine ce qu'il faut faire pour le rendre heureux.

—Il faut le plaindre et non le condamner, ma mignonne; son enfance a été triste; il a perdu sa mère tout jeune, et son coeur au lieu d'être échauffé par la tendresse maternelle, a été glacé par la dureté d'une gouvernante trop sévère; et justement il avait besoin de tendresse, d'affection, même de caresses. Elles lui ont manqué, car son père, entraîné dans le tourbillon de sa vie fiévreuse, n'a pas pu s'occuper de lui… comme il l'aurait voulu, sois-en certaine. Sous cette apparence froide, Robert est une nature tendre et même passionnée; il ne faut pas juger les timides sur leur timidité. Mais ce n'est pas de lui qu'il doit être question entre nous, ma mignonne; c'est de toi, c'est de nous.

—De moi, père?

—Ne vas-tu pas t'inquiéter? c'est te réjouir au contraire qu'il faut; viens un peu sur ce banc que je t'explique mieux ce que je veux dire.

Mais au lieu de la faire asseoir sur le banc près de lui, ce fut sur un de ses genoux qu'il la prit, de façon à ce qu'elle lui fit face et qu'il pût bien la regarder: tandis qu'il était dans l'ombre du soleil couchant, elle se trouva ainsi éclairée en plein visage par la lueur rouge du ciel.

Pendant quelques instants, il la regarda longuement:

—Sais-tu, dit-il enfin, qu'après ta mère tu es la plus belle jeune fille que j'aie jamais vue.

Pour cacher le sourire qu'elle sentait s'épanouir sur son visage, elle se pencha vers son père et elle l'embrassa à plusieurs reprises sans relever la tête.

—Quand on est aussi charmante, aussi séduisante que toi, dit-il en continuant, on peut se flatter, et cela sans un orgueil déplacé, qu'on fera un bon mariage, et même un beau mariage. Cependant, pour que cela se réalise, il faut joindre à cette beauté d'autres mérites, c'est-à-dire la fortune, ou une grande situation. Jusqu'à ce jour je n'avais à te donner ni fortune, ni grande situation. Mais voilà que les choses sont changées, car si je n'ai pas encore la fortune, tu comprends, n'est-ce pas, qu'associé de la maison Charlemont est un titre chez un beau-père. C'est pour cela que je suis si heureux de t'annoncer cette nouvelle.

Elle ne dit rien, mais ses joues et son front se couvrirent de rougeur, tandis que ses lèvres pâlirent. Il continua:

—Tu sais bien que je ne désire pas te marier et que plus longtemps tu resteras avec nous, plus je serai heureux; mais d'autre part je ne veux pas non plus t'empêcher de te marier et te garder par égoïsme paternel; je t'aime pour toi, non pour moi, pour ton bonheur, non pour le mien; ou plus justement le tien sera le mien. Je veux donc que tu saches bien que le jour où tu éprouveras un sentiment de tendresse sérieuse et profonde pour un homme digne de toi et qui t'aimera comme tu mérites d'être aimée, je te le donnerai. Quand tu éprouveras ce sentiment, si tu n'oses pas en parler à ton père, tu te confieras à ta mère qui, bien entendu, est de moitié avec moi dans ce que je te dis en ce moment. Maintenant c'est assez là-dessus. Nous nous sommes compris, n'est-ce pas, et il n'est pas nécessaire d'insister davantage. Rentrons à la maison; si ton frère n'est pas arrivé, nous n'aurons pas longtemps à l'attendre pour nous mettre à table.

Elle s'était levée et elle restait en face de lui, les yeux baissés; tout à coup elle le prit dans ses bras et l'embrassant avec effusion:

—Oh! papa, dit-elle, cher papa, quel bon père tu es.

Et ils se mirent en route, marchant lentement dans l'allée déjà pleine d'ombres; la fille s'appuyant doucement sur le bras de son père; le père lui serrant tendrement la main contre son coeur et de temps en temps se tournant vers elle pour la regarder avec un sourire de bonheur et de fierté.

VIII

A table, madame Fourcy avait à sa droite son fils Lucien, à sa gauche
Robert Charlemont, en face d'elle son mari et sa fille.

C'était pour Fourcy la meilleure heure de sa journée que celle où il se trouvait ainsi entouré des siens, et il y avait vraiment plaisir à voir la satisfaction qui rayonnait sur son visage, quand après s'être assis sur sa chaise et avoir déplié sa serviette, il regardait sa femme, en attendant qu'elle le servît.

Mais ce soir-là c'était plus que de la satisfaction qui éclatait dans ses yeux, son sourire et tous ses mouvements, c'était de l'enthousiasme.

Enfin il touchait le but qu'il avait poursuivi si obstinément, à travers tant de difficultés, et dans le ciel radieux qui se levait sur sa tête il n'y avait pas le plus petit nuage, pas la moindre menace d'orage. Que pouvait-il craindre? il ne le devinait pas. Que pouvait-il souhaiter de plus? il ne le voyait pas. La fortune? il mettait enfin la main dessus. La considération? Il l'avait depuis longtemps déjà. Les joies du coeur? Elles lui étaient toutes données par sa famille: sa femme qui ne vivait que pour lui; ses enfants, son fils et sa fille qui l'aimaient tendrement.

Et lentement ses yeux émus allaient de l'un à l'autre, de la mère au fils, du fils à la fille, pour revenir à la mère et s'arrêter sur elle longuement, avec admiration.

Car ce qu'il avait dit à M. Charlemont était pour lui l'expression de la stricte vérité: sa femme à ses yeux avait toujours seize ans.

Évidemment c'était là l'exagération d'un mari aveuglé par l'amour, cependant il n'était que juste de reconnaître que cette femme qui se donnait trente-cinq ans et qui en avait réellement trente-six, était restée extraordinairement jeune sans que rien en elle, ni dans son visage, ni dans son corps, ni dans son sourire, ni dans sa démarche eût subi la dure atteinte des années; charmante elle avait été jeune fille, jolie, plus que jolie elle était femme et mère.

Et cependant elle était blonde avec les traits fins et le teint d'une transparence veloutée.

Mais ces conditions ordinairement défavorables à la conservation et à la prolongation de la beauté, loin de lui être contraires, l'avaient servie, et c'étaient elles justement qui la faisaient paraître plus jeune qu'elle n'était en réalité. Avait-elle vingt-six ans? En avait-elle trente? C'était ce que l'observateur le plus sagace eût été bien embarrassé de dire en la voyant pour la première fois. En tous cas, avec sa tête mignonne, sa chevelure blonde, son clair regard, son nez de statue grecque, ses petites dents pointues, son corsage d'un contour parfait, sa taille svelte et souple, son sourire enfantin et son doux parler, il semblait qu'elle fût d'une pâte autre que celle que le temps use, une de ces Diane de Poitiers qui se conservent dans la glace et qui à cinquante ans passés inspirent de folles passions juvéniles que bien entendu elles ne partagent pas.

Bien que madame Fourcy montrât aussi une vive satisfaction, et bien que les deux enfants fussent presque aussi heureux que leur père, le dîner ne fut pas gai comme il aurait dû l'être, l'attitude de Robert suffisant pour jeter un froid qui, par moment, arrêtait la conversation.

Et cependant il était manifeste qu'il faisait des efforts pour ne pas s'abandonner, il parlait, il riait, il se secouait, puis tout à coup il se taisait et restait absorbé comme s'il eût été seul, et alors le contraste entre son entrain factice et ses dispositions vraies ne rendait que plus sensible sa préoccupation.

Tout à son bonheur, Fourcy n'avait ni les yeux ni l'esprit à remarquer ce qui se passait autour de lui, cependant il ne put pas ne pas être frappé de cette attitude.

Mais il se l'expliqua.

Et même après le dîner il crut devoir l'expliquer à sa femme.

—Tu as remarqué, lui dit-il en profitant du moment où les deux jeunes gens et Marcelle venaient de descendre dans le jardin, combien Robert est préoccupé.

—En effet, il ne s'est pas montré très gai.

—Dis qu'il a été très sombre et tu seras encore au-dessous de la vérité: je sais ce qu'il a.

—Ah! fit-elle avec un brusque mouvement de surprise.

—Histoire de femme.

—Comment! murmura-t-elle.

—Ah! te voilà bien avec ton étonnement de mère et d'honnête femme, tu ne vois toujours dans ce garçon qu'un grand enfant, le camarade de ton fils; eh bien, apprends que ce grand enfant a une maîtresse pour laquelle il a fait des folies.

—Des folies! quelles folies?

—Des grosses, de très grosses dépenses et comme je lui ai annoncé le retour de son père, il craint une explication à ce sujet; il est certain qu'il ne l'a pas volée. Je vais lui parler.

—Pourquoi te mêler de cela?

—Dans son intérêt, et puis aussi parce que M. Charlemont m'a demandé de l'aider dans cette affaire qui le tourmente et l'inquiète.

—Est-ce que M. Charlemont connaît cette maîtresse?

—Pas du tout.

—Il n'a pas de soupçons?

—Il en a si peu qu'il m'a prié de l'aider à chercher quelle pouvait être cette femme.

—Et tu lui as promis cela?

—Parbleu.

—Tu as eu tort.

—Et pourquoi donc?

—Parce que… parce qu'il est toujours mauvais d'intervenir entre un père et un fils; crois-moi, laisse-les s'expliquer entre eux sans te mêler de rien; cela sera prudent et sage.

—J'ai promis.

— Encore un coup, tu as eu tort; cela n'est pas d'un homme sage et prudent comme toi.

— Je ne peux pourtant pas assister les bras croisés à la ruine de ce pauvre garçon, car cette femme le ruine; c'est une coquine.

— Qu'en sais-tu?

— C'est M. Charlemont qui me l'a dit et prouvé.

— Il ne la connaît pas.

— Il la juge d'après les folies dans lesquelles elle entraîne son fils, et un homme comme lui ne se trompe pas là-dessus: une femme honnête qui se fait donner de l'argent, c'est horrible, c'est pire qu'une courtisane.

— Qui vous dit que c'est une femme honnête?

— Si c'était une cocotte ou une comédienne, on la connaîtrait, et on ne la connaît pas.

— Peut-être n'existe-t-elle que dans votre imagination?

— Comme c'est bien toi, ma bonne Geneviève, de ne jamais vouloir croire au mal! Mais tu comprends que nous autres hommes qui connaissons la vie, nous ne pouvons pas nous en rapporter aux protestations de nos consciences; il faut bien admettre la réalité, si laide, si effroyable qu'elle soit; eh bien, la réalité, c'est qu'il y a de ces femmes qu'on croit honnêtes et qui sont des monstres. Je ne dis pas qu'il y en ait beaucoup; je te concède même qu'elles sont rares, très rares si tu veux, mais enfin il y en a et c'est aux mains d'une de ces femmes que ce malheureux Robert est tombé.

— Mais encore qu'a-t-il fait?

— Il se laisse ruiner; entre autres détails caractéristiques, croiras-tu qu'il lui a donné un bracelet qui coûte 17,000 francs.

— Sans doute, c'est beaucoup.

— C'est une petite fortune.

— Pour un autre que Robert, oui; mais dans sa situation, avec l'héritage qu'il recueillera bientôt, cela n'est pas excessif; un Charlemont peut bien donner 17,000 francs à sa maîtresse sans que pour cela on parle de ruine.

—Évidemment, s'il n'y avait que ce bracelet, il ne faudrait pas se fâcher, mais il y a bien d'autres dépenses qui ont été payées à la caisse, sans compter celles qui ne l'ont pas été par nous, mais par lui directement avec l'argent qu'il a emprunté aux usuriers, entre autres à Carbans, un misérable qui a ruiné des centaines de jeunes gens.

—Vous savez ce qu'il doit à cet usurier?

—Non, mais j'ai tout lieu de croire que la somme est considérable. Tu comprends bien que Robert n'a parlé de cette dette à personne et que Carbans n'en parlera pas lui-même avant que les billets soient échus, car il doit bien espérer, le coquin, qu'il fera encore des affaires avec Robert, et il ne va pas s'exposer à perdre un client de cette importance. Cependant, je lui ai fait dire aujourd'hui même quelques mots, qui vont lui inspirer une réserve craintive. Mais je ne peux pas à l'avance prendre cette précaution avec tous les usuriers de Paris, auxquels Robert peut avoir l'idée de s'adresser. C'est donc auprès de lui et sur lui qu'il faut agir, ce que je vais faire.

—Ce soir?

—Certainement.

—Pourquoi ne pas attendre?

—Parce que demain, sans doute, M. Charlemont aura une explication avec son fils, et il ne me paraît pas sage de laisser cette explication s'engager sans avoir préparé Robert. Les rapports sont tendus entre le père et le fils. Le père a des reproches sérieux à adresser au fils. Le fils croit avoir des griefs contre son père. Cela crée une situation délicate, d'autant plus dangereuse que tous deux sont d'un caractère violent, le père avec emportement, le fils avec une colère froide qui l'entraîne loin trop souvent. Je voudrais qu'il ne s'échangeât point entre eux de paroles irréparables. C'est pour cela que je tiens à faire quelques observations à Robert ce soir même.

—Que veux-tu lui dire?

—Je ne sais pas au juste; ce que le moment m'inspirera; m'adresser à son coeur; car il ne faut pas te laisser tromper, c'est un garçon de coeur.

—Je n'en ai jamais douté.

—Tu n'as pas toujours été juste pour lui; tu n'as rien dit, par amitié pour moi, pour ne pas blesser ce que tu appelles mon fétichisme des Charlemont, mais j'ai deviné ce que tu pensais; eh bien, je t'assure que tu t'es trompée sur le compte de Robert, qui vaut mieux, beaucoup mieux qu'on n'est disposé à l'admettre quand on le juge sur les apparences: bien dirigé il deviendra un homme de valeur, c'est moi qui te le dis. Laisse-moi donc, malgré ta répugnance, avoir avec lui cet entretien, qui peut amener un grand bien, en tous cas empêcher un grand mal.

—Mais…

—Non; je t'assure qu'il m'est impossible de te céder, en un mot je remplis un devoir, c'est tout dire. Le voici: je vais faire un tour de jardin avec lui: tu garderas Lucien et Marcelle pour que nous ne soyons pas dérangés.

Elle voulut insister encore, mais il ne l'écouta pas.

—Non, dit-il, il le faut.

IX

— Voulez-vous que nous fassions un tour de promenade au clair de la lune? demanda Fourcy à Robert au moment où celui-ci s'approchait.

— Mais... volontiers... si vous voulez, répondit Robert.

— La lune est superbe, dit Marcelle, et elle produit au loin sur les eaux de la Marne un effet féerique, c'est superbe.

— Pour la première fois de sa vie peut-être, Fourcy n'écoutait pas ce que disait sa fille.

Marcelle, Lucien! dit madame Fourcy en appelant ses enfants.

Et tandis qu'ils venaient à elle, Fourcy et Robert descendirent dans le jardin illuminé par la blanche lumière de la pleine lune et tout parfumé par l'odeur des fleurs rafraîchies.

Par un mouvement affectueux, quasi paternel, Fourcy prit le bras de Robert et le mit sous le sien; cela fut si vite fait que Robert surpris ne put pas s'en défendre.

Ils marchèrent un moment côte à côte en silence, et ce fut seulement quand ils furent à une certaine distance de la maison que Pourcy prit la parole d'une voix grave, mais avec un ton affectueux.

— Mon jeune ami, dit-il, vous pensez bien que je ne vous ai pas proposé cette promenade rien que pour le plaisir de la promenade: sans doute, j'ai beaucoup de sympathie pour vous, une vive et profonde amitié, je tiens à vous le dire formellement, bien que vous vous en doutiez... un peu, n'est-ce pas?

Il fallait répondre, mais ce que Robert murmura, ce furent quelques paroles inintelligibles.

— Malgré cette sympathie et cette amitié, continua Fourcy, je ne vous aurais cependant point amené au milieu de ce jardin, dans cette allée écartée, à pareille heure, si je n'avais pas eu à vous entretenir de choses graves... et urgentes.

Robert ne répondit rien, mais il ne fut pas maître de retenir un frémissement de son bras, et aussitôt il le dégagea doucement.

—Je vous ai dit, poursuivit Fourcy, que j'avais vu M. votre père; dans notre entretien il a été question de vous, et j'ai dû lui communiquer votre compte.

—Ah!

—C'était un devoir pour moi, vous devez le comprendre, et d'autant plus strict que ce compte est lourd, très lourd.

—Je ne sais pas.

Fourcy fut interloqué, car il ne lui était jamais venu à l'idée qu'on pouvait ne pas connaître son compte, mais après quelques instants de réflexion, il se remit:

—Eh bien! j'aime mieux cela, dit-il, c'est la preuve que vous avez péché inconsciemment et non en sachant ce que vous faisiez: le mal peut donc se réparer ou plutôt s'arrêter, ce qui est l'essentiel.

Il regarda en face Robert, que la lune éclairait en plein, tandis que lui-même était dans l'ombre.

—Mon cher enfant, dit-il, vous avez une maîtresse.

—Monsieur...

—Vous en avez une, nous le savons; et ce qu'il y a de terrible, c'est que cette femme n'est pas digne de vous.

—Mais, monsieur...

—Voyons, mon enfant, vous ne me direz pas non, car vous êtes un esprit loyal, je le sais, incapable de tromper, d'ailleurs votre trouble et votre émotion me font l'aveu que vos lèvres, par un sentiment de discrétion que je comprends, voudraient retenir: vous êtes pâle comme le linge et voyez vos mains, voyez comme elles tremblent.

—C'est qu'en vérité ce que vous me dites...

—Vous blesse dans votre amour pour cette femme, je le sens, mais c'est précisément pour cela que je vous le dis, sinon pour vous blesser, au moins pour vous éclairer; ne faut-il pas, mon pauvre enfant, que vous sentiez, que vous voyiez que cette femme ne mérite pas votre amour?

—Vous ne savez pas qui elle est.

—Mieux que vous, je sais ce qu'elle est: une femme d'argent qui spécule sur la tendresse aveugle d'un jeune homme pour le ruiner. Si c'est son métier, c'est bien, il n'y a rien à dire, et justement par cela même elle n'est pas dangereuse. Mais si elle est une femme du monde, du vrai monde, ne voyez-vous pas que c'est une coquine?

Robert poussa un cri.

—Une coquine, répéta Fourcy avec force, je le dis à regret parce que cela vous peine, mais je le dis, je l'affirme.

Et il étendit la main droite avec le geste du serment.

—Et ce serait pour cette femme que vous vous ruineriez, que vous vous fâcheriez avec votre père, que vous compromettriez votre avenir! Non, Robert, c'est impossible; vous ne voudrez pas cela, vous ne ferez pas cela.

Comme Robert restait les yeux baissés, immobile, mais le visage convulsé, en proie évidemment à une émotion terrible, Fourcy continua vivement de façon à poursuivre l'avantage qu'il croyait avoir obtenu.

—Pourquoi je vous tiens ce langage, n'est-ce pas? C'est là ce que vous vous demandez. Je vous l'ai dit en commençant: parce que j'éprouve pour vous une profonde et vive amitié; parce que je vous aime comme si vous étiez mon enfant: et que dès lors, je veux que vous arriviez demain, préparé par les réflexions que vous ne manquerez pas de faire cette nuit, à écouter sagement les reproches de M. votre père. Avec moi, vous pouvez vous fâcher, vous emporter, me dire tout ce que la colère vous soufflera. Cela n'a pas d'importance. Moi je ne compte pas. Mais votre père, Robert, il faut l'écouter, l'écouter avec respect, avec un esprit et un coeur disposés à lui accorder les satisfactions qu'il sera en droit d'exiger. Croyez-vous qu'il n'a pas été indigné, ce père! quand je lui ai mis sous les yeux l'état de vos dépenses? Et pensez-vous qu'il n'aurait pas le droit de se laisser aller à la colère? Savez-vous… mais non, vous ne le savez pas, vous me l'avez avoué, que pendant ces trois derniers mois vous avez dépensé plus de cent mille francs, cent trois mille quatre cent soixante francs, pour être exact.

—Mes dix-huit ans ne m'ont-ils pas donné la disposition du revenu de la fortune de ma mère?

—Mais ce n'est pas seulement votre revenu que vous avez dépensé, ce qui serait déjà excessif, c'est aussi des dettes que vous avez faites et en vous adressant à des usuriers, à Carbans notamment.

—Mon père, en s'opposant à mon émancipation, comme il l'a feit avec obstination, m'a dégagé de toute responsabilité; libre, je n'aurais peut-être pas abusé de ma liberté.

—Maître de votre héritage maternel, qu'en auriez-vous fait, entraîné par la passion et subissant l'influence de cette femme cupide? Ce n'est donc pas des reproches que vous devez adresser à votre père, c'est des remerciements. Sans doute, il est fâcheux que vous ayez contracté ces dettes; mais enfin avec une fortune comme la vôtre, ce n'est pas là un mal irréparable; tandis que si vous aviez eu la libre disposition de votre fortune, il serait peut-être trop tard maintenant pour la sauver. Au reste, ce n'est pas seulement la question d'argent qui est grave dans cette liaison, c'est cette liaison elle-même. Je ne veux pas me faire plus sévère que je ne suis et vous tenir le langage d'un rigoriste: Je comprends qu'un jeune homme s'amuse, surtout quand il est dans votre position. Ce qui est grave, c'est de se jeter à votre âge dans une passion qui épuise le coeur et trop souvent pour jamais. Pour vous tenir enchaîné à elle, pour vous dominer, pour faire de vous un instrument dont elle joue à son gré, cette femme est obligée de vous pousser et de vous maintenir dans une exaltation de passions qui n'a rien de commun avec la vie ordinaire. Comment sortirez-vous de ses mains, si vous êtes assez faible pour vous laisser retenir longtemps? Je vous le demande.

Et comme Robert ne répondait pas, après un moment d'attente il continua:

—Tenez, prenons un exemple autour de nous, moi, si vous le voulez bien; vous voyez, puisque depuis quelque temps vous vivez avec nous, quel est notre intérieur. J'adore ma femme qui m'aime tendrement, et malgré notre âge, ou plus justement malgré le mien, nous sommes aussi heureux qu'il est possible de l'être: des jeunes mariés pour tout dire: mon Dieu oui. Je ressens pour ma femme l'amour qu'elle m'avait inspiré quand elle était jeune fille, et je vous assure qu'elle me rend en tendresse, en affection, en dévouement tout ce qu'un homme peut désirer.

Robert ayant laissé échapper un mouvement, Fourcy s'arrêta et le regarda, mais ils avaient changé de position, et comme c'était Robert maintenant qui tour naît le dos à la lune, il était impossible de lire sur son visage noyé dans l'ombre les émotions qui l'agitaient.

— Eh bien, poursuivit Fourcy, croyez-vous que si au lieu de donner ma jeunesse au travail, je l'avais livrée à la passion, les choses seraient aujourd'hui telles que vous les voyez? Non, mon ami, non. Aussi je vous adjure de réfléchir à ce que je viens de vous dire et de vous préparer sagement à l'entretien que vous aurez demain avec M. votre père. Moi, ne me répondez pas, c'est inutile. D'ailleurs je vous ai fait entendre, bien contre mon gré, soyez-en persuadé, des paroles qui vous ont blessé, irrité: oh! ne dites pas non, je le sens, je le vois, elle moment serait mal choisi pour vous demander amicalement ce que vous comptez faire. J'ai voulu simplement provoquer vos réflexions. Je vous laisse aux prises avec elles. Quand vous voudrez, nous rentrerons.

Robert resta quelques instants sans répondre comme s'il n'avait pas entendu: puis d'une voix qui tremblait:

— En effet, dit-il, j'ai besoin de réfléchir, je ne rentrerai donc pas encore.

— Alors à bientôt, quand vous voudrez.

Et Fourcy se dirigea vers la maison, examinant en lui-même ce qui venait de se passer et s'il avait bien dit tout ce qu'il aurait dû dire; l'attitude de Robert l'inquiétait; vraiment ce garçon, avec son mutisme, était extraordinaire; il y avait en lui un mélange de froideur et de violence qu'on ne s'expliquait pas.

Quand il rentra dans le salon, il expliqua son inquiétude et ses doutes à sa femme.

— J'ai peut-être été trop dur pour la maîtresse, dit-il, je lui ai montré que c'était une coquine et il aurait peut-être mieux valu le prendre par la douceur.

—Qu'a-t-il dit?

—Rien; un morceau de marbre

—Où est-il?

—Dans le jardin à réfléchir.

Mais au même instant Robert parut à la porte du salon.

—Toi qui es fine, dit Fourcy à sa femme en parlant plus bas, et qui vois clair, tâche donc de deviner en l'observant ce qui se passe en lui, et dans quelles dispositions il est. J'ai peur pour demain. M. Charlemont a bien raison de trouver qu'il y a dans ce garçon des coins sombres et mystérieux gui ne disent rien de bon.

X

Pendant qu'il allait près de son fils et de sa fille, installés à l'autre bout du salon, Robert s'approcha de madame Fourcy.

Il marchait d'un pas saccadé, la tête haute, le visage pâle, les lèvres serrées, en proie bien manifestement à une émotion profonde.

—Vraiment la soirée est superbe, dit-il en parlant d'une voix claire, de façon à être entendu de Fourcy ainsi que de Lucien et de Marcelle.

Et il s'assit auprès de madame Fourcy. Alors se penchant vers elle, mais sans la regarder et d'une voix étouffée, à peine perceptible:

—Il faut que je vous voie cette nuit, dit-il rapidement.

—Vous êtes fou.

—Il le faut.

Cela fut jeté avec violence; puis il ajouta plus bas encore, sur le ton de la prière:

—Ce que vous avez bien fait hier, vous pouvez le faire aujourd'hui.

—Non.

—Parce que? dit-il en relevant les yeux et en la regardant en plein visage.

—Parce que c'est impossible.

—Ce n'est pas une réponse.

—Encore un coup, vous êtes fou.

—Oui, fou de colère, de douleur, de jalousie, vous le voyez bien.

Il s'était exalté et il ne pensait plus à modérer sa voix.

—Parlez-donc plus bas, dit-elle.

—Et vous, répondez-moi.

—J'ai répondu.

—Geneviève!

Dans cet appel il y avait un cri de désespoir si puissant qu'elle comprit mieux que par de longues explications ce qui se passait en lui.

De son côté, au regard qu'elle attacha sur lui, il sentit qu'il l'ayait touchée.

—Cette nuit, murmura-t-il, je t'en prie, Geneviève.

Elle hésita un moment:

—Non cette nuit, dit-elle enfin, tout de suite!

—Comment?

Sans répondre elle se leva.

Comme il la regardait stupéfait, sans comprendre ce qu'elle voulait:

—Restez là.

Et elle se dirigea vers son mari.

—Il est dans un état violent, dit-elle à mi-voix.

—Cela se voit.

—Je crois qu'il serait bon de lui adresser quelques paroles affectueuses; j'ai envie de lui proposer une promenade dans le jardin, qu'en penses-tu?

—C'est une excellente idée; parle-lui comme une mère, cela touchera son coeur bien certainement.

Elle revint à Robert, qui était resté immobile à la place où elle l'avait laissé, la suivant des yeux pour tâcher de deviner ce qu'elle disait à son mari et ce qu'elle voulait faire.

—Si vous voulez m'offrir votre bras, dit-elle de façon à être entendue de tous, je ferais volontiers un tour de jardin, moi aussi j'ai envie de jouir de cette belle soirée.

Ils sortirent.

A peine avaient-ils fait quelques pas dans le jardin que Robert voulut prendre la parole, mais elle l'arrêta.

—Attendez, dit-elle, que nous soyons à un endroit où l'on ne puisse ni nous entendre ni nous surprendre.

Pour gagner cet endroit où elle le conduisait, il fallait traverser un petit bois plein d'ombres; lorsqu'ils furent arrivés au milieu, il la prit brusquement dans ses deux bras et il la serra contre sa poitrine en cherchant ses lèvres pour l'embrasser, mais elle baissa la tête, et l'ayant repoussé elle se dégagea.

—Nous avons à parler, dit-elle, vous à moi, moi à vous, ne perdons pas notre temps.

—C'est perdre notre temps!

Sans répondre à cette exclamation, elle continua d'avancer, marchant seule, sans reprendre le bras qu'il lui tendait.

L'endroit où elle le conduisit ne fut point l'allée dans laquelle il s'était entretenu avec Fourcy, mais une pelouse découverte où par cette nuit claire on ne pouvait pas les approcher sans qu'ils s'en aperçussent.

—Mais on peut nous voir ici, dit Robert regardant autour de lui lorsqu'elle se fut arrêtée.

—C'est justement ce qu'il faut, car nous aussi nous pouvons voir; qu'avez-vous à me dire? parlez.

Ils restèrent un moment en face l'un de l'autre sans qu'il prît la parole, se regardant, s'observant, car la lumière de la lune qui éclairait en plein leurs visages d'une pâleur argentée était assez brillante pour qu'ils pussent lire dans les yeux l'un de l'autre.

—Ce n'était point ainsi, ce n'était point ici, dit-il enfin, que je voulais qu'eut lieu notre entrevue.

—Alors pourquoi me l'avez-vous demandée pour ce soir même?

—Pour cette nuit, non pour ce soir; parce que cette nuit, au bras l'un de l'autre, je vous aurais parlé, vous m'auriez écouté autrement que nous ne pourrons le faire ici.

—Vous saviez bien que c'était impossible.

—Et pourquoi impossible?

Elle haussa les épaules.

—Vous ne voulez pas répondre, s'écria-t-il, d'une voix contenue mais cependant avec véhémence, eh bien, je vais, moi, répondre pour vous: parce que c'est l'anniversaire de votre mariage et que vous voulez être à votre mari tout entière, à votre mari qui vous aime et à qui vous payez en tendresse, en dévouement, en affection, en amour la passion qu'il éprouve pour vous.

Elle le regarda de haut, et ses yeux, réfléchissant la lumière, lancèrent deux éclairs.

—Qui vous prend? demanda-t-elle.

—Je vous répète les paroles mêmes qu'il vient de me dire. Comprenez-vous maintenant que je sois fou de désespoir et de jalousie, moi qui vous aime, non pas d'un amour de mari, mais avec toute la passion d'un amant qui ne vit que pour vous, que par vous, qui n'attend rien que de vous, bonheur ou malheur.

Au lieu de répondre à ce cri désespéré, elle interrogea:

—Pourquoi, comment, à propos de quoi a-t-il parlé de cela? demanda-t-elle.

—En me reprochant de sacrifier ma vie à une maîtresse qui ne pouvait que me dessécher le coeur, et en se donnant, en vous donnant vous et lui comme un exemple vivant du bonheur qui attend ceux dont la jeunesse a été à l'abri des passions.

Elle resta assez longtemps sans parler, le regardant, l'examinant, puis tout à coup comme si elle prenait une résolution qu'il fallait coûte que coûte exécuter:

—Eh bien, il a eu raison, dit-elle d'une voix ferme.

—Raison! Vous lui donnez raison? Vous! vous!

—Oui.

—Raison! il a eu raison de me dire qu'il vous aimait et que vous lui payez en tendresse, en dévouement, en affection, en amour la passion qu'il ressent pour vous?

—Vous savez que cette affection, et ce dévouement sont réels et il n'était pas besoin, il me semble, qu'on vous les signalât pour que vous les vissiez: vous les ai-je jamais cachés? Depuis que vous êtes entré dans cette maison, ces sentiments qui sont dans mon coeur ne se sont-ils pas montrés franchement et de toutes les manières? Vous ai-je jamais trompé à cet égard?

Il leva ses deux poings fermés vers le ciel, puis les ramenant violemment il se les enfonça dans les yeux.

—Ce n'est cependant pas à propos de cela que je vous ai dit qu'il avait eu raison, continua-t-elle, mais bien à propos des avertissements qu'il vous a donnés sur votre maîtresse, sur celle à qui vous sacrifiez votre vie et qui ne peut que vous dessécher le coeur.

—Mais cette maîtresse….

—C'est moi, oui, croyez-vous donc que parce que cette maîtresse c'est moi, je vais la juger moins sévèrement que je ne jugerais une autre? Croyez-vous que je me trouve moins dangereuse que ne le serait une autre? Pire peut-être! Que puis-je être pour vous! Rien qu'une maîtresse qui se donne à demi sans pouvoir se donner entièrement, puisqu'elle n'est pas libre et ne s'appartient pas. Une femme qui vous tourmente, qui vous enfièvre, qui prend votre vie sans vous donner la sienne, qui en échange de votre jeunesse ne vous a apporté que sa vieillesse. Si encore elle vous rendait heureux, mais quelles joies a-t-elle à vous offrir? Que peut-elle pour vous?

—Tout.

—Rien, pauvre enfant; rien qu'user votre coeur, le flétrir, le dessécher et de telle sorte que, quand il sera guéri de cet amour, il ne sera plus ni assez fort, ni assez sain, pour ressentir et nourrir un nouvel amour, qui devrait-être sérieux celui-là et durable, l'amour d'un mari pour sa femme. Vous voyez bien qu'il a eu raison de vous parler comme il l'a fait, et qu'en cela je pense, je sens comme lui; et même avec plus de force, avec une conviction plus ardente puisqu'elle m'est inspirée par le sentiment et le remords de ma faute.

Elle se cacha le visage entre les deux mains comme si elle ne pouvait pas supporter le regard qu'il attachait sur elle.

Mais comme il allait répondre, elle le prévint:

—Je n'ai parlé que de vous, dit-elle, car dans cette liaison fatale qui nous attache l'un à l'autre, vous êtes la première victime, la plus intéressante, la seule qui mérite l'intérêt. Mais, moi, croyez-vous que, de mon côté, je ne sois pas malheureuse aussi, la plus malheureuse des femmes, dévorée de honte? Jusqu'à ce jour, je ne vous ai pas parlé de mes tourments, car je voulais, au moins, ne pas vous attrister inutilement, et bien souvent j'ai essuyé mes larmes pour ne vous montrer qu'un sourire, qui devait vous donner quelques minutes de bonheur. Mais enfin, Robert, j'espère que vous m'estimez assez pour ne pas croire que dans cette liaison... dans cet amour je n'ai trouvé qu'un paisible bonheur sans angoisses, sans regrets, sans remords, et que je n'ai pas ressenti, cruellement ressenti toute l'horreur de ma situation. Moi, vieille femme, la maîtresse du camarade, de l'ami de mon fils, vivant entre eux sous le même toit, et leur partageant mes caresses, à l'un caresses de mère, à l'autre caresses d'amante, et cela sous les yeux de ma fille, sous ceux d'un mari pour qui je n'ai réellement que de l'affection et du respect. Aussi cette horrible situation, je ne puis plus la supporter plus longtemps; je suis à bout de forces, et il faut que ce supplice cesse; il le faut pour vous, il le faut pour moi. A partir d'aujourd'hui, je ne veux plus être qu'une mère pour vous; mais votre maîtresse, c'est impossible, jamais, plus jamais.

Et de nouveau elle se cacha le visage entre ses deux mains, haletante, éperdue.

Il avait écouté comme s'il ne comprenait pas: chaque parole nouvelle qui l'atteignait, le surprenant et le jetant hors de lui.

Ce n'était pas cependant la première fois qu'elle pleurait sur sa faute et se déclarait la plus misérable des femmes, ce n'était pas non plus la première fois qu'elle avouait sa tendresse et son estime pour son mari, mais jamais il n'avait admis l'idée qu'elle pouvait vouloir rompre: elle lui avait dit si souvent qu'elle l'aimait, qu'elle l'adorait, qu'il était un Dieu pour elle, qu'elle ne voulait vivre que pour lui, qu'elle n'avait vécu que du jour où il l'avait aimée, qu'elle mourrait le jour où il ne l'aimerait plus! Et voilà qu'elle parlait de rupture, voilà qu'elle déclarait fermement qu'elle ne serait plus sa maîtresse, jamais, plus jamais.

—C'est impossible! s'écria-t-il tout à coup violemment, se répondant à lui-même, bien plus qu'il ne répondait à madame Fourcy et répétant le mot de celle-ci.

Alors elle releva la tête, puis ayant abaissé ses mains, elle vint à Robert et l'attirant doucement:

—Oh! mon pauvre enfant, dit-elle d'une voix que l'émotion et la tendresse contenues rendaient tremblante, mon pauvre enfant, comme je te fais souffrir; mais tu ne souffriras jamais plus que je n'ai souffert moi-même.

—Si tu m'aimais…

—Si je t'aimais! Ah! peux-tu parler ainsi? Mais n'est-ce pas justement parce que je t'aimais que j'ai différé jusqu'à ce jour cette résolution que j'ai arrêtée dans ma tête le lendemain même de ma faute. C'est parce que je t'aimais que décidée à, cette rupture lorsque j'étais loin de toi, je ne pouvais pas te l'annoncer lorsque tu étais près de moi. Vingt fois je me suis dit: ce sera pour aujourd'hui, et je t'ai attendu, m'affermissant dans ma résolution en me représentant l'horreur et l'indignité de ma situation. Mais tu paraissais, je subissais ton charme, j'étais entraînée, subjuguée, affolée et je ne disais rien. Si je ne t'avais pas aimé, est-ce que j'aurais subi ce charme qui m'a perdue moi, honnête femme, qui m'a mise sous ton influence si complètement que j'ai tout oublié, raison et honneur, dignité de la vie, sentiment du devoir et de la famille, de sorte que sans en avoir conscience, je suis tombée dans tes bras, folle et ne m'appartenant plus, mourant de honte, mais aussi de joie et de bonheur.

—Alors pourquoi veux-tu rompre?

—Parce qu'il le faut.

—Il le fallait hier, il y a un mois, aussi bien qu'aujourd'hui et tu n'as point parlé de cette rupture; tu ne m'aimes donc plus aujourd'hui comme tu m'aimais hier, comme tu m'aimais il y a un mois?

—Les circonstances n'étaient pas il y a un mois ce qu'elles sont aujourd'hui, ce sont elles qui imposent cette rupture à ma volonté si longtemps hésitante.

—Quelles circonstances?

Une fois encore au lieu de répondre, elle questionna.

—Pourquoi, demanda-t-elle, avez-vous fait payer par la maison de banque le bracelet que vous m'avez donné? mon mari vient de m'en dire le prix, 17,000 fr.

—Il y a eu là une erreur commise par le bijoutier, qui n'est pas mon fait; je devais payer avec un chèque et...

Mais elle l'interrompit:

—Je me doutais bien que c'était le résultat d'une erreur, mais vous devez reconnaître que cette erreur peut avoir des conséquences terribles pour nous, pour moi au moins; et j'avais comme un pressentiment de ce qui arrive en ce moment, en ne voulant pas l'accepter; que n'ai-je écouté mon idée au lieu de céder à vos instances! Vous savez que quand mon mari a frappé à la porte de ma chambre, le bracelet était sur la table avec les autres bijoux que vous avez tenu à m'offrir et que j'ai eu la faiblesse d'accepter, un peu j'en conviens parce que j'aime les bijoux, mais surtout pour vous donner le plaisir de m'avoir fait plaisir. Effrayée par son retour que je n'attendais pas à cette heure, et tout émue encore de tes caresses, j'ai perdu la tête, je n'ai pensé qu'à te faire sortir et j'ai laissé les bijoux sur la table, n'imaginant pas qu'il les remarquerait, mais l'écrin neuf a attiré son attention par sa couleur rouge.

—Qu'as-tu dit?

—J'ai inventé une histoire, absurde, bien entendu, et dont il s'est contenté sur le moment, parce que sa foi en moi est absolue, mais à laquelle il réfléchira et qui, alors, ne lui paraîtra plus aussi croyable que lorsqu'il l'a entendue de mes lèvres. On sait maintenant que vous avez une maîtresse. Votre père veut savoir quelle est cette femme, et il a même demandé à mon mari de l'aider à la trouver. Ne voyez vous pas que de recherches en recherches il n'est pas difficile d'arriver jusqu'à moi? D'autres n'auront pas la foi aveugle de mon mari, et ils admettront des soupçons que lui repoussera tant qu'on ne les lui imposera pas. Mais enfin on peut les lui imposer; on peut lui ouvrir les yeux de force; votre père surtout, qui a une si grande influence sur lui. Voulez-vous que cela arrive?

—Cela est impossible.

—Impossible! Dites que rien n'est plus facile au contraire. Qu'on aille chez le bijoutier; qu'on lui demande la description de ce bracelet; qu'on montre cette description à mon mari, croyez-vous qu'il ne reconnaîtra pas tout de suite l'émeraude et les diamants qu'il a vus dans cet écrin, qu'il a été si fort surpris de trouver sur ma table et dont je n'ai pu justifier la possession que par une histoire peu vraisemblable? Alors que se passera-t-il? Avez-vous réfléchi à cela.

Il ne répondit pas.

—Non, n'est-ce pas? Jamais votre esprit ne s'est arrêté à l'idée que la femme que vous aimez pouvait être déshonorée et devenir un objet de mépris ou de risée pour tous. Mais moi j'ai vécu sous l'obsession de cette horrible pensée, depuis que je vous aime, je l'ai tournée dans tous les sens, et j'ai arrêté ce que je ferais le jour où ma honte serait publique. Ne le devinez-vous pas? Je n'aurais qu'un refuge: la mort.

—Geneviève!

—Te voilà éperdu, pauvre enfant, épouvanté, tu ne veux pas que je meure, tuée par notre amour. Eh bien, moi non plus je ne veux pas mourir. Non pour moi, car privée de ton amour la mort me serait un soulagement. Mais pour mes enfants que je ne veux pas abandonner en ne leur laissant qu'un souvenir déshonoré; je ne veux pas qu'ils me haïssent et me méprisent. Tu vois donc bien qu'il faut que cette rupture s'accomplisse. C'est un miracle que jusqu'à ce jour la vérité n'ait pas éclaté; mais si les choses continuaient telles qu'elles sont, demain, après-demain, dans quelques jours fatalement elle serait découverte et je serais perdue. Dis si tu aimes mieux me pleurer morte, que me pleurer vivante. Prononce toi-même: ma vie, mon honneur, ma mémoire, l'honneur et le bonheur de mes enfants, de Lucien ton camarade et ton frère, sont entre tes mains.

Elle avait parlé rapidement, à demi-voix, sans faire un geste, car elle n'oubliait pas qu'elle pouvait être vue, mais cette immobilité voulue, loin d'affaiblir ses paroles qui contrastaient si vivement avec son calme apparent, leur avait donné un accent plus saisissant encore: elle se tut.

—Eh bien! que les choses ne continuent pas telles qu'elles sont, s'écria Robert. Qu'elles deviennent ce que tu voudras. Si tu juges qu'il est imprudent que je continue à rester dans cette maison, je m'en irai, dès ce soir je partirai; si tu veux que nous nous voyions moins souvent, nous ne nous verrons que quand tu voudras. Tout, je me résignerai à tout, j'accepterai tous les sacrifices, un seul excepté, celui dont tu parles: la rupture. Cela est impossible. Je le voudrais, je ne le pourrais pas, et je le dirais que j'accepte cette rupture, que je pars, je reviendrais.

—Il faut partir cependant.

—Tu n'as donc jamais compris, tu n'as donc jamais senti combien je l'aime et ce que tu es pour moi, que tu parles de rupture? Plus que la vie, plus que l'honneur, plus que tout au monde. Vienne une circonstance où je puisse t'offrir cette vie ou cet honneur, et tu verras si j'hésiterai, si ce ne sera pas avec joie que je le les sacrifierai. Tu disais tout à l'heure que tu avais été irrésistiblement attirée vers moi. Par quoi? Si ce n'est par cet amour que tu as vu si grand et si profond que tu en as été touchée, qui était si puissant que de moi il est passé en toi, assez fort encore pour t'entraîner. Est-ce que si nous nous sommes aimés, ce n'a pas été parce que nous étions faits l'un pour l'autre? Je l'ai senti, moi, alors que je n'étais encore qu'un enfant, qu'un gamin; quand tu venais au collège voir Lucien et que je te regardais, je t'admirais dans la beauté, me disant que tu étais la plus belle des femmes, t'aimant déjà avant de savoir ce que c'était que l'amour d'une femme, mais le devinant par toi. Combien de fois ai-je rêvé de toi, non seulement endormi, mais éveillé, bâtissant mon avenir et me disant que si j'étais aimé un jour ce serait par toi; n'imaginant pas, ne sentant pas qu'il pouvait y avoir au monde une autre femme que toi. Et tu veux que nous nous séparions!

—C'est la fatalité qui le veut, ce n'est pas moi.

—Tu disais que tu n'avais qu'à mourir si notre liaison était connue, et moi, que me reste-t-il si elle est rompue? Où aller, que faire? A qui demander la consolation? Tu as tes enfants que tu aimes et qui t'aiment; moi je n'ai personne à aimer et de qui je sois aimé; sans toi je suis seul au monde puisque j'ai eu, puisque j'ai pour père un homme qui n'a jamais été et qui n'est encore père que de nom. De bonheur je n'en ai à espérer que de toi, comme je n'en ai eu que de toi: dans le présent toi, dans l'avenir toi, dans le passé toi, toi seule et toujours toi. Tu vois donc bien que rien ne peut nous séparer et que cette rupture je ne l'accepterai jamais, tu entends bien, jamais, jamais; ce que tu voudras pour te mettre à l'abri des dangers que tu redoutes, je le voudrai comme toi, je le ferai, mais cela jamais, jamais.

Ce n'était plus un enfant qui parlait, mais un homme passionné, en qui on devinait une inébranlable résolution contre laquelle toutes les paroles seraient impuissantes, — au moins pour le moment.

Elle ne répondit pas, mais le regardant elle réfléchit pendant assez longtemps, tandis que frémissant d'anxiété, il se penchait vers elle.

— Eh bien, dit-elle enfin, puisque tu prends l'engagement de faire ce que je veux, voici ce que j'exige: dans l'entrevue que tu auras avec ton père, tu lui promettras de rompre avec la femme que tu aimes, et pour bien prouver à tous que cette rupture est sérieuse, tu prendras une maîtresse bien en vue: qui tu voudras; une comédienne, une cocotte, peu importe; ce qu'il faut, c'est une femme qui t'affiche, et qui soit assez séduisante pour qu'on croie à votre liaison, à ton amour pour elle.

— Jamais.

— Cela, ou rompre tout de suite, aujourd'hui même, choisis; mais il est entendu que je ne le dis pas de l'aimer, cette maîtresse.

XI

Le lendemain matin, un landau découvert était rangé devant le perron de la maison de Nogent, et madame Fourcy, au bras de son mari, descendait de sa chambre pour monter en voiture.

Elle paraissait toute joyeuse, pleine de fraîcheur, de jeunesse, d'entrain, et, à voir le doux sourire qui éclairait son beau visage, on n'eût jamais deviné qu'elle traversait une crise; les regards qu'elle attachait sur son mari ne parlaient que d'affection et c'était tendrement qu'elle s'appuyait sur lui.

Les enfants les attendaient dans le vestibule prêts à partir.

—Oh! maman, s'écria Marcelle en la regardant descendre, comme tu es jolie, comme ta toilette te va bien.

Alors Fourcy attirant sa fille à lui, sans abandonner le bras de sa femme, l'embrassa pour la remercier de cette parole, de ce cri qui lui remuait si doucement le coeur.

—Et moi? dit Lucien

—Toi, il fallait le dire avant moi, s'écria Marcelle.

—Les grands sentiments sont recueillis, dit Lucien sentencieusement.

—Et ils trouvent le lendemain ce qu'ils auraient dû dire la veille, continua Marcelle en riant.

Sans répliquer, Lucien s'approcha de sa mère, et il l'embrassa, puis se tournant vers sa soeur, et lui faisant une révérence moqueuse:

—S'ils ne savent pas parler, ils savent agir.

—Ne vous querellez pas, dit Fourcy, vous avez raison tous les deux; ainsi jugé sans plaidoiries, car nous n'avons pas le temps de nous livrer à des discours.

Ils montèrent en voiture. Au moment où madame Fourcy venait de s'asseoir, elle leva les yeux en l'air et instantanément son visage souriant changea d'expression: à l'une des fenêtres du second étage elle venait d'apercevoir Robert, qui les regardait et qu'elle avait oublié.

— Qu'as-tu donc, maman? demanda Marcelle, qui, placée vis-à-vis de sa mère, avait remarqué ce brusque changement de physionomie réellement frappant.

Mais avant d'attendre la réponse à sa question, elle avait aussi levé les yeux dans la même direction que sa mère et elle avait vu Robert.

— Tiens, Robert qui est à la fenêtre! dit-elle.

Et de la main elle lui envoya un signe amical.

Cela fit que tout le monde se tourna vers la fenêtre, madame Fourcy comme son mari, sa fille et son fils, et que tous en même temps ils dirent adieu à Robert: madame Fourcy en inclinant la tête d'un air peiné, Fourcy de la voix et des deux mains, Marcelle et Lucien d'un geste de camaraderie affectueuse.

Pour lui, penché en avant mais sans s'appuyer sur le balcon, le visage blême, les yeux ardents, se tenant raide, il n'avait rien dit.

Le cocher toucha ses chevaux qui partirent.

— Ce pauvre Robert que nous abandonnons, dit Fourcy, j'ai eu envie de lui proposer de l'emmener; je crois que cela le peine de nous voir partir sans lui.

— C'eût été changer le caractère de cette matinée que de la partager avec un étranger, dit madame Fourcy.

— C'est justement ce qui m'a arrêté, répondit Fourcy, bien que Robert ne soit pas un étranger pour nous; à mes yeux il est presque le frère de Lucien.

— Je ne crois pas qu'il serait venu, continua Lucien, il m'a dit qu'il avait à sortir ce matin.

Fourcy pressa le genou de sa femme et la regarda avec un sourire entendu: si Robert sortait, c'était bien certainement pour aller chez sa maîtresse et rompre avec elle: il avait entendu raison, le brave garçon, la nuit avait porté conseil; maintenant il n'y avait pas à craindre de scène violente entre le père et le fils: cette coquine allait être congédiée; désormais il n'y aurait plus qu'à payer les dettes qu'elle avait fait contracter, ce qui ne serait rien, si grosses que fussent ces dettes; quel soulagement! comme il avait bien fait de lui adresser des observations; elles avaient porté, et aussi celles de sa femme sans doute; et pour lui ce fut une satisfaction de penser qu'elle avait été son associée on cette affaire délicate, et qu'avec lui elle avait contribué à arracher l'héritier des Charlemont à cette coquine, qui l'aurait ruiné et perdu.

—D'ailleurs, continua Lucien, il n'est pas en dispositions joyeuses; quand je suis entré ce matin dans sa chambre de bonne heure, je l'ai trouvé debout avec la même toilette que celle qu'il avait hier soir; son lit n'était pas défait; il ne s'était pas couché; alors, comme je lui demandais s'il n'était pas souffrant, il s'est jeté dans mes bras et il m'a embrassé. Vous pensez si j'ai été étonné. J'ai voulu l'interroger, discrètement bien entendu, il a refusé de me répondre. J'ai vu qu'il avait dû passer une partie de la nuit à écrire.

—Les choses vont mal avec M. Charlemont, dit Fourcy qui ne pouvait pas entrer dans d'autres explications devant Marcelle, mais elles vont aller mieux, et d'ici quelques jours Robert sera redevenu ce qu'il était autrefois.

—Ah! bien, tant mieux, dit Marcelle, il est vraiment trop fantasque.

On était entré dans le bois de Vincennes. Madame Fourcy appela l'attention de son mari sur les jardins dont on longeait les grilles et alors la conversation changea: Robert fut abandonné, ce qu'elle avait cherché.

Elle voulait être tout à son mari, tout à ses enfants, et que Robert ne vînt point se jeter au travers d'eux pour les attrister.

Il fut vite oublié; en tous cas on ne s'occupa plus de lui.

Il y avait bien autre chose à faire vraiment que de parler d'un absent, car ils étaient tous à l'unisson, aussi heureux les uns que les autres.

Le temps n'était plus cependant où la petite pensionnaire de Gonesse, la pauvre orpheline qui n'avait jamais quitté sa triste et misérable pension trouvait des splendeurs sans pareilles au restaurant Gillet.

De même, il n'était plus où Lucien soutenait contre ses camarades de collège que le restaurant Gillet était le meilleur de Paris et qu'il n'avait pas son pareil, ni pour le luxe de sa décoration, ni pour la cuisine qu'on y mangeait, ni pour les vins qu'on y buvait.

Depuis, madame Fourcy avait connu d'autres splendeurs et Lucien avait bu d'autres vins, mais ce n'était pas avec leurs idées présentes qu'ils allaient à ce déjeuner, c'était avec leurs souvenirs, la mère et le père aussi bien que les enfants.

Aussi se trouvaient-ils dans les meilleures dispositions pour être satisfaits de tout, puisqu'il fallait simplement que ce tout de l'heure actuelle ne fût pas inférieur au tout de la dernière fois.

Et ce jour-là il lui fut supérieur, car il se trouva que c'était non seulement un anniversaire qu'ils fêtaient, mais encore l'aurore d'une ère nouvelle.

Le jour que madame Fourcy avait si fiévreusement désiré, si impatiemment attendu était arrivé: la fortune pour elle n'était plus désormais qu'une affaire d'années; dans un délai qu'elle pouvait calculer à peu près sûrement, elle se voyait riche.

Le rêve que Fourcy avait secrètement caressé sans oser le formuler franchement, même pour lui, était enfin réalisé: tout ce qu'il avait souhaité, tout ce qu'il pouvait espérer, il l'avait, il le tenait: Jacques Fourcy de la maison Charlemont, quel honneur!

Lucien se voyait l'associé de Robert Charlemont, c'est-à-dire à trente ans, une puissance, un personnage, un des rois de la finance parisienne.

«Marquise Collio», c'était ce que se disait Marcelle, car il était bien certain qu'en lui parlant comme il l'avait fait, son père n'avait eu d'autre but que de la préparer à ce mariage.

Il y avait là pour chacun de quoi assaisonner les mets qu'on leur servait et développer le bouquet des vins qu'on leur versait, de même il y avait de quoi aussi donner le sourire à leurs lèvres et l'entrain à leurs paroles.

Le temps passa avec rapidité, et lorsque, après le déjeuner, ils eurent fait le tour du bois de Boulogne dans leur voiture, Fourcy eut un mot qui traduisait leur satisfaction aussi bien que leurs espérances.

— L'année prochaine, dit-il, nous recommencerons cette bonne promenade, seulement j'espère que ce sera dans une voiture à nous, traînée par des chevaux à nous.

— Je demande à choisir les chevaux, dit Lucien.

— Moi, la livrée, dit Marcelle.

— Et toi? demanda Fourcy en s'adressant à sa femme.

— Oh! moi, je demande à ne rien choisir du tout; maintenant qu'il n'y a plus d'économies à faire, je donne ma démission d'acheteuse; chacun son tour; vous n'avez plus besoin de moi; j'ai assez travaillé pour la famille.

— C'est juste, dit Fourcy; cependant tu nous aideras bien de tes conseils?

— Cela, volontiers.

Il fallait rentrer, car après avoir joui du commencement de leur journée entre eux, en famille, il fallait en partager la fin avec leurs amis.

La voiture reprit grand train le chemin de Nogent.

— Je pense que personne ne sera encore arrivé, dit Fourcy lorsque la voiture franchit la grille d'entrée.

Mais il se trompait, car lorsqu'elle déboucha sur la pelouse ils aperçurent, assis sur deux chaises à l'ombre d'un platane, un vieillard de grande taille et de forte corpulence, qui, son chapeau posé devant lui sur une table, prenait là le frais en attendant.

— M. Ladret, dit Marcelle, déjà, quel ennui!

— Moi je me sauve, dit Lucien, j'ai à préparer mon feu d'artifice.

— Veux-tu que je t'aide? demanda Marcelle.

— J'ai besoin de toi.

— Tu sais, dit madame Fourcy s'adressant à son mari en riant, que si tu veux accompagner les enfants, je tiendrai compagnie à M. Ladret.

—Oh! maman, quel courage tu as! dit Marcelle.

Tout en parlant ainsi, ils étaient descendus de voiture et pendant ce temps, M. Ladret, qui s'était levé et qui avait remis son chapeau, s'était dirigé vers eux, marchant lourdement, mais gravement, avec importance, en homme qui a la conscience de ce qu'il vaut.

Et ce qu'il valait ou plutôt ce que valait sa fortune, car pour lui il ne valait pas cher, c'était cinq ou six cent mille francs de rente qu'il avait gagnés dans les expropriations et des démolitions de la Ville de Paris, et qui selon son sentiment devaient lui tenir lieu de ce qui lui manquait, c'est-à-dire de la jeunesse, de l'éducation, de la politesse, de l'esprit, de la bonté, de la générosité, — ce qui lui faisait dire bien souvent d'un ton sentencieux, avec la conviction d'un homme qui n'a jamais reçu de démenti: — «Quand on a le sac, on a tout.»

Et le sac, il l'avait d'autant mieux rempli qu'il ne l'ouvrait pas facilement, vivant seul, sans femme, sans enfants, sans famille et presque sans amis.

—Les amis, disait-il souvent, ça mange votre dîner en prenant toujours les meilleurs morceaux, et le soir lorsqu'ils s'en retournent à deux ou trois, ça vous écorche; je connais ça.

Il connaissait ça d'autant mieux que c'était ainsi qu'il procédait à l'égard de ceux qui voulaient bien l'inviter.

XII

Bien que Fourcy n'eût jamais eu grande estime pour le père Ladret qu'il recevait plutôt par habitude que par amitié, et parce que celui-ci s'invitait lui-même le plus souvent à venir à Nogent en disant que de toutes les maisons amies où il allait, c'était celle où il se plaisait le mieux, il était cependant trop poli pour suivre le conseil que sa femme lui avait donné et fausser compagnie à son hôte.

Il l'introduisit donc au salon, et tandis que madame Fourcy montait chez elle pour se débarrasser de sa toilette de ville, il resta avec lui, et comme il fallait bien un sujet de conversation entre eux, il prit celui qui occupait son esprit: la visite de M. Amédée Charlemont qui venait à Nogent pour la première fois, puis ce nom de Charlemont l'amena à parler du changement qui venait de s'accomplir dans sa situation. Alors ce furent, de grands compliments de la part de Ladret, qui pour la première fois admit l'idée que son ami Fourcy pouvait bien être quelqu'un.

Madame Fourcy redescendit et ce fut seulement après un temps assez long de conversation générale que Fourcy laissa sa femme seule avec Ladret.

— Je vais voir si les enfants n'ont pas besoin de moi, dit-il en s'excusant, vous permettez?

— Vous savez que je ne me suis jamais gêné pour personne, cela fait que je ne demande pas qu'on se gêne pour moi.

Aussitôt que Fourcy fut sorti, Ladret se renversant en arrière au fond de son fauteuil, en allongeant une jambe et en repliant l'autre, introduisit la main dans la poche de son pantalon. Mais ce ne fut pas sans peine qu'il accomplit cette opération, d'abord parce que sa main était grosse, ensuite parce que son ventre qui était proéminent tombait sur ses cuisses et les recouvrait.

Enfin il réussit, et des profondeurs de cette poche il tira un petit écrin en velours qu'il présenta à madame Fourcy d'un air triomphant.

—Qu'est-ce que c'est que cela? demandait-elle avec indifférence.

—Ça, dit-il étonné, ça, c'est deux perles noires que j'apporte à ma belle Geneviève.

Et en même temps il ouvrit l'écrin pour montrer deux grosses perles noires, dont l'éclat métallique se détachait nettement sur la blancheur du velours.

Mais elle ne parut pas le moins du monde éblouie:

—Et à quel propos m'apportez-vous ces perles? demanda-t-elle.

—Faut-il répondre franchement?

—Sans doute.

—Eh bien, c'est à propos de ce qui s'est passé entre nous en ces derniers temps.

—Que s'est-il donc passé de particulier, je vous prie?

—Rien de particulier il est vrai, mais dans l'ensemble ça n'a guère marché; alors j'ai pensé que si j'étais gentil pour ma belle Geneviève, ma belle Geneviève de son côté voudrait être gentille pour son vieux Ladret, et d'autant mieux qu'après avoir eu les pendants d'oreilles elle aurait envie d'avoir le collier de perles.

—Alors c'est un marché?

—Est-ce que tout n'est pas un marché dans la vie?

—Pour vous, peut-être, pour moi non.

—Tiens!

—Et je n'accepte pas celui-là.

Il la regarda un moment d'un air ahuri, tenant toujours son écrin ouvert, puis tout à coup clignant de l'oeil:

—Et celui du collier? dit-il.

—Pas plus celui du collier que celui des pendants: vous pouvez donc refermer cet écrin et le remettre dans votre poche.

Il ne se le fit pas répéter, et cette fois il trouva sa poche beaucoup plus facilement pour y remettre l'écrin qu'il ne l'avait trouvée la première fois pour l'en sortir.

Cela fait, il la regarda en face pour lire sur son visage ce qui se passait en elle, mais il ne le devina pas.

—Ah! ça, que se passe-t-il donc? demanda-t-il.

—Vous ne le comprenez pas?

—Dame!

—Eh bien, puisque vous voulez que je vous parle clairement, je vous obéis: à partir d'aujourd'hui tout est fini entre nous.

Il resta un moment abasourdi, puis secouant la tête:

—Ah çà voyons, dit-il, tu te moques de moi, n'est-ce pas; qu'est-ce que toutes ces grimaces? Au lieu de me faire une scène, dis tout de suite ce que tu veux, si c'est à cela que tu dois arriver: nous verrons.

Elle avait jusque-là parlé avec calme, avec hauteur, mais ces derniers mots lui firent perdre ce calme, et vivement elle répondit:

—Je vous ai dit ce que je voulais, je vous le répète que tout soit fini; cela et rien autre chose.

—Mais pourquoi?

—Parce que la vie que vous m'avez imposée me fait horreur.

De nouveau il la regarda et avec une réelle stupéfaction, mais une fois encore il cligna de l'oeil d'un air fin:

—Voyons, avoue que tout ça, c'est parce que je t'ai refusé les actions du charbonnage de Saucry dont tu avais envie; eh bien, je te les donnerai, mais nous ferons la paix, n'est-ce pas, et tu seras gentille; dis que tu le seras, hein!

Elle était assise en face de lui, elle se leva d'un bond et vivement elle fit le tour du salon pour s'assurer que toutes les portes étaient fermées, alors revenant vis-à-vis de lui et restant debout:

—Je vous ai dit tout à l'heure que la vie que vous m'aviez imposée me faisait horreur, mais je n'ai pas été franche jusqu'au bout, car j'aurais dû ajouter que vous aussi me faisiez horreur. Vous voulez que je vous le dise, vous me poussez à bout, vous m'outragez, je n'ai plus à vous ménager, vous qui m'avez perdue, vous que je hais et que je méprise parce que vous m'avez fait la femme que je suis depuis dix ans et que je ne veux plus être!

— Ai-je été à vous, ou bien êtes-vous venue à moi?

— Oui, j'ai été à vous, cela est vrai, j'y ai été parce que vous étiez riche et surtout parce que je vous croyais un honnête homme.

— Vous êtes venue parce que vous vouliez de l'argent.

— Et pourquoi le voulais-je, cet argent?

— Pour payer vos pertes à la Bourse.

— Et comment les avais-je faites, ces pertes?

— Que m'importe?

— Il m'importe à moi: voyant que l'honnête homme qui était mon mari et que j'aimais ne voulait pas faire d'affaires, j'ai cru que je pourrais en faire, moi, et que je gagnerais sûrement en profitant des renseignements ou des indiscrétions que j'entendais autour de moi. Il est arrivé un jour où au lieu de gagner j'ai perdu. Il fallait payer, je ne le pouvais pas. J'ai eu alors l'idée funeste de m'adresser à vous parce que, je vous l'ai dit, je vous savais riche et parce que je vous croyais un honnête homme, et puis aussi parce que vous étiez un vieillard. Vous m'avez répondu que vous ne prêtiez pas à une femme, mais que vous lui donniez, quand elle voulait être gentille; c'était votre mot, il y a dix ans, comme c'est votre mot encore. Je me suis sauvée.

— Et vous êtes revenue.

— Oui, quand après avoir frappé à toutes les portes, j'ai vu qu'il ne me restait qu'à m'adresser à mon mari que j'aimais, ou à vous que je haïssais: Le premier pas fait, j'ai continué et j'ai été âpre à l'argent... avec fureur. Tout ce que j'ai pu tirer de vous, je l'ai tiré avec joie, avec bonheur, sans autre regret que de ne pouvoir pas vous ruiner. Mais aujourd'hui je ne veux plus de cet argent; et vous m'offririez votre fortune entière que je ne l'accepterais pas. Comprenez-vous, maintenant que j'ai parlé, que tout est fini entre nous? Sortez donc de cette maison pour n'y revenir jamais. Sortez-en tout de suite. J'expliquerai votre départ: vous avez été indisposé. Partez.

Et comme après un long moment d'attente il n'avait pas bougé, elle poursuivit:

— Mais partez donc, partez.

Il ne bougea pas davantage, et il resta dans son fauteuil à la regarder, réfléchissant. Enfin il se leva: mais ce ne fut pas pour partir: pendant qu'elle parlait, il avait passé de l'étonnement à la stupéfaction, puis quand il avait compris, de la stupéfaction à la colère; maintenant il paraissait avoir repris ses esprits et jusqu'à un certain point son sang-froid:

—Bon, dit-il, je comprends cet accès de vertu qui vous pousse subitement en voyant que vous pouvez être riche par votre mari; c'est la contre-partie de celui qui vous a poussé, mais pas de vertu celui-là, quand vous avez cru au bout de dix ans d'attente que vous ne le seriez jamais par lui; de sorte que vous avez voulu gagner vous-même la fortune qu'il ne vous gagnait pas et vous avez travaillé pour ça, j'en sais quelque chose, et si ce mobilier pouvait parler, il serait mon témoin. Mais cet accès de vertu qui vous prend aujourd'hui, ça ne durera pas. Vous n'êtes pas une femme de vertu, ma belle dame, vous êtes une femme d'argent, une femme qui comprend la vie, une femme qui ne se débarrassera pas du jour au lendemain d'idées, de besoins, de satisfactions qui sont les siens depuis dix ans et si bien en elle qu'ils sont sa seconde nature, la vraie celle-là, la solide, celle qui vous a, qui vous tient et ne vous lâche pas. Vous reviendrez donc à l'argent... et à moi, je vous le dis; et j'ajoute que ce jour-là, malgré tout ce que vous venez de me dire, vous me retrouverez, parce que moi aussi je suis à vous comme vous êtes à l'argent, et que je ne pourrai pas plus me détacher de vous que vous ne pourrez vous détacher de vos idées, de vos habitudes et de vos besoins: je peux bien vous dire que je l'ai essayé plus d'une fois, quand vous aviez fait une trop forte saignée à ma bourse, et que je n'ai pas pu. Je pars donc tranquille, bien certain que nous nous retrouverons un jour bons amis.

—Jamais.

—Alors l'accès de vertu que je suppose n'existerait donc pas, et cette scène n'aurait d'autre but que de me faire céder la place au petit Robert Charlemont, ou bien à son père qui entre aujourd'hui dans cette maison d'où je sors.

—Vous êtes fou, fou d'une folie sénile.

Il secoua la tête par un geste, qui disait qu'il ne se sentait pas atteint, et il continua:

—Ou bien encore au marquis Collio, au bel Evangelista, bien que je ne croie pas beaucoup à celui-là malgré sa beauté; et cela pour deux raisons: la première, c'est que vous voulez en faire un gendre qui vous débarrasse de votre fille devenue trop grande et par là gênante pour vos affaires; quand elle était en pension, c'était bon, vous pouviez aller et venir; mais maintenant que vous l'avez près de vous, ça vous oblige à toutes sortes de manoeuvres embarrassantes, car ça voit clair les jeunes filles; la seconde raison, c'est que le bel Evangelista, qui est vraiment fait pour tourner la tête des femmes, n'est riche qu'en beauté, et que vous êtes trop femme d'argent pour prendre un amant pauvre.

A ce moment il fut interrompu par la porte du salon qui venait de s'ouvrir, on annonça:

—M. le marquis Collio

XIII

Le père Ladret n'avait pas été trop exagéré en disant que le marquis Collio était fait pour affoler les femmes; c'était en effet un très joli homme; sans rien d'efféminé cependant, grand, bien pris, souple, élégant et gracieux de manières avec une de ces belles têtes italiennes larges au front, minces et fines au menton, qui semblent avoir été modelées dans un triangle allongé: la chevelure était noire et luisante comme les ailes d'un corbeau; les yeux étaient ardents et veloutés; et sur la blancheur de la peau un peu grenue se détachaient vigoureusement des moustaches soyeuses, assez minces pour ne pas cacher des lèvres roses et des dents nacrées.

Après les premières paroles de politesse qui furent courtes, au moins de la part de madame Fourcy, celle-ci revint au père Ladret et parut continuer un entretien interrompu:

—C'est bien réellement que vous voulez vous retirer, dit-elle, et toutes mes instances seront donc vaines pour vous retenir?

—Mais...

Elle lui coupa la parole, ne voulant pas lui permettre de répondre dans un autre sens que celui qu'elle entendait lui tracer et l'obliger à suivre.

Au reste, je serais désolée de penser que pour notre plaisir vous avez aggravé votre indisposition.

—M. Ladret est souffrant? demanda Evangelista d'une belle voix sonore et avec un léger accent, qui dans une bouche aussi gracieuse était un agrément.

Vivement madame Fourcy prit les devants et répondit elle-même à cette interrogation:

—M. Ladret était venu pour passer la journée avec nous, mais en nous attendant, car nous rentrons seulement, il a pris froid dans le jardin sous l'ombrage trop frais des platanes et il vient d'avoir un mouvement fébrile qui l'oblige à nous quitter. Et elle regarda Ladret comme pour lui dire qu'il devait trembler de fièvre, mais il n'en fit rien, abasourdi qu'il était, autant qu'émerveillé de la façon dégagée dont elle le mettait à la porte.

—Et au moment même où vous êtes entré il se retirait, continua-t-elle, en avançant sur Ladret comme pour le pousser dehors.

Mais ses regards étaient si affectueux, sa parole était si douce qu'il fallait savoir ce qui venait de se passer entre eux pour deviner ce qu'il y avait réellement sous ces regards et cette parole.

Ladret recula, alors elle avança plus hardiment, le dominant, le poussant du regard, des mains, de toute sa personne.

Elle le conduisit ainsi jusqu'à la porte, lui parlant toujours doucement, lui prodiguant les plus vives démonstrations de sollicitude et de sympathie, le meilleur des amis, un père.

Mais lorsqu'elle lui eut ouvert elle-même la porte, il s'arrêta un moment et regarda autour de lui: le marquis Collio était dans l'embrasure d'une fenêtre à l'autre extrémité du salon; penché sur une jardinière dont il examinait les fleurs, il n'y avait donc pas à craindre qu'il entendît ce qui se disait dans l'embrasure de la porte, pourvu qu'on eût la précaution de baisser la voix. Alors il se pencha vers madame Fourcy.

—Tu sais, dit-il, en frappant d'une main sur sa poche et en lui soufflant ses paroles, les perles ne retourneront pas chez le bijoutier, elles restent à ta disposition!

—Mais partez donc.

—Et les actions du charbonnage, quand tu voudras, elles sont présentement à 11,500.

Il n'en put dire davantage, elle poussait la porte sur lui, mais cela suffisait: elle lui reviendrait, l'offre des actions produirait sûrement son effet: jamais il n'avait vu personne résister à l'argent... quand la somme était assez grosse.

Vivement, légèrement madame Fourcy revint à Evangelista:

—Voilà une indisposition que je bénis, dit celui-ci.

—Comment, s'écria-t-elle, vous vous réjouissez de ce que ce pauvre M. Ladret est malade? Il n'est pas si ennuyeux que cela; je vous assure que c'est un excellent homme que nous aimons beaucoup.

—Excellent homme, je ne dis pas, mais ennuyeux, je le soutiens, au moins en ce moment...

Il avait dit ces quelques mots légèrement, mais arrivé là, il changea de ton, et sa voix prit une gravité tendre, tandis que son regard s'adoucissait et que son attitude se faisait caressante:

—... Car en ne s'en allant pas, il m'eût privé du tête-à tête qu'un heureux hasard nous ménage.

Mais elle l'arrêta d'un geste simple et net, où il n'y avait ni effarement, ni coquetterie.

—Je vous en prie, dit-elle, n'allons pas plus loin.

—Vous ne voudrez donc jamais m'entendre?

Ils étaient debout au milieu du salon; d'une main, elle lui montra un fauteuil, tandis que de l'autre, elle en tirait un pour s'asseoir en face de lui.

—Non, monsieur le marquis, non, dit-elle avec une fermeté douce, je ne consentirai jamais à vous entendre sur ce sujet, mais puisque malgré mes prières vous avez voulu une fois encore l'aborder, c'est vous qui m'entendrez...

Et avec un sourire qui prouvait combien elle était calme et pleinement maîtresse d'elle-même, sans trouble, sans émotion, aussi bien que sans colère:

—... Ainsi nous trouverons à bien employer le tête-à-tête qu'un heureux hasard nous ménage.

—Ah! madame, vous êtes cruelle de traiter légèrement un sujet qui m'émeut si profondément.

—Légèrement! Non certes. Mais sérieusement au contraire, comme la chose la plus grave et la plus importante de ma vie, soyez-en convaincu. En m'écoutant, vous allez bien le voir. Si je vous disais que je n'ai pas été sensible aux attentions dont j'ai été l'objet de votre part, je ne serais pas sincère. En me voyant, moi, vieille femme...

—Oh! madame.

—Trouvez-vous donc qu'on soit jeune quand on approche de la quarantaine? Oubliez-vous que nous fêtons aujourd'hui le vingtième anniversaire de notre mariage? Donc, j'avoue qu'en me voyant, moi, vieille femme, produire une certaine impression sur un homme jeune, élégant, distingué, plein de mérites, j'ai éprouvé un sentiment de vanité féminine que je ne chercherai pas à cacher. Mais d'autre part, je dois vous dire avec une entière franchise que ma vanité seule a été émue.

Evangelista ne fut pas maître de retenir un mouvement.

—Que cet aveu ne vous blesse pas, dit-elle, il ne vous atteint en rien dans vos mérites qui, je le reconnais, sont grands, il n'atteint que moi. Sans doute à ma place plus d'une autre femme eût été touchée au coeur. Mais je ne suis point de ces femmes au coeur sensible. Je ne suis qu'une bourgeoise, monsieur le marquis, une bonne petite bourgeoise qui n'a jamais rien compris à ce qu'on appelle la passion. A vrai dire, je ne sais pas ce que c'est, et quand j'ai vu des femmes sacrifier leur honneur, leur tranquillité, leur vie parce qu'elles aimaient, disait-on, cela m'a toujours paru inexplicable. Je sais bien que l'amour tient une grande place dans les livres et qu'il y a toute une littérature qui raconte ses joies, ses chagrins, ses désordres, mais je ne vois pas qu'il en tienne une semblable dans la vie ordinaire.

—Niez-vous donc la passion?

—Je ne la nie ni ne l'affirme, je dis seulement que pour moi je ne la comprends pas, ou si vous voulez, que je ne la sens pas. Sans doute c'est infirmité de ma nature, mais enfin je suis ainsi et non autre, croyez-le, car je vous parle avec une entière franchise, une sincérité absolue, en pesant mes paroles que j'adresse à un homme qui m'inspire autant de sympathie que d'estime, et que je veux, que je dois éclairer puisqu'il s'est trompé sur mon compte. Jeune j'ai pensé, j'ai senti ainsi, et en vieillissant mes idées et ma manière de sentir se sont affirmées, elles ne se sont pas démenties.

—C'est que vous n'avez jamais été aimée, et si...

Elle lui coupa la parole:

—Je ne vous comprendrais pas, dit-elle en répondant à l'avance à ce qu'il allait dire. Et puis n'oubliez pas que j'aime mon mari. Mon Dieu, ce n'est pas de cet amour passionné que je ne comprends pas, mais c'est d'une affection réelle et sincère. Mon mari est pour moi le plus honnête homme et le meilleur homme du monde. Il n'a eu qu'une visée dans la vie: mon bonheur et le bonheur de ses enfants. Je ne vais pas, moi, m'exposer à faire son malheur. Et pourquoi? entraînée par quoi? Je l'ignore. On ne fait quelque chose que dans un but; n'est-ce pas? on ne commet une faute, ou un crime qu'en vue d'un intérêt certain. Eh bien, moi je ferais cette chose sans but, je commettrais cette faute sans intérêt! Vous comprenez que c'est impossible, et que l'amour ne peut pas entraîner une femme qui ne sent point l'amour, la passion un coeur qui n'est point passionné.

Il était impossible d'être plus nette et de dire plus clairement: Vous avec cru, mon beau jeune homme, que vous n'auriez qu'à me regarder d'un air tendre et à me parler d'amour pour me faire tomber dans vos bras, eh bien, vous vous êtes trompé, attendu que ma nature est complètement insensible à ce qui est tendresse et à ce qui est amour; des sens? je n'en ai pas; un coeur? je n'en ai pas davantage; je suis une femme de tête, rien de plus, et vous seriez encore plus beau que vous n'êtes, encore plus séduisant, que vous ne me donneriez pas ce qui me manque; passez donc votre chemin et ne perdez pas votre temps…

Cependant madame Fourcy n'avait pas dit encore tout ce qu'elle voulait dire, et elle n'était point encore arrivée au bout de la ligne qu'elle s'était tracée: maintenant il fallait qu'elle s'occupât de Marcelle.

—J'ai cru devoir, dit-elle, vous donner cette explication loyale, non seulement pour vous et pour moi, mais encore pour ma fille.

Evangelista la regarda surpris.

—Je vais m'expliquer, continua-t-elle, car je tiens à ce qu'il n'y ait entre nous rien d'ambigu. Voulant justifier aux yeux de tous votre assiduité dans cette maison, vous avez publiquement fait la cour à la fille pour cacher celle que vous faisiez secrètement à la mère, dont vous vouliez sauvegarder la réputation, et cela sans penser que vous pouviez compromettre celle de la fille C'était là un jeu dangereux, dont vous n'avez pas, j'en suis certaine, mesuré toutes les conséquences, car enfin, il n'y avait pas que le monde qui pouvait prendre ce jeu au sérieux. Il y avait aussi la jeune fille. Que serait-il arrivé si elle s'était intéressée aux sentiments qu'en lui témoignait? S'y est-elle intéressée? Je ne veux que vous poser ces questions.

Vous les examinerez. Encore un seul mot: M. Fourcy devient l'associé de la maison Charlemont: cela crée une position à Marcelle: et il ne faut pas qu'elle soit exposée à manquer les beaux mariages qui vont se présenter pour elle.

Evangelista allait enfin répondre, mais Marcelle et Fourcy en entrant dans le salon l'empêchèrent de prendre la parole.

XIV

Jamais madame Fourcy n'avait été aussi jolie qu'en se mettant à table, et elle eût assurément fait la conquête de M. Amédée Charlemont placé à sa droite, si celui-ci avait pu prêter attention à une femme qui avait dépassé la trentaine; vingt-cinq ans pour lui étaient déjà un âge vénérable, trente ans quelque chose d'antédiluvien, et puis quand on avait de grands enfants comme Lucien et Marcelle, on n'était plus une femme; on était une mère; il les respectait, les mères, c'est-à-dire qu'il leur adressait la parole de temps en temps, sans trop savoir ce qu'il leur disait et sans suivre ce qu'elles lui répondaient, mais il ne les regardait pas et même il ne les voyait pas, ayant le bonheur d'être ainsi organisé que ce qui lui était désagréable ou antipathique n'existait pas pour lui.

Ce qui faisait la beauté de madame Fourcy ce soir-là, ce n'était point une toilette bien réussie, car elle n'avait jamais été plus simplement habillée, plus modestement, sans un seul bijou, comme une bonne petite bourgeoise, ne portant à sa main ordinairement brillante de pierreries qu'un seul petit anneau d'or, celui de son mariage, — c'était l'éclat de la physionomie, la gaieté du regard, la sérénité du sourire qui reflétaient sur son visage la satisfaction profonde d'une âme parfaitement heureuse.

Et de fait elle l'était pleinement.

Pour la première fois depuis dix ans elle se trouvait débarrassée de tout souci, de tout tracas et sa situation était celle d'un commerçant qui se retire des affaires après fortune faite.

En elle, autour d'elle, partout où elle portait les yeux, elle ne voyait que des sujets de satisfaction:

Son mari, son bon Jacques en passe de gagner rapiment des millions et de faire grande figure dans le monde;

Lucien, l'héritier et le successeur de son père;

Marcelle, une grande dame, une marquise, car Evangelista, bien certainement, allait maintenant se retourner de ce côté, et elle aurait le plaisir d'avoir pour gendre un homme charmant, dont elle n'avait pas voulu pour amant;

Le vieux, l'horrible, l'infâme Ladret, congédié;

Robert, en bonne voie de guérison, car, puisqu'il avait accepté la combinaison d'une maîtresse, il était bien évident qu'à un moment donné il se laisserait distraire par cette maîtresse qui tiendrait à se l'attacher sérieusement, et finalement il se consolerait.

Quel soulagement et aussi quel triomphe! quelles bonnes raisons n'avait-elle pas pour se réjouir et même pour s'enorgueillir d'avoir ainsi amené sa barque à bon port, au milieu des écueils et sur une mer fertile en naufrages!

Qui eût pu la contrister, affaiblir sa joie ou abaisser son orgueil?

Elle ne le voyait pas, elle ne le sentait pas, car le blâme qu'elle aurait encouru, et l'opprobre dont elle aurait été frappée, si la vérité avait été connue, ne seraient venus selon son sentiment personnel que de préjugés pour elle absolument vains. En réalité, quel mal avait-elle fait? Aucun, puisqu'elle n'avait pas à se reprocher d'avoir jamais ruiné personne. Quel tort avait-elle fait à son mari? Aucun, puisqu'elle avait toujours été pleine d'une tendre affection pour lui, et qu'elle s'était appliquée à le rendre heureux, sans qu'il pût demander, sans qu'il pût souhaiter plus qu'elle ne lui donnait.

Pendant ces dernières années de lutte, elle seule aurait pu se plaindre, car elle avait eu plus d'une fois des heures de lassitude et de dégoût.

Elle ne l'avait pas fait pourtant, elle avait persévéré quoi qu'il lui coûtât, et maintenant elle pouvait justement se féliciter de son courage, en voyant comment elle avait été payée de sa peine.

Et pensant à cela elle promenait des regards pleins d'une satisfaction attendrie autour d'elle, sur son mari et ses enfants, aussi bien que sur sa table luxueusement servie, sur son buffet chargé d'une vieille argenterie magnifique et de porcelaines rares, sur les cuirs de Cordoue qui décoraient les murs de la salle, sur les portières en velours de Gênes.

A qui était-il dû ce luxe dont jouissait son mari ainsi que ses enfants, et dont elle jouissait elle-même, si ce n'est à elle et à elle seule?

Sans elle où seraient-ils tous en ce moment? Dans quelque pauvre maisonnette à l'étroit, autour d'une table servie en faïence anglaise, avec un horrible papier imitant le cuir collé sur les murs.

Est-ce que dans cette bicoque, autour de cette misérable table, M. Charlemont se pencherait vers elle, à chaque instant comme à l'heure présente, pour la complimenter sur le goût avec lequel elle avait meublé et orné sa maison, sur l'excellence de sa cuisine, sur la qualité et l'authenticité de ses vins?

Si elle n'avait pas été assez avisée pour prendre à l'avance ses précautions, combien leur faudrait-il de temps maintenant pour organiser la vie qui convenait à leur nouvelle position?

Tandis que désormais elle n'avait qu'à jouir au milieu des siens du bien-être et du luxe qu'elle avait su se préparer.

C'était un avenir de repos qui de ce jour commençait pour elle.

Elle pouvait respirer, s'abandonner, être elle-même, faire ce qu'elle voulait, rien que ce qu'elle voulait, et cela dans une tranquillité parfaite.

Plus de précautions à l'égard de celui-ci, plus de prévenances envers celui-là: maîtresse d'elle-même, de ses paroles, de ses pensées, de son humeur bonne ou mauvaise, de son sourire comme de son ennui.

Pour le moment c'était le sourire qui épanouissait son visage; c'était en souriant qu'elle mangeait l'excellent dîner qu'elle avait fait servir, en souriant qu'elle s'adressait ou qu'elle répondait à chacun, même à Robert triste et sombre au bout de la table: «Riez donc, semblait-elle lui dire, amusez-vous, mangez bien»; mais c'était en vain, il ne riait pas, il ne s'amusait pas, il ne mangeait guère, il la regardait se demandant comment elle pouvait montrer une pareille gaieté, même en la simulant, même en jouant un rôle. Pourquoi n'avait-elle pas pour lui un coup d'oeil, rien qu'un seul, un éclair, dans lequel elle mettrait son âme? Mais non, elle riait, elle parlait, elle s'amusait.

Et même elle mangeait.

Elle mangeait non du bout des dents, mais pour de bon, avec un excellent appétit, et aussi avec plaisir: la faim ne se simule pas avec cette facilité, et elle avait faim, cela paraissait évident.

Il n'était pas le seul d'ailleurs qui remarquât ce bel appétit; à un certain moment, M. Amédée Charlemont se pencha vers elle:

—Savez-vous que je vous admire, dit-il à mi-voix.

—Vraiment, répondit-elle.

Et elle eut un petit mouvement de vanité; si peu coquette qu'elle fût quand son intérêt n'était pas en jeu, elle ne pouvait pas être insensible au compliment d'un homme comme M. Charlemont.

—Vraiment, répéta-t-elle en le regardant.

—Avouez que vous êtes un peu gourmande, hein? Je trouve la gourmandise adorable chez une femme. D'ailleurs entre nous (je baisse la voix pour que mon fils ne soit pas scandalisé), plus une femme a de vices, plus elle a de moyens de séduction. Celui-là est un de ceux que j'estime le plus. Quoi de plus gai à voir qu'une jolie petite femme qui mange bien, avec bel appétit et aussi avec jouissance. Cela m'a toujours charmé. Et je ne connais rien de plus triste que de dîner ou de souper en tête-à-tête avec une femme qui ne mange pas; si bien disposé qu'on soit, on en arrive vite à ne pas manger soi-même; on pleurerait dans son verre. Seulement on dit que les femmes qui sont douées de ce joli rire sont moins... comment dirai-je bien? sont de complexion peu tendre. Est-ce vrai?

—Je n'en sais rien.

—Comment vous n'en savez rien? Si vous ne me renseignez pas là-dessus, je ne peux pourtant pas m'adresser à Fourcy, car pour qu'il pût me répondre il faudrait qu'il eût des termes de comparaison, et bien certainement ce n'est point son cas, le brave garçon.

Une place était restée inoccupée à un des bouts de la table, c'était celle d'un homme de Bourse, un faiseur nommé La Parisière qui avait été le camarade de jeunesse de Fourcy et qui était resté son ami: ceux qui se prétendaient bien informés disaient qu'il avait même été mieux que cela et qu'en tout cas il continuait d'être en relations d'affaires avec madame Fourcy, qui se servait de lui, à l'insu de son mari, pour ses spéculations et ses opérations de Bourse;

On croyait qu'il ne viendrait pas, lorsqu'au second service il arriva empressé, ému.

— Eh bien, tu es un joli garçon, dit Fourcy. Une heure de retard.

— Il me semble que vous ne deviez pas compter sur moi.

— Et pourquoi donc?

— Comment pourquoi? Vous ne savez donc pas la nouvelle?

— Quelle nouvelle? demanda madame Fourcy remarquant l'air troublé de La
Parisière.

— Vous n'avez donc pas été à Paris aujourd'hui?

— Au bois de Boulogne seulement.

— Mais M. Charlemont ne vient donc pas de Paris?

— Si, mais pas directement; j'ai déjeuné à la campagne.

— Est-ce que Paris est en révolution!

— Non Paris, mais la Bourse; la justice a mis les scellés chez Heynecart dans l'après-midi.

Plusieurs exclamations partirent en même temps et celle de madame Fourcy ne fut pas la moins vive: Heynecart était un financier qui avait fait depuis deux ans des opérations considérables, jetant sur le marché des affaires de toutes sortes, un homme d'une capacité prodigieuse, disaient les uns, un grand financier qui devait accomplir des miracles; un simple banquiste, disaient les autres.

— Tu sais, continua La Parisière, que Heynecart était à Londres depuis quelque temps pour arranger des combinaisons qui devaient le sauver; eh bien, il n'a rien arrangé du tout, et il s'est brûlé la cervelle, dit-on, ce qui n'est pas prouvé pour moi, mais ce qui l'est, c'est que la justice a mis les scellés, et que toutes ses affaires ont subi une dégringolade effroyable, un vrai désastre.

—Que dis-tu de cela, Fourcy? demanda M. Amédée Charlemont anc une certaine inquiétude, car il ne savait pas si sa maison était ou n'était pas engagée dans ce désastre.

—Cela ne nous atteint en rien; j'avais pris mes précautions.

Et il fit un signe à sa femme pour qu'elle ordonnât de continuer le service un moment interrompu; mais elle ne lui répondit pas; immobile, elle restait les yeux fixés sur la nappe, ne voyant rien, n'entendant rien.

XV

Ce changement de physionomie n'avait point échappé à Robert, qui après avoir trouvé qu'elle était trop gaie pendant la première partie du dîner, trouvait maintenant qu'elle était trop triste.

Pourquoi ce brusque changement?

Tout d'abord il s'était douloureusement demandé ce qui pouvait provoquer chez elle cet entrain de joie et cet éclat de beauté, alors qu'elle devrait être triste et sombre; et longuement en l'observant à la dérobée de ses yeux mobiles qui ne la quittaient presque pas, il avait examiné cette question pour lui si cruelle.

Qui la surexcitait ainsi?

Était-elle réellement, sincèrement joyeuse, comme elle paraissait l'être?

Voulait-elle plaire à l'un de ceux qui étaient assis à sa table?

A qui?

Et il avait suivi ses regards qui bien souvent, lui semblait-il, s'étaient fixés sur le marquis Collio placé à côté de Marcelle; alors il s'était inquiété de l'expression de ces regards qu'il trouvait trop tendres, trop encourageants. Se n'était pas de ce jour que la présence de ce bel Italien, si charmant, le faisait souffrir, et bien souvent elle lui avait inspiré des accès de jalousie qui n'avaient cédé que devant les protestations et les témoignages d'amour de sa maîtresse le plaignant, le rassurant toujours sans se fâcher jamais. Mais maintenant, loin de le rassurer ou de le plaindre, elle voulait rompre, et en un pareil moment, elle se montrait bien attentionnée pour ce bel Evangelista, qui lui-même paraissait beaucoup plus sensible aux charmes de la mère qu'à ceux de la fille. Dans cette rupture qu'elle voulait, ou tout au moins dans l'éloignement momentané qu'elle exigeait, le marquis Collio n'était-il pour rien? n'était-ce pas lui qui allait prendre la place qu'elle cherchait à faire libre?

Robert était une nature jalouse; et son imagination prompte à s'alarmer allait facilement et rapidement aux extrêmes. Cependant il aimait si profondément sa maîtresse, elle avait su lui inspirer une telle foi, elle, avait su lui inspirer une telle confiance en son amour et en sa fidélité qu'il avait rejeté loin de lui cette idée lorsqu'elle s'était présentée à son esprit. Qu'elle le trompât, c'était impossible, qu'elle ne l'aimât plus, c'était plus impossible encore.

Il devait réagir contre les impressions d'une imagination affolée: il n'avait pas dormi; la fièvre le dévorait; c'était lui, bien certainement, qui se trompait; ce ne pouvait pas être elle qui le trompait. Avant de croire, il fallait voir et bien voir...

Alors il avait regardé, mieux regardé, et il avait cru remarquer qu'Evangelista qui tout d'abord avait été assez froid pour Marcelle, s'était peu à peu échauffé et qu'il en était venu à négliger la mère pour s'occuper de ta fille, riant avec celle-ci, se faisant empresse auprès d'elle, aimable et tendre; en homme qui cherche à plaire et qui veut être brillant.

Cela l'avait rassuré et il s'était fâché contre lui-même d'avoir pu écouter tout d'abord les suggestions mauvaises de son esprit enfiévré; c'était un futur gendre que madame Fourcy regardait dans Evangelista, rien qu'un gendre.

Mais quand à la gaieté de madame Fourcy avait succédé une sombre préoccupation, il était de nouveau revenu à son inquiétude et à ses angoisses.

Pourquoi ce brusque changement?

N'était-ce point parce que le marquis Collio se montrait maintenant si empressé auprès de Marcelle? la mère n'était-elle pas jalouse de sa fille?

Il est vrai que jusqu'à l'arrivée de La Parisière madame Fourcy avait gardé sa gaieté et que pour raisonner juste, il fallait examiner quelle influence cette arrivée avait pu exercer sur ce changement d'humeur.

Et alors abandonnant Evangelista, toute son attention s'était portée sur La Parisière, et il ne lui avait pas fallu longtemps pour constater que certains signes s'échangeaient entre celui-ci et madame Fourcy; imperceptibles pour les indifférents, ces signes n'étaient que trop visibles pour lui qui avait d'autres yeux que les convives assis autour de cette table, et plus attentifs à ce qu'on leur servait qu'à ce qui se passait autour d'eux.

A les bien étudier l'un et l'autre, il semblait que pour madame Fourcy il n'y avait plus que La Parisière qui existât, et que pour celui-ci il ne s'inquiétait que de madame Fourcy; évidemment, elle l'interrogeait, et lui, de son côté, il lui répondait.

Que disaient-ils? Quel sujet pouvait être assez grave pour les absorber à ce point qu'ils prenaient si peu souci de ceux qui les entouraient?

Dix fois, vingt fois il avait surpris le regard interrogateur de madame Fourcy tourné du côté de La Parisière, et bien qu'elle se vît observée elle n'avait même pas pris la peine de se contraindre.

Que lui demandait-elle avec cette étrange insistance?

Il n'était pas possible pour lui d'admettre qu'il s'agissait d'affaires entre eux et que ces affaires avaient un rapport quelconque avec la catastrophe d'Heynecart. Madame Fourcy avait pour les affaires le même dédain que lui; et s'intéressât-elle à Heynecart ou à ses spéculations qu'elle n'aurait pas de raisons pour n'en point parler franchement et ne pas interroger La Parisière tout haut. Si une exclamation lui avait échappé à l'annonce du suicide et du désastre d'Heynecart, et bien d'autres s'étaient écriés comme elle, elle n'avait cependant pas adressé à La Parisière une seule question à ce sujet; preuve bien évidente qu'il ne la touchait pas.

Il y avait donc autre chose.

Quoi?

Si Robert n'admettait que difficilement les affaires d'intérêt, par contre il était toujours disposé à croire aux affaires de sentiment, — les seules, d'ailleurs, qui comptassent pour lui et eussent de l'importance.

Quelles affaires de sentiment pouvaient exister entre une femme charmante comme sa Geneviève et un sapajou comme La Parisière, un vrai singe au front bas et fuyant, aux abajoues pendantes, au menton de galoche, qui ne savait ni marcher ni s'asseoir et qui était toujours en mouvement avec ses grands bras ballants et ses mains retroussées comme s'il se disposait à sauter sur une branche en emportant quelque chose qu'il aurait volé? — cela, il ne le croyait pas, il ne le devinait pas tant la chose eût été monstrueuse.

Et cependant il fallait bien qu'il y eût entre eux quelque affaire grave, ou leur entente, ou leurs signes ne s'expliquaient pas.

Tant que dura le dîner il ne les quitta pas des yeux, tâchant de deviner ce mystère, mais sans arriver à autre chose qu'à constater cette entente aussi clairement que s'ils l'avaient avouée tout haut.

Après le dîner on devait tirer un feu d'artifice, car Lucien, resté très jeune, avait la passion des feux d'artifice qu'il préparait lui-même en partie et qu'il tirait toutes les fois qu'il en trouvait l'occasion avec un plaisir toujours nouveau: à la fête de son père, à la fête de sa mère, à la fête de sa soeur, à sa propre fête, réservant toujours le plus beau et le plus riche pour l'anniversaire du mariage de ses parents, — ainsi que cela se devait puisque c'était la grande fête de la famille.

En sortant de table, on alla donc s'asseoir, dans le jardin sur des chaises qui avaient été préparées en face de la pelouse, à l'extrémité de laquelle le feu d'artifice devait être tiré; et madame Fourcy prit place à côté de M. Charlemont, qui lui avait donné le bras pour la conduire.

— Tu viens m'aider, n'est-ce pas? demanda Lucien à Robert.

— Assurément.

Et il suivit Lucien, mais bientôt il resta en arrière, car il ne voulait pas perdre madame Fourcy de vue; en se cachant dans un massif d'arbustes, il pouvait l'observer sans être vu lui-même.

Elle ne resta pas longtemps à sa place, et quittant M. Charlemont elle alla auprès d'un autre de ses convives avec qui elle s'entretint quelques instants, puis abandonnant celui-là aussi, elle passa à un troisième.

Elle était ainsi arrivée au commencement de l'allée, qui justement longeait le massif d'arbustes dans lequel Robert était caché, et La Parisière se tenait là comme par hasard.

Tous deux en même temps ils disparurent dans l'allée qui avant de venir à lui faisait une courbe.

Que devait-il faire? Fallait-il qu'il s'avançât doucement sous bois pour surprendre leur entretien; ou bien ne valait-il pas mieux qu'il les attendît au passage? Aller jusqu'à eux était plus sûr; mais à condition toutefois que le bruit ne le trahît pas, ce qui n'était guère probable. Comment se justifierait-il auprès de Geneviève s'il était découvert? Il attendit.

Bientôt un bruit de pas sur le gravier de l'allée et un murmure de voix étouffées lui annoncèrent qu'ils approchaient: sa respiration se suspendit un moment et il écouta en regardant.

Ils marchaient à côté l'un de l'autre, mais sans se donner le bras, et rien dans leur attitude ne trahissait l'intimité de deux amants.

C'était La Parisière qui parlait en appuyant ses paroles par un mouvement rapide de la main droite comme s'il frappait et refrappait sur quelque chose.

Enfin Robert entendit faiblement, puis plus distinctement.

—Vous n'en serez pas quitte à moins de trois cent mille francs; vous devez le comprendre sans que j'aie besoin de vous recommencer le calcul. C'est une grosse somme, vraiment; mais vous conviendrez que ce n'est pas ma faute si vous l'avez perdue. Pourquoi n'avez-vous pas voulu me croire quand je vous ai dit que Heynecart sombrerait?

—Parce que j'avais des renseignements qui m'inspiraient confiance.

—Vous voyez bien que Fourcy n'avait pas cette confiance, vous ne l'avez pas cru plus que vous ne m'avez cru. Et voilà. Mais ce n'est pas tout ça. Quand me donnerez vous ces trois cent mille francs?

—Je ne les ai pas.

—Trouvez-les, réalisez-les; vendez tout, il me les faut samedi.

—C'est impossible.

—Il me les faut.

Elle répondit; mais ce qu'elle dit, Robert ne l'entendit pas, car ils l'avaient dépassé.

Une affaire d'argent! c'était d'argent qu'il s'agissait entre elle et La Parisière! Et il l'avait soupçonnée!

— Robert, cria la voix de Lucien, où donc es-tu?

Il courut du côté d'où venait cette voix.

XVI

S'il n'avait pu saisir au passage qu'une partie de l'entretien de La Parisière et de madame Fourcy, il en avait assez entendu cependant pour comprendre la situation aussi clairement qui si elle lui avait été expliquée en détail, du commencement au dénouement.

La Parisière était le courtier de madame Fourcy, cela et rien de plus; par son entremise elle avait joué à la Bourse, en spéculant sur les valeurs Heynecart.

Pour lui, c'était là quelque chose de considérable, car il avait entendu de çà de là, sans jamais pouvoir les approfondir ou les démentir, les bruits qui couraient sur madame Fourcy, et maintenant ces insinuations qui l'avaient indigné et suffoqué tombaient devant la révélation d'un fait certain: elle avait joué à la Bourse; et c'était avec les gains qu'elle avait ainsi réalisés qu'elle avait payé les belles choses dont elle s'était entourée; quoi de plus légitime et de plus naturel? Pourquoi n'aurait-elle pas essayé de s'enrichir puisque son mari ne l'enrichissait pas?

Il était probable que pendant longtemps ses spéculations avaient été heureuses, puisqu'elle avait pu acheter ce mobilier artistique qui lui formait un cadre digne de la beauté d'une femme comme elle, mais un jour elles avaient échoué, précisément dans cette affaire Heynecart, et maintenant elle devait trois cent mille francs.

Ce qui était grave, c'était qu'elle ne les avait pas, ces trois cent mille francs.

Et ce qui paraissait plus grave encore, c'était qu'elle ne pouvait pas s'adresser à son mari pour qu'il l'aidât à les payer, car elle avait engagé ces spéculations, à son insu bien certainement, peut-être même malgré lui, et jamais elle ne se résignerait à implorer son concours; d'ailleurs voulût-il payer, qu'il ne le pourrait pas, probablement, car il lui serait impossible de réaliser une pareille somme du jour au lendemain.

Quelle crise elle allait traverser, la pauvre femme!

Il n'y avait qu'à se rappeler l'exclamation qu'elle avait poussée lorsque La Parisière avait annoncé la nouvelle de la débâcle Heynecart pour sentir ses angoisses; et il n'y avait qu'à se rappeler aussi l'expression désespérée de son beau visage ordinairement si calme et si serein pendant la fin du dîner, alors qu'elle adressait à La Parisière des appels anxieux pour tâcher d'apprendre quelle était l'étendue de son désastre: ce mutisme alors qu'elle avait si grand intérêt à connaître la vérité n'était-il pas la meilleure preuve qu'elle devait se cacher de son mari; sans cela n'eût-elle point parlé franchement, n'eût-elle pas interrogé La Parisière?

Et c'était quand elle éprouvait de pareilles tortures qu'il avait eu la misérable pensée de s'imaginer qu'il pouvait exister une liaison entre elle et ce monstre de La Parisière! comment expierait-il jamais un crime aussi abominable, quelle honte pour lui, quel remords! Ah! comme il aurait voulu se jeter à ses genoux, avouer ses mauvaises pensées et se les faire pardonner dans un élan de tendresse.

Cependant à sa honte et à ses remords, de même qu'à la douleur que lui causait le désespoir de sa maîtresse, se mêlait un sentiment de joie et d'espérance.

Il allait pouvoir lui venir en aide, et lui prouver enfin que ce qu'il lui avait dit et répété si souvent «qu'il était prêt à tout pour elle», n'était point une vaine parole.

Jusque-là il avait eu toutes les peines du monde à lui faire accepter les cadeaux qu'il avait tant de joie à lui offrir, et le plus souvent, il avait été obligé d'en atténuer la valeur réelle pour les lui imposer, ayant à lutter contre des scrupules et des répugnances presque invincibles.

Mais à cette heure il allait bien falloir qu'elle cédât; ce n'était point de bijoux plus ou moins riches qu'il s'agissait, de perles, de diamants, de pierreries qu'elle pouvait refuser et qu'elle avait, en effet, toujours refusés en disant: «qu'un bouquet de violettes d'un sou offert tendrement lui faisait un aussi grand plaisir qu'une rose en diamant»; maintenant elle n'allait plus se fâcher contre lui, le gronder comme elle l'avait toujours fait lorsque à force d'instances et de prières il était parvenu à vaincre ses refus.

N'allait-elle pas, au contraire, éprouver un élan de joie, lorsqu'il lui apporterait les trois cent mille francs qui la sauveraient? Assurément, elle voudrait les refuser; elle lui dirait qu'elle n'était pas une femme d'argent, qu'elle ne voulait pas qu'il y eût de l'argent entre eux, mais après le premier moment de résistance, après le premier mouvement de révolte de sa dignité, elle se jetterait dans ses bras, heureuse et fière de cette preuve d'amour.

Ce serait alors que profitant de son émotion, il avouerait comment il avait surpris les paroles de La Parisière et les soupçons qui tout d'abord avait affolé son esprit, car pour la tranquillité de sa conscience, il lui fallait cette confession. Et elle était si bonne, si indulgente qu'elle lui pardonnerait.

Alors ce serait une vie nouvelle qui commencerait pour eux, ou plutôt ce serait la continuation de ce qui existait en ces derniers temps; car elle n'oserait plus bien certainement parler de rupture ni même d'éloignement; ses craintes seraient étouffées par les transports de sa gratitude. Que peut-on refuser à celui qui vous sauve? Que ne veut-on pas faire pour lui?

C'était dans sa chambre qu'il raisonnait ainsi, allant de déductions en déductions: arrivé à cette conclusion il sauta à bas de son lit, entraîné par la joie. Il ne pouvait plus rester en place. Il lui fallait marcher, et par le mouvement épuiser sa surexcitation fiévreuse.

Pendant assez longtemps il tourna autour de sa chambre, ne s'arrêtant que pour se mettre à sa fenêtre et respirer pendant quelques instants l'air frais de la nuit.

Alors il écouta: tout dormait dans la maison silencieuse; au moins tout semblait dormir, mais elle, la pauvre femme, sûrement elle ne dormait pas. En proie à l'inquiétude, elle se tourmentait, cherchant comment elle ferait face aux difficultés qui l'enveloppaient. Et elle ne se doutait pas que sous le même toit qu'elle, à quelques pas d'elle il y avait un homme qui lui aussi ne dormait pas et qui, après avoir cherché comme elle à sortir des difficultés de cette situation, venait de trouver le moyen de la sauver.

Il était bien simple ce moyen: emprunter trois cent mille francs n'importe à quel prix, et les lui apporter pour qu'elle les remît à La Parisière.

Seulement il fallait trouver à emprunter ces trois cent mille francs, et cela était moins simple.

Il n'était qu'un mineur, et si son père ne consentait pas enfin à son émancipation, près de deux années encore s'écouleraient avant qu'il fût mis en possession de la part de fortune de sa mère qui lui revenait. Or, il savait par expérience que les mineurs, même quand ils auront prochainement et sûrement une belle fortune, ne trouvent pas facilement des prêteurs.

En ces derniers temps, ses revenus étant épuisés, il avait été obligé de recourir à des emprunts, et ç'avait été après toutes sortes de démarches, de négociations, de délais et de temps perdu qu'il avait pu se faire remettre deux cent mille francs par l'usurier Carbans qui l'avait égorgé.

À ce moment il avait pu se résigner à ces négociations et à ces délais, attendu qu'il ne s'agissait alors pour lui que d'une fantaisie, qui si charmante qu'elle lui parût, et si fort qu'elle lui tînt à cœur pouvait sans inconvénient être retardée dans sa réalisation. Un jour qu'il avait voulu faire un cadeau à madame Fourcy, elle l'avait accueilli avec des reproches, alors il avait imaginé pour vaincre une bonne fois cette résistance de lui en faire un tous les jours pendant un certain temps, jusqu'à ce qu'il l'eût réduite à rire de cette plaisanterie; et ç'avait été à cela que lui avaient servi les deux cent mille francs de Carbans; un soir il lui avait offert des boutons d'oreilles en diamants, elle s'était fâchée, sérieusement fâchée; le lendemain, il lui avait offert une bague, elle s'était fâchée encore, mais un peu moins fort; le troisième jour, quand elle l'avait vu lui mettre au poignet un bracelet, elle n'avait poussé qu'une exclamation; et le quatrième, quand il lui avait attaché un collier au cou, elle avait ri en l'embrassant tendrement.

Mais maintenant il ne pouvait plus subir ni négociations ni délais; il lui fallait l'argent tout de suite, dût-il pour l'obtenir se laisser égorger bien mieux encore que la première fois.

Que lui importait le prix dont il payerait cet argent?

La seule chose qu'il vît et qui le touchât, c'était le plaisir qu'il ferait à Geneviève en lui apportant ces trois cent mille francs: «J'ai entendu ton entretien avec La Parisière. — Eh quoi! — Je sais que tu dois lui payer trois cent mille francs avant samedi… — Mais. — Ne t'inquiète pas, reste tranquille. — Cependant… — Les voilà.»

Quel coup de théâtre!

La joie qu'il allait voir dans ses yeux, l'élan avec lequel elle allait le serrer dans ses bras, ne valaient-ils pas tout l'argent du monde?

Car c'était ainsi que, décidément, il procéderait.

Tout d'abord il avait pensé à lui dire qu'elle devait rester tranquillement à Nogent pendant qu'il allait se rendre à Paris pour arranger ce prêt de trois cent mille francs; mais il avait renoncé à cette idée trop plate.

Le coup de théâtre valait mieux, il était plus original et puis il promettait des joies plus grandes.

A la vérité, ce moyen avait cela de mauvais qu'il la laissait plus longtemps livrée à l'angoisse; mais serait-elle vraiment, à l'abri de l'angoisse pendant qu'elle le saurait à Paris à la recherche de cet argent? S'il ne revenait pas tout de suite, ne s'imaginerait-elle pas qu'il n'avait pas réussi, qu'il ne pourrait pas réussir?

Le lendemain matin, il se leva donc de bonne heure, pendant que la maison était encore endormie, et il prit un des premiers trains pour Paris.

XVII

A sept heures et demie du matin, il descendait de voiture, rue Saint-Marc, devant la porte de Carbans: la rue était déserte encore, les boutiques étaient closes, seule une laitière qui était en même temps fruitière avait installé ses brocs de fer battu et ses paniers de légumes sous la porte de la cour, et sur un tabouret elle se tenait là, en marmotte, les joues hâlées par le grand air et le soleil de la campagne, n'ayant aucune ressemblance avec les femmes pâles et étiolées, aux yeux bouffis, aux cheveux ébouriffés et sans chignon qui, traînant des jupons sales sur leurs savates, venaient lui acheter leurs deux sous de lait.

Le concierge n'était pas encore levé, mais Robert n'avait pas besoin de demander l'adresse de Carbans, ses jambes avaient gardé souvenir de l'escalier qu'elles avaient monté plus d'une fois et elles le conduisirent au second étage, où sa main qui se souvenait aussi n'eut qu'à tirer un pied de biche dont les poils graisseux lui avaient laissé une impression de dégoût qui persistait encore et qui bien des fois depuis lui avait fait secouer ses doigts.

Il fallut qu'il le tirât plusieurs fois, ce pied de biche, avant qu'on répondît à son appel.

Enfin la porte s'ouvrit, ou plutôt s'entr'ouvrit, une chaîne de sûreté la retenant à l'intérieur et ne permettant pas un envahissement violent dans ce très modeste logement où se remuaient des millions.

Dans l'entrebâillement se montra une jeune femme, une jeune fille, quelque chose comme une servante-maîtresse qui évidemment venait d'être troublée dans son sommeil et qui arrivait à la hâte pour voir si le feu était à la maison.

En apercevant Robert elle recula d'un air de mauvaise humeur et elle acheva de boutonner sa camisole.

—M. Carbans, demanda Robert.

—C'est pour ça que vous réveillez les gens, vous?

—J'ai besoin de le voir tout de suite.

— Il dort.

— Éveillez-le.

— Jamais de la vie.

Et elle fit mine de refermer la porte, mais en voyant Robert fouiller dans la poche de son gilet, elle s'arrêta et elle attendit.

Il lui tendit un louis, elle le prit et le garda dans sa main fermée, car elle n'avait pas de poche; cependant, elle ne décrocha pas la chaîne.

— C'est pour affaire, n'est-ce pas? demanda-t-elle.

— Une affaire pressante.

— Enfin pour lui demander de l'argent, n'est-ce pas?

Robert n'était pas habitué à se laisser ainsi interroger, cependant il se contint.

— Oui, dit-il.

— Eh bien, monsieur, je vais vous gagner votre puis que vous ne m'aurez pas donné pour rien: si vous tenez à avoir votre argent, ne réveillez pas monsieur, parce que, voyez-vous, quand on le fait lever avant son heure il mettrait le bon Dieu à la porte; il est comme ça.

— Mais tout retard est impossible, il le comprendra.

— Il ne comprendra rien du tout parce qu'il ne vous écoutera seulement pas; je vous dis qu'il est comme ça, croyez-moi.

C'était là une raison à laquelle il fallait malgré tout se rendre, car c'eût été une trop grosse imprudence de s'exposer à fâcher Carbans; où aller si celui-là refusait d'ouvrir sa bourse?

— Mais enfin quelle est son heure? demanda Robert.

— Pas avant neuf heures.

— Je viendrai à huit heures trois quarts.

— C'est ça; je vous ferai entrer et vous attendrez.

Et cette fois elle lui poussa la porte au nez.

Que faire pour passer le temps? Il marcha droit devant lui, et comme une petite pluie commençait à tomber, il entra dans un café qui venait d'ouvrir ses volets.

Il était là depuis assez longtemps déjà, regardant, sans les voir, les garçons faire leur ménage, lorsqu'on vint s'asseoir à sa table, devant lui.

Surpris, il leva les yeux sur ce nouveau venu qui lui tendait la main; c'était un journaliste, plus bohème et faiseur que journaliste cependant, avec qui il s'était rencontré quelquefois, mais sans avoir jamais eu de relations suivies avec lui.

—Vous savez donc que c'est ici seulement, dit-il, qu'on vous sert du café fait le matin même, et non celui du soir réchauffé?

—Non.

—Ah! je l'ai cru en vous voyant là à pareille heure.

—Et vous, c'est pour cela que vous venez?

—Pour cela et pour lire les journaux; parce que vous savez qu'en se levant matin et en lisant bien les journaux, il faut vraiment avoir peu de chance si l'on ne trouve pas le moyen de gagner cinq cents francs dans sa journée.

Et il lui développa cet axiome qui n'avait pas grand intérêt pour Robert, puisque ce n'était pas cinq cents francs qu'il devait trouver dans sa journée mais bien trois cent mille, ce qui était une autre affaire; cependant, cela lui fit passer le temps..

Huit heures et demie arrivèrent, il retourna rue Saint-Marc.

La chaîne de la porte était décrochée et il put entrer, mais Carbans n'était pas encore levé; il dut attendre dans une petite salle à manger enfumée et empestant la cuisine, où au bout de vingt ou vingt-cinq minutes Carbans fit son entrée, l'air maussade et grognon.

—Ah! c'est vous, monsieur Charlemont, dit-il sans répondre autrement au salut de Robert.

—Vous voyez.

—Je veux dire que c'est vous qui venez dès le matin réveiller les gens; dans la haute banque on s'imagine donc que ceux de la petite banque n'ont pas besoin de dormir? ils en ont d'autant plus besoin qu'ils ont plus de mal; nous gagnons notre argent nous-mêmes, nous autres, et nous n'avons pas un tas de pauvres diables qui travaillent pour nous.

Robert, que l'accueil de Carbans avait déjà mal disposé, fut suffoqué par ce rapprochement de la petite banque et de la haute banque; ce coquin se comparer à son père, c'était trop fort! Cependant il retint sa colère, et au lieu de dire ce qui lui venait aux lèvres il se tut.

—Qu'est-ce que vous voulez? demanda Carbans. De l'argent, m'a dit ma bonne.

—Justement.

—Vous avez joué, et vous avez perdu?

—Non.

—Alors, que voulez-vous faire de cet argent?

—Payer une dette.

—Et c'est pour ça que vous venez carillonner le matin à la porte des gens? Voyons, jeune homme, ça n'est pas si pressé que ça de payer une dette.

—Vous croyez?

—Dame! c'est sûr.

—Je ne pense pas comme vous.

—Autrefois quand les jeunes gens arrivaient accompagnés des gardes du commerce qui les conduisaient à Clichy, certainement ça pressait et il fallait se lever, mais maintenant on a le temps de se retourner, que diable. Voyons, de quoi s'agit-il? Quelle est cette dette?

—Trois cent mille francs que je dois payer avant samedi.

Carbans ôta sa calotte de velours et, saluant avec ironie:

—Tous mes compliments, monsieur Charlemont, vous allez bien; oàh! mais! très bicn; deux cent mille francs il y a trois mois, trois cent mille francs aujourd'hui, ça promet. Et vous dites que vous n'avez pas joué?

—Non.

—Alors comment devez-vous une pareille somme?

Robert ne pouvait pas répondre: d'ailleurs, ces interrogations le blessaient.

—Je la dois, cela suffit.

—Eh bien non, cela ne suffit pas, attendu que je ne crois pas à cette dette. Que vous vouliez vous procurer trois cent mille francs, ça, je le crois, puisque vous les cherchez: mais que vous les deviez, ça, c'est une autre affaire et je ne le crois pas. Et si vous voulez, je vais vous dire ce qui en est, car c'est d'une simplicité enfantine. Vous avez une maîtresse.

—Monsieur...

—Vous avez une maîtresse que vous aimez passionnément, et qui profite de cette passion pour vous tirer une carotte de trois cent mille francs, comme elle vous en a tiré déjà une de deux cent mille; sans compter celles que je ne connais pas. Eh bien! mon jeune monsieur, voulez-vous l'avis d'un homme qui a une certaine expérience et qui en a vu de toutes les couleurs? Cet avis est qu'on vous met dedans: défiez-vous.

—C'est de votre argent que j'ai besoin non de vos avis, dit Robert exaspéré.

—Et qui est-ce qui prétend qu'il n'y a plus de jeunes gens? s'écria Carbans. Comment, vous me devez déjà trois cent mille francs et vous vous imaginez que je vais consentir à ce que vous m'en deviez de nouveau quatre cent cinquante ou cinq cent mille, c'est-à-dire au total huit cent mille francs? Mais vous me prenez donc pour un fou; ou bien vous n'avez donc jamais lu le code au titre de la *Minorité*, que vous venez me proposer gaillardement d'accepter un pareil risque?

—Vous savez bien que ma fortune est plus que suffisante pour couvrir ce risque, et que cette fortune ne peut pas m'échapper.

—Si vous êtes vivant à l'époque de votre majorité, oui, mais si vous êtes mort? Et notez qu'un homme qui donne à une femme cinq cent mille francs en trois mois a bien des chances pour mourir... de plaisir ou de chagrin.

—Je vous fais un testament.

—Qui serait annulé haut la main; et puis quand même il ne serait pas, ça n'est pas une garantie. Je ne veux rien vous dire de blessant, mais vous savez comme moi qu'un testament ça se révoque, et que celui que vous me feriez ce matin, vous pourriez le révoquer ce soir. Non, voyez-vous, l'affaire n'est pas faisable.

—Je vous souscrirai pour... il hésita un moment... cinq cent mille francs de valeurs.

Carbans secoua la tête.

—Six cent mille.

—Vous m'offririez un million que je le refuserais, vous devez bien comprendre que l'affaire n'est pas faisable.

—Tous l'avez bien faite une première fois.

—C'est justement pour ça que je ne veux pas la faire une seconde; d'ailleurs vous avez un mauvais chien à la tête des affaires de la maison de votre père, Fourcy qui a pris ses précautions; et ce que je vous dis, tout autre à qui vous vous adresserez vous le répétera.

Tout fut inutile, et à neuf heures du soir, Robert rentra à Nogent n'ayant pas mieux réussi auprès de ceux auxquels il s'adressa, qu'il n'avait réussi auprès de Carbans; partout la même réponse: l'affaire n'était pas faisable.

—M. votre père vous a attendu une partie de la journée, dit Fourcy.

—Je n'ai pas pu le voir.

Et il tâcha de parler d'autre chose.

A un certain moment il se trouva isolé dans un coin du salon avec madame
Fourcy:

—Je te verrai cette nuit, dit-elle vivement à voix basse, attends-moi.

Il la regarda stupéfait, elle lui avait déjà tourné Je dos.

Que s'était-il donc passé?

XVIII

Pendant la nuit précédente, à l'heure où Robert arpentait fiévreusement sa chambre en cherchant les moyens de sauver sa maîtresse, madame Fourcy de son côté cherchait comment elle payerait ces trois cent mille francs.

Mais tandis que Robert, seul derrière sa porte close, avait pu suivre librement ses pensées, elle avait dû, elle, faire d'abord bon visage à ses convives jusqu'au départ du dernier, puis à ses enfants qui étaient venus l'embrasser dans sa chambre et causer affectueusement quelques instants avec elle, puis enfin à son mari lui-même qui, grisé de bonheur après cette belle journée, s'était laissé aller à de longs épanchements.

Il avait fallu qu'elle l'écoutât, qu'elle lui répondit, qu'elle partageât sa joie, sans laisser paraître l'angoisse qui la dévorait, sans même pouvoir parler de fatigue: ce n'était pas seulement un chagrin, des inquiétudes qu'elle devait lui épargner, c'était ses soupçons qu'il importait avant tout de ne pas provoquer.

Enfin elle avait été libre: libre de s'abandonner et de déposer le sourire qu'elle avait mis sur son visage, libre de penser, de réfléchir, de chercher.

Qu'allait-elle faire?

Ce coup qui la frappait au moment où elle s'y attendait si peu, la jetait hors d'elle-même et lui enlevait le calme et la décision qu'elle avait toujours eus; encore dans le rêve qu'elle venait de faire, elle ne pouvait pas s'habituer à la réalité: était-ce possible?

Et machinalement elle se répétait:

«Trois cent mille francs, trois cent mille francs;» elle devait trois cent mille francs, et il fallait qu'elle les payât avant le samedi, ou bien La Parisière les demandait à son mari.

Car sur ce point elle voyait clair et ne se berçait point d'illusions: si elle ne payait pas, La Parisière parlait; il n'y avait pas d'arrangements à prendre avec lui, il n'y avait pas à attendre, il fallait payer.

Devait-elle le laisser parler? Ou bien, prenant les devants, devait-elle se confesser à son mari?

Il lui semblait, dans son trouble, que c'était là la première question à examiner et à résoudre.

Qu'elle laissât La Parisière parler ou bien qu'elle parlât elle-même, il était certain que son mari lui pardonnerait et cette perte de trois cent mille francs et ses spéculations à la Bourse: elle le connaissait trop bien, elle savait trop quelle était l'influence, la puissance, qu'elle possédait sur lui pour avoir des doutes à ce sujet: quoi qu'elle fît, quoi qu'il souffrît, il était homme à tout pardonner.

Mais ce n'était pas à ce seul point de vue du pardon ou des souffrances de son mari qu'elle devait se placer, bien que pour elle ces souffrances à infliger ou à épargner à son bon Jacques fussent une considération d'une importance considérable, car elle ne voulait pas qu'il souffrit par elle, et pour éviter que cela arrivât, elle était prête à tous les sacrifices.

En dehors de cette question du pardon et de la souffrance, il y en avait une autre capitale, qui était que Fourcy averti par La Parisière n'aurait pas les fonds pour payer ces trois cent mille francs; car si sage et si ordonné qu'il fût, il n'avait pu faire que de bien petites économies; la plus grande partie de ses appointements avait passé à payer la propriété de Nogent et ses réparations; une autre était employée au service des primes d'une assurance sur la vie qu'il avait contractée au profit de sa femme et de ses enfants; enfin la dernière était absorbée par les dépenses de la maison et de la famille.

Pour trouver ces trois cent mille francs, il faudrait donc qu'il les empruntait ou qu'il vendit la maison de Nogent; s'il les empruntait, c'était bien, l'affaire était réglée tout de suite, au moins comme affaire. Mais s'il ne voulait point recourir à cet emprunt, et avec son caractère toutes les chances étaient pour qu'il ne le voulût pas, quelles que fussent ses instances auprès de lui, il faudrait vendre, et vendre non seulement la maison qui ne valait pas trois cent mille francs, mais encore le mobilier, et alors tout serait découvert; la vente du mobilier dirait sa valeur. Comment alors expliquer son acquisition?

D'ailleurs, elle l'aimait, ce mobilier, il lui avait coûté assez cher pour cela, et elle ne voulait pas qu'il fût vendu.

De même, elle ne voulait pas davantage vendre ses bijoux, dont elle eût facilement tiré beaucoup plus de trois cent mille francs.

Et de même elle ne voulait pas non plus vendre ses valeurs, actions, obligations au porteur qu'elle avait eu tant de peine à gagner.

Se résigner à ces ventes, c'était renoncer à la vie qu'elle avait voulue et qu'elle s'était faite; et c'était là un sacrifice au-dessus de ses forces.

Quand elle avait décidé qu'elle gagnerait elle-même et toute seule la fortune que son mari ne lui gagnait point, elle s'était fixé un certain chiffre qu'elle voulait atteindre, et sur lequel elle avait bâti son avenir et celui de ses enfants: ce chiffre elle le tenait enfin, pouvait-elle volontairement le lâcher? Elle ne s'en sentait point le courage.

Sans doute les circonstances n'étaient plus aujourd'hui ce qu'elles avaient été à ce moment; aujourd'hui Fourcy était l'associé de la maison Charlemont, et il allait s'enrichir; elle reconnaissait cela; mais d'autre part elle se disait aussi qu'il pouvait mourir; si ce malheur arrivait avant qu'il fût resté assez longtemps l'associé de M. Charlemont, quelle serait sa situation à elle? Comment retrouverait-elle jamais ce qu'elle aurait sacrifié?

Et puis elle tenait à ses bijoux que pour la plupart elle n'avait même point portés, et qui étaient restés sans en être jamais sortis dans leurs écrins. Était-ce au moment où elle allait enfin pouvoir s'en parer franchement et les montrer à tous, les faire admirer la tête haute, sans s'exposer aux méchants propos, qu'elle pouvait s'en séparer? Quelle femme accomplirait un pareil acte d'héroïsme?

Pour elle, jamais elle n'en serait capable, et l'accomplît-elle dans un moment d'exaltation, les regrets et les remords de la réflexion empoisonneraient sa vie.

Il ne fallait donc pas qu'elle pensât ni à laisser parler La Parisière, ni à se confesser à son mari, ni à vendre ses valeurs, ni à vendre ses bijoux.

Et cependant il fallait qu'elle payât ces trois cent mille francs.

Comment?

Depuis qu'elle examinait ces terribles questions, il y avait un mot qui revenait sans cesse à son esprit, et qui malgré les efforts qu'elle faisait pour le chasser s'imposait quand même à son attention.

C'était celui que le père Ladret lui avait dit en la quittant, qu'elle avait entièrement oublié pendant la première partie du dîner et que maintenant elle se répétait machinalement, comme un refrain importun, qu'on veut oublier et qui revient quand même:

«Malgré tout, vous me retrouverez quand vous voudrez, parce que je suis à vous comme vous êtes à l'argent, et que je ne pourrai jamais me détacher de vous: je l'ai essayé; je n'ai pas pu.»

Il avait dit vrai en parlant d'elle: oui, elle était à l'argent, elle le reconnaissait, il fallait bien qu'elle le reconnût.

Avait-il dit vrai aussi, en parlant de lui; était-il, serait-il encore à elle?

Vraiment, cela était horrible d'en être réduite à cette extrémité.

Mais enfin cela ne l'était pas plus que la première fois.

Après tout et en envisageant froidement les choses, elle avait la satisfaction de se dire qu'elle avait lutté pour se dégager, et que ce n'était pas sa faute si elle retombait vaincue par la fatalité.

Ce qui était d'elle, c'était d'avoir refusé les perles noires dont elle avait eu cependant une furieuse envie depuis si longtemps, et c'était encore d'avoir refusé les actions du charbonnage de Saucry, qui auraient si bien fait son affaire. Cela devait être porté au compte de ses bonnes intentions.

Ce qui était de la fatalité, c'est-à-dire en dehors et au-dessus d'elle, c'était de ne pouvoir pas réaliser ce qu'elle avait désiré.

Est-ce que son désir n'était pas de vivre tranquille au milieu de sa famille, entre son mari et ses enfants, en s'appliquant à les rendre tous également heureux?

Est-ce que ce n'était pas avec un profond ennui et un invincible dégoût qu'elle était obligée de sourire à ce vieux cacochyme et de se mettre en frais d'amabilité pour qu'il lui dît: «Tu as été bien gentille aujourd'hui»? Était-ce pour elle, pour sa satisfaction ou pour son plaisir qu'elle faisait la gentille avec cette vieille bête?

Si elle avait été une femme de plaisir, si elle avait cherché sa satisfaction, n'aurait-elle pas écouté le be-Evangelista? [sic]

Mais non, elle l'avait repoussé, elle l'avait découragé, et si bien qu'il ne penserait plus qu'à Marcelle.

C'était un lieu commun dans leur famille de dire que Fourcy ne pensait qu'au bonheur des siens; eh bien, et elle qu'avait-elle l'ait toute sa vie et que faisait-elle encore en ce moment, si ce n'est de se sacrifier au bonheur des siens?

Elle irait donc chez Ladret, et ce serait lui qui payerait ces trois cent mille francs, si comme il l'avait dit, il était vraiment à elle.

Elle verrait ce qu'elle valait; si elle avait vieilli.

Arrêtée à cette résolution, elle avait trouvé un peu de sommeil, mais non de ce sommeil calme et enfantin qui était le sien ordinairement et qui la rendait plus charmante encore la nuit que le jour, lorsqu'on pouvait la voir la tête appuyée sur son bras reployé, dormir les lèvres entr'ouvertes, respirant doucement et régulièrement.

Le lendemain matin, au moment où Fourcy allait partir pour Paris, elle lui avait demandé s'il n'irait pas voir M. Ladret.

—Je ferai mon possible; mais il est probable que la débâcle Heynecart va me donner bien du tracas et peut-être n'aurais-je pas un instant de liberté; alors j'enverrai Lucien.

—C'est que Lucien n'aime pas beaucoup M. Ladret, et M. Ladret, de son côté, n'aime pas beaucoup Lucien; le pauvre bonhomme était, je t'assure, très mal à son aise hier, et je crois qu'une marque d'intérêt réel, et non pas simplement une visite de politesse, lui serait agréable, à son âge.

—Je comprends cela; mais je ne sais pas ce que je pourrai faire.

—Si j'y allais moi-même?

—Excellente idée, et bien digne de toi, la femme bonne et prévenante par-dessus tout.

XIX

Quoique fort riche, Ladret n'avait pas de maison de campagne: «Ça coûte trop cher, disait-il, et puis on est envahi par un tas de gens qui viennent s'établir chez vous, et dont ou ne sait comment se débarrasser.» Parlant de ce principe, il aimait mieux s'établir chez les autres, mais sans jamais leur imposer l'ennui de ne pas s'avoir comment se débarrasser de lui, car ne se trouvant bien nulle part, il ne testait jamais, été ou hiver, plus d'un jour ou deux hors de Paris.

Madame Fourcy arriva chez lui à l'heure de son déjeuner au moment même où il allait se mettre à table.

—Comment allez-vous? demanda-t-elle gaiement comme s'ils s'étaient séparés la veille dans les meilleurs termes.

Il fut syncopé:

—Du diable si je vous attendais!

—Et pourquoi donc?

—Vous me le demandez?

—Ne m'avez-vous pas dit que quand je voudrais venir, je serais la bien venue? je viens.

Et elle le regarda avec son plus gracieux sourire, tandis que de son côté il l'examinait avec méfiance, se disant que cette étrange visite devait être dirigée contre sa bourse; pendant quelques instants, il resta silencieux, cherchant un moyen de parer le coup dont il avait le pressentiment, enfin il crut l'avoir trouvé.

—Après vos adieux, dit-il, j'étais si bien convaincu que nous ne nous reverrions pas que j'ai rendu ce matin les perles noires au bijoutier et qu'en même temps j'ai porté les titres du Charbonnage à mon agent de change pour qu'il les vende.

Et il la regarda en dessous pour voir l'effet que ces paroles allaient produire; mais elle ne broncha pas.

—Qu'importé? dit-elle.

Elle jeta ces deux mots d'un air si indifférent qu'il poussa un soupir de soulagement; ce n'était pas pour les perles qu'elle venait, ni pour les actions; elle avait réfléchi qu'elle avait eu tort de vouloir rompre et elle revenait; cela semblait être probable; il n'avait donc qu'à se bien tenir, il lui ferait payer les frais de sa révolte.

—Avez-vous déjeuné? demanda-t-il d'un ton moins hargneux.

—Non, puisque je viens déjeuner avec vous.

Il s'épanouit.

—Ça, c'est gentil; nous allons boire du Château-Yquem, n'est-ce pas, une bonne bouteille.

—Volontiers.

On se mit à table, et madame Fourcy fut ce qu'elle avait été la veille pendant la première partie du dîner, c'est-à-dire tout à fait charmante; elle se connaissait bien et si elle avait choisi le déjeuner, c'était parce qu'elle était certaine de s'y montrer tout à son avantage; elle avait surtout une manière de boire à petits coups en passant la langue sur ses lèvres, en les tétant doucement, qui était des plus gracieuses et si ravissante pour ceux qui ne la regardaient pas avec des yeux indifférents que bien souvent Ladret, transporté d'enthousiasme, s'était écrié: «Comment ne se ruinerait-on pas pour une petite femme comme ça, et avec plaisir encore?»

Qu'il se ruinât avec ou sans plaisir, ou tout au moins qu'il ne comptât pas, c'était ce qu'elle voulait présentement, aussi retourna-t-elle plus d'une fois au Château-Yquem.

Cependant elle ne parla de rien, ce qui n'était pas possible devant le domestique qui les servait; aussi Ladret en arriva-t-il à se persuader qu'elle était venue pour se réconcilier, tout simplement; ce qui, à dire vrai, lui paraissait tout naturel.

Mais alors pourquoi diable avait-elle voulu rompre? Ce fut la question qu'il lui adressa lorsque, après le déjeuner, ils restèrent en tête-à-tête et qu'ils n'eurent plus d'oreilles indiscrètes à craindre.

—Pourquoi avons-nous eu des querelles depuis que nous nous connaissons? demanda-t-elle au lieu de répondre franchement à cette question.

—Tantôt pour ceci, tantôt pour cela; mais je ne dirais pas précisément pourquoi, je ne m'en souviens pas.

—Nous nous sommes toujours fâchés parce que vous n'avez jamais eu égard à mes observations et à mes plaintes toujours les mêmes.

—Cela n'est pas juste.

—Rien n'est plus juste, au contraire, et vous savez bien que rien ne pourrait me causer une plus grande douleur, une plus profonde humiliation que de me traiter... en femme d'argent, comme vous dites; mais si j'avais été une femme d'argent, il y a longtemps que je vous aurais ruiné, mon pauvre ami.

Il ne trouva pas à propos de laisser échapper les paroles qui lui venaient aux lèvres et qui étaient que si elle ne l'avait pas ruiné, c'était parce qu'il ne lui en avait pas laissé la liberté; puisqu'elle faisait les premiers pas de la réconciliation, il devait faire les autres.

—En quoi vous ai-je traitée hier en femme d'argent? demanda-t-il.

—En m'offrant cet écrin comme vous me l'avez offert pour que je sois gentille, comme si vous vouliez acheter cette gentillesse; c'est par cela que j'ai été blessée et c'est ainsi qu'a commencé cette querelle qu'une mauvaise disposition chez moi...

—Oh! joliment mauvaise.

—... A poussée jusqu'à la colère folle.

—Vous en convenez.

—Parfaitement; est-ce que je ne conviens pas toujours de mes torts; et vous, conviendrez-vous maintenant des vôtres!

Il resta ébahi.

—Mais quels torts ai-je donc eus? demanda-t-il.

—Celui-de vous montrer homme d'argent, dans une pareille circonstance.

—Homme d'argent, en vous apportant des perles qui...

—Vous voyez bien que vous alliez dire ce qu'elles vous avaient coûté; mais si grosse que fût la somme, était-ce là ce que vous deviez m'offrir dans cette circonstance?

Il se montra de plus en plus stupéfait.

—Mais quelle circonstance? demanda-t-il.

—Vous ne me direz point, n'est-ce pas, que vous ne saviez pas que Heynecart venait de se brûler la cervelle et que toutes ses affaires venaient de s'effondrer à la Bourse; vous ne me direz pas non plus, n'est-ce pas, que vous ne saviez pas que j'avais des opérations engagées dans ses affaires? Est-ce en un pareil moment que vous deviez m'offrir des perles d'un air triomphant?

—Mais je ne savais-rien de tout cela.

—Allons donc, ne dites pas cela, dites-moi plutôt qu'avec ces perles vous avez voulu vous en tirer à bon compte; c'était ingénieux, j'en conviens, mais ce n'était pas généreux.

—Me tirer de quoi?

—Savez-vous ce que j'aurais fait, moi, si j'avais été à votre place, moi que vous accusez d'être une femme d'argent, eh bien, au lieu de vous offrir des perles, je vous aurais offert de l'argent, en tous cas je me serais mise à voire disposition. Que vouliez-vous que je fisse de vos perles et en quoi ce cadeau... économique pouvait-il me toucher, au moment où je venais d'apprendre que j'avais à payer trois cent mille francs?

—Trois cent mille francs! s'écria-t-il comme s'il avait été frappé d'un éclair qui lui montrait enfin ce qu'il avait été si longtemps sans voir.

—Oui, trois cent mille francs que j'ai perdus et que je dois payer avant samedi.

Elle le regarda à la dérobée, mais il avait déjà eu le temps de mettre sur son visage un masque qui ne laissait rien paraître; alors elle continua:

—Savez-vous ce que j'attendais de vous en nous trouvant seuls? l'offre de m'aider, car vous savez bien que je ne peux pas payer ces trois cent mille francs, et non l'offre de ces perles, qui dans un pareil moment était une dérision pour moi.

—Mais encore un coup, je ne savais rien du désastre d'Heynecart, que j'ai appris le soir seulement en rentrant à Paris.

—Oui, mais moi j'ai cru que vous le connaissiez comme je le connaissais moi-même, et c'est cette croyance qui m'a fait perdre la tête; vous devez comprendre maintenant qu'elle n'était pas bien solide, car j'étais... je suis affolée.

Elle se tut, n'ayant plus qu'à le voir venir.

Mais il demeura longtemps silencieux, et il le fût demeuré toujours s'il avait pu; cependant, il fallait qu'il parlât.

—Comment diable avez-vous eu confiance en Heynecart? dit-il.

—Que diable allais-je faire dans cette galère, n'est-ce pas? c'est là tout ce que vous trouvez à me dire; cela n'a pas d'intérêt maintenant; ce qui en a un, ce qui est une question de vie ou de mort pour moi, c'est que j'y suis et qu'il faut que j'en sorte, ou plutôt qu'on m'en sorte, car il est certain que je ne peux pas m'en tirer moi-même toute seule.

De nouveau elle se tut, et elle attendit, car à une demande ainsi posée il fallait bien qu'il répondît.

Il fut longtemps, très longtemps à se décider:

—Certainement, dit-il en lui prenant la main qu'elle lui abandonna, si j'avais ces trois cent mille francs, je serais heureux de te les offrir; mais je ne les ai pas.

Elle retira sa main.

—Vous n'avez qu'un mot à dire pour les avoir demain, ce n'est donc pas parler sérieusement. Ou vous m'aimez, et vous pouvez me le prouver.

—Mais je t'adore.

—Ou vous ne m'aimez pas, et vous pouvez aussi me le prouver; l'heure est venue de faire l'une ou l'autre de ces deux preuves: de me sauver si vous m'aimez; de me tuer si vous ne m'aimez pas; car vous devez bien comprendre que c'est ma vie qui est en jeu en ce moment; si je ne peux pas payer, mon mari sera averti par La Parisière. Il ne pourra pas plus payer que je ne le peux moi-même. Il faudra vendre la maison, vendre le mobilier; alors la vérité se découvrira et je n'aurai plus qu'à mourir, tuée deux fois par vous, qui m'avez imposé ce mobilier que je ne vous demandais pas, et qui m'avez refusé la somme qui peut me sauver et que je vous demande.

Sur ces derniers mots, elle se leva pâle et frémissante.

Et elle attendit.

—Mais je ne les ai pas, répéta-t-il au bout d'une minute terriblement longue pour elle; non, je ne les ai pas, parole d'honneur.

Elle fit deux pas vers la porte; il la suivit.

—Ne te fâche pas, ne t'en va pas, je t'en prie, dit-il, nous tâcherons d'arranger cela; toi de ton côté en faisant un sacrifice, tu as des bijoux, moi du mien…

Sans répondre, elle continua d'avancer vers la porte.

—Veux-tu cinquante mille francs?

Elle ne s'arrêta point.

—Eh bien j'irai jusqu'à soixante mille, je ne les ai pas, mais, je les trouverai: c'est une grosse somme, soixante mille; plus tard nous verrons, ne t'en va pas.

Et lui prenant les deux mains, il la retint, elle ne les retira point, mais se tournant vers lui, longuement elle le regarda tremblant devant elle, partagé entre la peur de la perdre et la peur de perdre son argent.

—Eh bien! cent mille, murmura-t-il, veux-tu? oui, cent mille.

Elle ne partit point.

XX

Madame Fourcy était revenue à Nogent, n'ayant rien pu obtenir de plus que ces cent mille francs; au moins de positif et de certain; car pour les promesses Ladret en avait été prodigue; il lui en avait fait de toutes sortes, mais pour plus tard; attendu qu'à l'heure présente il était réellement embarrassé; lui aussi s'était engagé dans de mauvaises affaires... ça arrive à tout le monde, n'est-ce pas, même aux plus habiles, elle en savait personnellement quelque chose, mais plus tard il recouvrerait sa liberté d'action, et alors, oh! alors...

Elle n'avait pas été dupe de ces protestations qui à ses yeux n'étaient que des précautions; il voulait s'assurer contre une nouvelle tentative de rupture et la tenir solidement au moyen de l'appât des sommes complémentaires qu'il lui remettrait par fractions pour qu'elle fût gentille, et par versements échelonnés de façon à ce que de longtemps elle ne pût pas lui échapper.

Maintenant comment se procurer les deux cent mille francs qui lui manquaient sans vendre ses bijoux, comme Ladret avait eu la bassesse de le lui proposer?

C'était sous l'oppression de cette question qu'en voyant Robert rentrer elle lui avait jeté les quelques mots qui l'avaient si fort étonné; il avait la générosité de la jeunesse, celui-là, et il ne comptait pas avec sa passion; il n'y aurait pas de scène à lui faire; les choses iraient toutes seules; elle n'aurait pas à se mettre en peine, à chercher, à se contraindre, et cela était heureux, car elle ne se sentait pas en bonnes dispositions: déjà avec Ladret elle avait été très faible, elle s'en rendait parfaitement compte, ayant été raide quand elle aurait dû être tendre, cassante quand elle aurait dû plier; ce n'était pas ainsi qu'elle aurait dû le prendre: bonne quand il ne s'agissait que de petites sommes, cette manière s'était trouvée détestable, quand il avait été question de trois cent mille francs; décidément rien n'était plus mauvais que de jouer la comédie avec son tempérament, c'était d'après le tempérament de ceux sur qui on voulait agir qu'il fallait la jouer; elle s'en souviendrait.

Mais ce serait plus tard qu'elle profiterait de cette leçon, car présentement avec Robert ce ne serait pas jouer la comédie qu'il faudrait, mais tout simplement exposer les choses telles qu'elles étaient: elle avait spéculé, elle avait perdu, elle ne pouvait pas payer, voulait-il, pouvait-il lui trouver les deux cent mille francs qui devaient la sauver?

Et ce ne serait pas trois cent mille francs qu'elle lui demanderait, comme toute autre à sa place ne manquerait pas de le faire, mais seulement, mais simplement deux cent mille; les deux cent mille qui lui étaient indispensables. En agissant ainsi et avec cette discrétion, n'était-ce pas prouver, au moins se prouver à soi-même, qu'elle n'était pas une femme d'argent, comme le prétendait ce vieux gredin de Ladret? Si elle avait été âpre à l'argent, elle eût profité de cette occasion pour demander quatre cent mille francs à Robert, et tel qu'elle le connaissait elle était certaine qu'il n'eût pas hésité à les emprunter pour les lui donner.

Cependant, lorsque cette idée se fut présentée à son esprit, elle eut un moment d'hésitation: n'était-ce pas réellement tentant de gagner deux cent mille francs avec cette facilité, et justement pour la dernière fois qu'elle faisait une affaire d'argent? mais ce ne fut qu'un éclair, bien vite elle rejeta loin d'elle cette mauvaise pensée qui, si elle la réalisait, lui laisserait assurément un remords; et elle ne voulait pas qu'il y eût des remords dans sa vie; si sa jeunesse avait été tourmentée par des soucis, elle voulait que son âge mûr et sa vieillesse fussent tranquilles.

Ce ne fut que dans la seconde partie de la nuit qu'elle put aller trouver Robert, car Fourcy ayant été pris d'un accès de fièvre assez violent, elle resta près de lui à le soigner, à le veiller, et malgré la hâte qu'elle avait de terminer cette affaire des deux cent mille francs, elle ne voulut pas quitter son mari avant de l'avoir vu endormi d'un sommeil calme, qui lui donnait à espérer que cette indisposition subite n'aurait pas de suite.

Pour Robert, cette longue attente avait été exaspérante, partagé qu'il était entre la crainte et l'espérance et allant de l'une à l'autre, continuellement ballotté, entraîné sans pouvoir se fixer à rien.

A quel mobile obéissait-elle en voulant le voir?

A un élan d'amour?

A un élan de désespoir?

Et les heures s'écoulaient minute par minute qu'il comptait une à une; elle ne venait pas; il écoutait: rien que le silence; depuis longtemps déjà toutes les portes étaient fermées, aucune ne se rouvrait; tous les bruits s'étaient éteints dans la maison endormie et au dehors dans la nuit calme.

Enfin ses oreilles, que l'anxiété faisait plus fines que de coutume, entendirent un léger craquement, puis un autre, puis un bruissement à peine perceptible; c'était elle; de la porte de la chambre où il s'était avancé, il la vit se dessiner en blanc dans l'ombre de l'escalier qu'elle montait sans lumière; encore quelques marches, encore une, et silencieusement, sans un mot elle fut dans ses bras; mais se dégageant aussitôt elle alla à la cheminée sur laquelle brûlait une bougie qu'elle souffla; alors seulement, elle revint à lui.

— Morte, dit-elle, morte de frayeur et d'angoisse.

Il voulut l'attirer, mais doucement elle se défendit:

— Ecoute-moi, dit-elle, je t'en prie, écoute-moi, et tu vas comprendre pourquoi je suis dans cet état de crise, qui m'a fait tout braver pour venir te trouver, ce qui est folie.

Elle s'était assise près de lui, tout contre lui, lui tenant les deux mains dans les siennes, les serrant, les étreignant.

— C'est un aveu, dit-elle en soufflant ses paroles, un aveu que j'ai à te faire. Tu t'es demandé plus d'une fois, n'est-ce pas, comment avait été payé le mobilier de cette maison et le bien-être qui nous entoure? Je ne sais quelles réponses tu as pu te faire; mais je vais te révéler la vérité; j'ai depuis longtemps engagé des spéculations par l'entremise de La Parisière, et elles m'ont fait gagner quelque argent.

Il fut pour l'interrompre et lui dire: «Je sais tout»; mais comment lui dire en même temps: «J'ai voulu te sauver et je ne peux rien pour toi?» Comme il réfléchissait à cela, désespéré par son impuissance, elle poursuivit:

— Mais après avoir gagné, j'ai perdu; le désastre Heynecart vient de me coûter deux cent mille francs qu'il faut que je paye avant samedi, et que je viens te demander de me faire trouver en les empruntant toi-même.

Cette fois il ne put pas se taire, puisqu'il était ainsi mis en demeure, ne devait-il pas parler, et franchement tout dire?

—Pourquoi me demander deux cent mille francs quand tu en dois réellement trois cent mille?

—Eh quoi!

Mais il ne lui laissa pas de temps de l'interroger.

—Hier soir, dans le jardin, j'ai entendu ce que La Parisière t'a dit en passant devant les arbustes derrière lesquels je me trouvais.

—Tu étais là?

—J'étais là caché pour vous écouter et vous surprendre; en voyant les signes mystérieux qui s'étaient engagés entre vous pendant le dîner, j'avais été pris d'un accès de jalousie folle, et j'avais voulu savoir; me le pardonneras-tu jamais?

Et il se mit à genoux devant elle comme pour l'implorer; mais elle ne le laissa point dans cette position.

—Oh! le pauvre enfant, dit-elle en le relevant, le pauvre fou!

—Si tu savais ce que j'ai souffert, si tu savais ce que je souffre maintenant de cette lâcheté; mais cela me soulagera de l'avoir confessée; et d'ailleurs ce n'est pas le moment de me plaindre, ce n'est pas de moi qu'il s'agit, c'est de toi. Pourquoi deux cent mille francs?

Elle avait eu le temps de profiter de l'émotion de Robert pour trouver une réponse à cette question, qui tout d'abord l'avait surprise.

—Parce que je suis décidée à accomplir un sacrifice qui m'est cruel plus que je ne saurais le dire, mais pour lequel, j'en suis certaine, j'aurai ton autorisation et ton approbation; ce sacrifice, c'est de vendre les bijoux que tu m'as donnés.

—Jamais.

—Il le faut.

—Jamais je ne souffrirai cela, et puisque tu parles d'approbation, jamais je ne te donnerai la mienne: comment as-tu pu avoir la pensée de te séparer de ces souvenirs de tendresse; ils ne te disent donc rien?

—Ils me disent que tu es un coeur généreux, et c'est parce qu'ils m'ont dit cela que dans ma détresse la pensée m'est venue de m'adresser à toi.

—Eh bien, puisqu'ils t'ont dit cela une fois, il faut que tu les gardes pour qu'ils te le répètent. Tu auras tes trois cent mille francs.

—Mais comment?

—Ah! cela, je n'en sais rien, car je dois l'avouer que je les ai cherchés aujourd'hui sans les trouver.

—Toi!

—Si tu as eu la pensée de me les demander, ne devais-je pas avoir la pensée de te les offrir? Je les ai donc cherchés. Mais si je ne les ai point trouvés aujourd'hui, je les trouverai demain. N'importe comment, je les trouverai. Quand je devrais les demander à mon père! Quand je devrais les voler!

—Oh! mon enfant, ne parle pas ainsi.

—Et pourquoi! Un crime, n'est-ce pas une preuve d'amour, la plus grande preuve qu'un honnête homme puisse donner à celle qu'il aime? Et je voudrais tant te prouver combien... jusqu'où je t'aime.

Et la prenant dans ses bras, il l'étreignit longuement; cette fois elle ne le repoussa pas, elle ne se dégagea pas, car si calme qu'elle fût ordinairement, si maîtresse de soi, si froide, elle avait été émue par ce cri d'amour, et un peu de la flamme dévorante qui était en lui avait passé en elle.

—Oui, tout à toi, tout pour toi, murmurait-il en mots entrecoupés, ma vie, mon honneur; tout, tout pour toi!

Mais, tandis qu'il restait anéanti dans son ivresse passionnée, elle retrouvait vite son calme.

—Tu sais, dit-elle, que ce que je te demande et ce que tu me promets, c'est un acte de folie.

—Tant mieux.

—Un acte de folie qui peut me perdre si l'on vient jamais à découvrir comment et pour qui tu t'es procuré cette somme.

—On ne le découvrira jamais.

—On peut le découvrir; l'autre nuit je t'expliquais quels dangers je courais, ils vont être bien plus grands encore. Il faut, autant que possible, les détourner. Je te demande donc de suivre le plan que je t'avais tracé. Et puis je te demande aussi de m'apporter un bracelet en pierres fausses exactement pareil à celui que tu m'as donné, et qui peut si malheureusement guider les soupçons. Si je vois ces soupçons se former, ce bracelet en pierres fausses peut me devenir très utile pour les détourner.

XXI

Si Robert n'avait pas pu la veille se procurer les trois cent mille francs qu'il voulait offrir à madame Fourcy, comment les trouverait-il maintenant?

C'était là une question qu'il n'avait pas examinée avant de répondre.

Elle lui demandait deux cent mille francs, c'était assez pour qu'il les promît.

Elle était dans ses bras, haletante, éperdue; elle se serrait contre lui, elle l'étreignait, elle lui parlait bas en l'effleurant de ses lèvres, en le brûlant de son souffle; dans l'obscurité de la nuit il voyait ses yeux éplorés et son visage pâle qu'éclairait faiblement la lumière de la lune, comment eût-il pu réfléchir?

Comment eût-il pu examiner la question de savoir où il se procurerait ces trois cent mille francs; elle lui eût demandé un million, il l'eût promis; elle lui eût demandé sa vie, il l'eût donnée.

Elle avait eu bien raison de penser que celui-là ne comptait point avec sa passion.

Mais au réveil il fallait compter avec la réalité.

Comment trouver ces trois cent mille francs?

A qui les demander?

S'il suivait ce jour-là le même procédé que la veille, c'est-à-dire s'il s'adressait aux usuriers, serait-il plus heureux qu'il ne l'avait été?

C'était là une expérience qu'il n'avait pas le temps de répéter et de poursuivre jusqu'à ce qu'elle eût réussi, c'était tout de suite, le jour même, qu'elle devait réussir.

Dans ces conditions, un mot qu'il avait dit à madame Fourcy, sans réflexion, et comme d'instinct, s'imposait à sa pensée: son père.

Pourquoi ne s'adresserait-il pas à son père?

En réalité, ce qu'il lui demanderait, ce ne serait pas un don de trois cent mille francs, mais un prêt de pareille somme garanti par la fortune qui lui reviendrait le jour de sa majorité et qui déjà était sienne. N'était-ce pas une simple fiction légale qui l'empêchait dès maintenant de disposer librement de cette fortune: puisqu'il en avait la jouissance, pourquoi n'en avait-il pas la propriété, c'est-à-dire le droit d'en user et d'en abuser?

Son père, si la chose lui était bien présentée, devait comprendre cela.

Il est vrai que son père et lui ne pensaient pas, ne sentaient pas généralement de la même manière, et que pour lui ç'avait été, comme c'était encore le grand malheur de sa vie.

Il était encore petit enfant lorsqu'il avait perdu sa mère, mais assez âgé cependant pour avoir gardé souvenir de la bonté et de la tendresse qu'elle lui avait prodiguées.

Cette femme charmante, qui avait cru faire un mariage d'amour en épousant le bel Amédée Charlemont, avait compris, au bout de peu de temps de mariage, qu'elle s'était cruellement trompée, et que son mari, si brillant qu'il fût, ou peut-être justement parce qu'il était brillant et séduisant, n'avait aucune des qualités qu'une femme honnête et bonne est en droit d'exiger chez un mari. Ç'avait été pour un coeur sensible et passionné comme le sien une cruelle blessure et une longue douleur, car elle avait senti que sa vie était manquée et, sans avoir commencé, déjà finie à vingt ans.

Heureusement elle était alors enceinte et elle avait trouvé un soutien dans la pensée que si elle ne pouvait pas être aimée par son mari, elle serait au moins aimée par son enfant à qui elle se donnerait tout entière.

Et avant que cet enfant fût né, elle l'avait adoré.

Elle avait voulu non seulement le nourrir mais encore l'élever, le soigner elle-même, ce qui pour son mari avait été un acte de pure folie. Qu'une mère voulût allaiter son enfant, cela il l'admettait au moins jusqu'à un certain point, c'est-à-dire quand elle était jeune, jolie, et qu'elle avait un beau sein, ce qui était le cas de sa femme; que deux ou trois fois par jour, quatre au plus elle donnât à téter à son fils qu'on lui apportait bien pomponné dans du linge blanc et des dentelles, il comprenait cela, et même il trouvait qu'on pouvait regarder avec plaisir ces petites lèvres roses se pendre à ce sein blanc gonflé de veines bleues; d'ailleurs il y avait un tas de tableaux représentant des scènes de ce genre; et ce qui avait été bon pour l'art, l'était également pour lui; il voyait cela à travers des souvenirs artistiques. Mais qu'elle voulût le débarbouiller elle-même, le laver, le changer de linge, le moucher ou essuyer la bave de son menton, cela n'était pas supportable: c'était donc une nourrice: quelle drôle de vocation!

Nourrice elle l'avait été jusqu'au bout sans une minute de distraction ou de lassitude; puis ensuite quand l'enfant avait grandi, meilleure mère encore qu'elle n'avait été bonne nourrice.

Et non de ces mères qui croient avoir largement rempli leur devoir quand avant de sortir elles ont recommandé rapidement, en faisant bouffer les brides de leur chapeau, «qu'on veille bien sur le petit», et quand, en rentrant, elles ont demandé «si bébé a été sage»; mais de ces mères qui restent penchées sur leur enfant sans le quitter jamais, vivant avec lui, mangeant avec lui, dormant près de lui d'un sommeil léger qui suit le rythme de sa respiration.

C'étaient là pour Robert les doux souvenirs de son enfance qui faisaient qu'il avait gardé religieusement le culte de sa mère et qu'il reportait jusqu'à un certain point sur toutes les femmes, le tendre respect qu'elle lui avait inspiré. Vaguement, par instinct, sans raisonnement et sans expérience, il était porté à croire qu'il y avait en elles quelques-unes des qualités de sa mère, un peu de la tendresse de celle-ci, de sa bonté, de sa générosité.

Lorsqu'elle était morte, le changement pour lui avait été grand, et de ce jour jusqu'à celui où il avait aimé, son coeur était resté fermé à la tendresse.

Sans doute son père n'avait pas été dur pour lui, mais il n'avait pas été bon non plus; n'ayant le temps, à vrai dire, d'être ni l'un ni l'autre et restant des mois entiers quelquefois sans voir son fils, bien qu'il l'eût gardé dans sa maison et confié aux soins d'une gouvernante modèle qui avait élevé plusieurs enfants, merveilleusement disait-on, au moins merveilleusement pour la tranquillité des parents qui avaient pu se débarrasser de tout souci sur elle, sur sa régularité et sur sa rigidité.

Quand Robert avait quitté cette gouvernante-perfection pour entrer au collège, il n'avait pas plus vu son père. A la vérité, on ne l'avait point laissé sans le faire sortir, et il était revenu tous les dimanches dans la maison paternelle, mais elle était vide cette maison, sans que le père s'y trouvât jamais. Quels tristes souvenirs lui avaient laissés ces journées de congé, où il dînait tout seul dans la grande salle à manger déserte, servi par un domestique grave qui n'ouvrait pas la bouche, et comme le lundi matin il enviait les plaisirs que lui racontait son ami Lucien Fourcy ou ses autres camarades; alors pour ne pas être humilié par eux, il en inventait de fantastiques qu'il leur racontait aussi, mais ces fantaisies de son imagination ne rendaient que plus dure pour lui la triste réalité.

Peu à peu il était arrivé à croire qu'il n'avait pas de père, et vive avait été sa surprise lorsque parvenu à ses dix-huit ans, et croyant être mis en possession de sa fortune, ce père s'était révélé pour s'opposer à l'émancipation que quelques-uns de ses parents maternels lui avaient promise et qu'il croyait obtenir.

—Tu as le côté sentimental qu'avait ta mère, lui avait répondu M. Charlemont pour justifier son refus, et tu ne ferais que des sottises; pour jouir de la liberté complète, attends un peu que la vie t'ait endurci.

Ils avaient alors vécu chacun de leur côté, et quand ils s'étaient rencontrés, ç'avait toujours été par des plaisanteries que M. Charlemont l'avait accueilli, le raillant «pour ses coins sombres», se moquant de sa timidité, le blaguant comme un ami «pour son côté sentimental.»

En tout un camarade, non un père, et un camarade qui le prend de haut, avec supériorité, bon enfant mais maître.

De là des heurts dans leurs relations qui les avaient rendues difficiles: le père se plaignant que le fils manquât d'expansion et de confiance, le fils que le père manquât de tendresse et de dignité.

Mais malgré tout, malgré les différences de caractère, d'humeur, de tempérament, d'habitudes, d'idées qui existaient entre eux, enfin malgré l'opposition que M. Charlemont avait apportée à l'émancipation de son fils, il ne s'ensuivait pas que celui-ci, dans la crise d'argent qu'il traversait, ne pouvait pas s'adresser à son père.

Le tout était de faire comprendre à M. Charlemont que trois cent mille francs prélevés sur une fortune de plusieurs millions n'était pas une ruine pour son fils, et que ce n'était pas non plus une folie bien grave.

Ce serait à lui à trouver des raisons pour plaider cette cause et il lui semblait qu'auprès d'un père tel que le sien, qui avait mené, qui menait l'existence que tout Paris connaissait, ce procès pouvait très bien être gagné; a-t-on le droit d'être implacable pour les autres quand on est si peu sévère pour soi-même?

Robert descendit donc de sa chambre décidé à risquer cette démarche auprès de son père, et ce qu'il apprit de Lucien le confirma dans son idée.

M. Fourcy indisposé ne pouvait pas aller à Paris.

Crédule et superstitieux comme tous les passionnés, Robert vit dans cette indisposition un hasard providentiel, une chance favorable qui devait presque sûrement le faire réussir; car si Fourcy avait été à Paris, il aurait fallu s'adresser à lui pour toucher l'argent ou pour obtenir un mandat sur la Banque de France, et jamais assurément le sévère Fourcy n'aurait consenti à verser cette somme ou à signer ce mandat sans présenter auparavant des observations à M. Charlemont. Quelles auraient été ces observations? Le caractère et les idées de Fourcy le disaient à l'avance. Quelle influence auraient-elles exercée? Avec un homme tel que lui et avec l'autorité qu'il avait dans la maison et sur M. Charlemont, tout était à craindre.

Puisqu'il était retenu à Nogent, tout au contraire était à espérer: M. Charlemont serait libre.

XXII

Si grande hâte qu'il eût d'aborder cette affaire et de revenir à Nogent avec les trois cent mille francs qu'il avait promis à madame Fourcy, il ne pouvait pas se présenter trop tôt chez son père, qui n'était point visible le matin.

Ce n'était point en effet la coutume de M. Charlemont de coucher dans son appartement de la rue Royale, et son valet de chambre pouvait compter les jours où il avait vu rentrer son maître avant dix heures du matin. Mais entre dix et onze heures il arrivait régulièrement; c'était même la seule régularité de sa vie gouvernée en tout par la fantaisie ou le hasard, et alors on était certain de le trouver procédant à sa toilette ou déjeunant.

Cette heure était pour lui la plus remplie de sa journée, car bien qu'il n'employât aucune teinture ni aucune composition plus ou moins infaillible «pour réparer des ans l'irréparable outrage», il donnait beaucoup de temps à sa toilette, ayant toujours eu au plus haut point le culte de sa personne qu'il soignait avec amour, et qu'il admirait complaisamment avec une entière bonne foi. Peut-être n'y avait-il pas à Paris de cabinet de toilette plus vaste, plus confortable que le sien, et où l'on trouvai autant de brosses, de peignes, de fers, de ciseaux, de pinces, d'épongés, de bassins de toutes sortes et de toutes formes, depuis l'argent jusqu'à la faïence. C'était dans cette pièce qu'il donnait ses audiences intimes, autant parce que cela lui était commode, que parce qu'une sorte de coquetterie féminine lui faisait prendre plaisir à se montrer avec tous ses avantages pour bien prouver que l'âge n'avait pas de prise sur lui.

Quand Robert arriva rue Royale il trouva son père dans ce cabinet, assis devant une fenêtre, le torse à moitié nu, les jambes nues, se faisant les ongles, soigneusement.

—Ah! c'est toi, dit M. Charlemont, sans s'interrompre, je t'ai attendu hier.

—Il m'a été impossible de venir, je vous fais mes excuses.

— Enfin, c'est bon; puisque te voilà, nous avons à causer... sérieusement; je n'ai rien voulu te dire chez Fourcy, à cause de Fourcy, mais la langue m'a plus d'une fois démangé, car je n'aime pas à retenir ce qui me vient aux lèvres. Et ce qui me venait, c'étaient des reproches. J'en ai appris de belles à mon retour. Cent mille francs dépensés et des dettes.

Robert ne répondit rien; d'abord parce qu'il n'avait rien à répondre; ensuite parce que ce n'était pas le moment de contredire son père.

— L'argent dépensé, c'est bien, continua M. Charlemont; je n'insiste pas là-dessus, tu es jeune et tu as pu te laisser entraîner, bien que cet entraînement conduise à quatre cent mille francs par an, ce qui est beaucoup, tu en conviendras. Mais des dettes, toi, mon fils; le nom de Charlemont chez des usuriers, cela, c'est trop: elle t'a donc affolé cette femme?

Il avait dit ces derniers mots sévèrement, avec mécontentement, presque avec indignation quoique la sévérité et l'indignation ne fussent guère dans sa nature, mais il ne put pas continuer sur ce ton.

— C'est donc une enjôleuse, dit-il, une femme habile, n'est-ce pas? Est-elle drôle, au moins?

C'était Robert qui avait pris un visage sévère et indigné: drôle? si madame Fourcy était drôle? et c'était son père qui lui posait de pareilles questions!

— Quel âge a-t-elle? continua M. Charlemont: je la vois blonde; mais elle peut être brune et charmante aussi, il ne faut pas être exclusif; c'est par le sentiment qu'elle t'a pris, hein? Ah! la mâtine savait à qui elle avait affaire.

Robert ne fut pas maître de se contenir plus longtemps; blême, frémissant, les lèvres serrées, la voix tremblante, il dit:

— Mon père, je vous prie de ne pas oublier que j'aime celle dont vous parlez.

— Eh! sacrebleu, voilà bien le mal, s'écria M. Charlemont se levant et jetant sur une table les ciseaux et la lime dont il se servait; si tu ne l'aimais pas, crois-tu que je m'inquiéterais? Que tu aies des maîtresses, cela m'est bien égal, que tu en aies trois, que tu en aies dix, je ne t'en parlerai jamais; mais que tu en aies une que tu aimes assez pour faire toutes les folies qu'elle voudra, voilà ce que je ne souffrirai pas, et je te le dis tout net.

Il s'était mis à marcher violemment, il s'arrêta, et faisant deux ou trois tours à pas plus lents, il parut se calmer.

—Ne me fais donc pas parler en père de théâtre, dit-il en revenant au ton familier, j'ai cela en horreur, positivement. Mais que diable! entends raison, et tâche que ce soit à demi-mot. Je t'ai dit que je ne trouverais pas mauvais que tu eusses des maîtresses; je te le répète, mais à condition que ce ne soient pas des femmes dangereuses. Il y a assez de femmes de ce genre, Dieu merci, et charmantes, tu peux m'en croire, avec lesquelles la liaison d'un jeune homme tel que toi est toute naturelle. Pourquoi n'as-tu pas pris la petite Lisette auprès de laquelle je t'ai vu tourner il y a quelques mois? C'était tout à fait ton affaire: très gentille, cette petite, je t'assure, très gentille, tu aurais fait son bonheur et elle aurait fait le tien.

Robert eut un geste de répulsion.

—Non, elle ne te plaisait point, continua M. Charlemont; et la jolie Adèle Pluchart? Tu ne diras pas qu'elle n'est pas ravissante, celle-là.

—Je dis que ces femmes ne m'inspirent que le dégoût.

—Eh bien, moi, je te dis que celles qui sous des apparences honnêtes exploitent l'amour d'un jeune homme, d'un enfant, pour s'enrichir à ses dépens, ne m'inspirent que le mépris.

—Mon père…

—Ah! sacrebleu, tu m'exaspères à la fin par ton obstination autant que par ta raideur. Je tâche de te parler en camarade, en ami, en frère, et tu me réponds sur le ton de la tragédie. Je n'aime pas ça. Mais puisque tu ne veux pas me comprendre, je vais être clair et précis. Tu es engagé dans une liaison qui peut te perdre, j'entends qu'elle soit rompue, et tout de suite. J'ai dit.

Il s'établit un silence; en toute autre circonstance, Robert se serait incliné et serait sorti pour courir au plus vite auprès de celle qu'il aimait; mais en ce moment ce n'était pas à lui qu'il pouvait penser, c'était justement à celle qu'il aimait, et qu'il voulait sauver; c'était à cela, et à cela seul qu'il devait être sensible.

—Eh bien, demanda M. Charlemont, quelles sont les intentions?

Il fallait parler; mais, comme beaucoup de timides, Robert était résolu et même téméraire lorsqu'il ne pouvait plus reculer.

—Je vous ai dit que j'aimais celle dont vous parlez, mais le mot dont je me suis servi rend mal le sentiment que j'éprouve pour elle; ce sentiment, c'est une passion profonde, c'est une entière possession, je suis à elle corps et âme; et pour moi il n'y a, comme il n'y aura, comme il n'y a eu qu'une femme au monde,—elle. Cela dit, vous comprenez donc, mon père, que je ne peux pas, comme vous l'exigez, rompre une liaison qui est ma vie même.

—Tu la rompras, ou je saurai bien trouver le moyen de la rompre moi-même.

—S'il s'agissait d'un caprice, vous pourriez parler ainsi, mon père, mais en réfléchissant à ce que je viens de vous dire, à la grandeur et à la profondeur du sentiment que je viens de vous avouer, il me semble, j'espère, que vous ne persisterez pas dans votre résolution.

—Plus que jamais.

—C'est donc un grand crime à vos yeux que l'amour? pour moi c'est une grande vertu; en tous cas, c'est un grand bonheur, le plus grand qui soit sur la terre, et je vous demande, je vous prie, je vous supplie de ne pas me l'enlever.

—Mais quelle est donc celle femme?

Robert ne répondit pas.

—Tu vois bien que tu n'oses pas l'avouer.

—Je ne le peux pas.

—Parce qu'elle…

Mais Robert pressentant les paroles qu'il allait prononcer, les arrêta vivement:

—Parce qu'elle a eu foi en mon honneur et que mon honneur me défend de parler.

—Même à ton père?

Il inclina la tête.

—Je comprends que ce qui vous indispose contre elle et vous la fait juger à faux, ce sont mes dépenses. J'avoue que les apparences peuvent vous donner raison. Mais je vous jure que ce n'est point à son instigation que ces dépenses ont été faites par moi. C'est une femme de coeur, une femme d'honneur, ce n'est point une femme d'argent. Il est vrai que l'argent a pris certaine place dans nos relations et même qu'il en occupe une en ce moment qui est considérable, qui est capitale. J'ai contracté des engagements que je dois remplir et pour lesquels je m'adresse, à vous.

—Quels engagements?

—Je dois trois cent mille francs qu'il me faut payer avant samedi.

—Tu es fou.

—Non, mon père, et ce que j'ai à ajouter à cet aveu va vous prouver que je parle, et que j'agis raisonnablement. Ce n'est point que vous me donniez trois cent mille francs que je vous demande, c'est que vous me les avanciez sur mes revenus, m'engageant à ne dépenser, jusqu'au jour où je vous aurai remboursé ces trois cent mille francs, que la somme que vous me fixerez vous-même. N'avez-vous pas là la preuve que ce n'est pas pour mon argent que je suis aimé, puisque je n'aurai pas d'argent? Et si je suis toujours aimé, n'aurez-vous pas la preuve aussi que celle qui m'aime n'est pas ce que vous croyez?

A plusieurs reprises, M. Charlemont se passa la main sur le front comme pour le rafraîchir.

—Et à quoi doit servir cette somme? demanda-t-il enfin.

—A sauver celle que j'aime.

—Et comment?

—Je ne peux pas le dire.

—Alors tu t'es imaginé que tu n'avais qu'à venir gaillardement me demander comme cela trois cent mille francs pour que je te les donne.

—Non gaillardement, mais respectueusement, m'adressant à vous parce que vous êtes mon père et parce qu'il me semble naturel de mettre ma confiance et mon espérance en vous, quand mon amour, quand mon bonheur, quand ma vie sont engagés.

—Eh bien, ce n'est pas moi qui les dégagerai; non seulement tu n'auras pas cette somme, mais encore je ne payerai rien des dettes que tu as pu contracter; quand cela sera connue, tu verras si tu peux en contracter de nouvelles.

—Mon père, vous ne ferez pas cela.

—Et qui m'en empêchera?

—Votre coeur auquel je m'adresse; le souvenir de ma mère que j'invoque en vous demandant d'être pour moi aujourd'hui ce qu'elle serait, vous le savez bien, si elle était là; une fois dans votre vie, mon père, remplacez-la, je vous en conjure.

Sans répondre, M. Charlemont poussa le boulon d'une sonnette, et aussitôt son valet de chambre entra.

—Coiffez-moi, dit-il.

Robert resta un moment étourdi; puis au bout de quelques secondes, sans un mot, sans un geste, il sortit lentement.

XXIII

Il allait droit devant lui sans savoir où il allait, l'esprit bouleversé, le coeur brisé.

Eh quoi, il avait fait appel à l'affection de son père, et il n'avait point été écouté; il avait invoqué le souvenir de sa mère, et il ne lui avait été répondu que par des paroles de colère ou de raillerie.

Pourquoi son père le traitait-il ainsi?

Pourquoi ce père, dont les aventures amoureuses étaient connues de tout Paris, se montrait-il impitoyable en présence d'un amour réel? Ne croyait-il donc qu'à la galanterie?

Il avait vu, il avait compris quelle était la grandeur de cet amour et il n'avait point été ému; quel nomme était-il donc?

Cette question, Robert se l'était déjà posée bien souvent depuis l'âge où il avait commencé à sentir, ou plus justement depuis l'époque ou il avait pu raisonner ses sensations: pourquoi son père se montrait-il si indifférent à son égard? Pourquoi jamais une parole affectueuse, jamais une visite au collège jamais un dîner à la maison, jamais une promenade en tête-à-tête? son père ne l'aimait donc pas? Il n'avait donc pas dans sa vie de plaisir une minute, une pensée pour son fils? Avec une nature inquiète et jalouse comme la sienne, affamée d'affection, tourmentée du besoin d'aimer et d'être aimé, ces idées étaient devenues une véritable obsession qui avait attristé sa jeunesse, et plus que tout contribué à développer en lui ce caractère susceptible et cette humeur sombre qu'on lui reprochait et qu'il se reprochait lui-même.

Mais à qui la faute s'il était ainsi, et non ce qu'il eût voulu être?

A qui la faute, si toutes les fois qu'il avait fait appel à la tendresse de son père, dans les petites comme dans les grandes choses, elle ne lui avait pas répondu?

Enfant il en avait éprouvé des douleurs désespérées, maintenant c'était la révolte qui grondait dans son coeur: non, son père n'aurait pas dû lui répondre de cette façon; non, sa mère n'eût point accueilli ainsi sa demande.

Ce souvenir lui brisa les jambes; il était dans les Champs-Elysées à ce moment déserts; machinalement il se laissa tomber sur une chaise qui se trouva devant lui, et ses lèvres murmurèrent un mot à peine articulé, un cri instinctif, un appel suprême:

—Oh! maman.

Et sur ses mains tombèrent deux larmes chaudes.

Mais il ne s'abandonna pas à cette défaillance qui l'avait surpris: sa mère n'était plus là pour le sauver; il ne devait compter que sur lui-même.

Il se leva, et d'un pas ferme il se dirigea vers Paris.

Sans avoir de nombreuses relations, ce qui n'était pas de son âge, il connaissait cependant un certain nombre de personnes riches: puisque son père n'avait pas voulu lui venir en aide, il s'adresserait à ces personnes.

La première chez laquelle il eut l'idée d'aller était un grand industriel qui lui avait toujours témoigné beaucoup de sympathie et pour qui trois cent mille francs devaient être une bagatelle.

Au moment où Robert arriva, ce personnage allait se mettre à table, et il fallut que Robert acceptât à déjeuner; mais quel que fût son désir de se montrer bon convive, il lui fut impossible de manger.

—Êtes-vous souffrant?

—Non, pas du tout.

—Préoccupé, alors?

—Il est vrai.

—Des chagrins d'amour, je parie.

Robert regarda le domestique qui les servait et devant lequel il n'aurait jamais pu se confesser; cependant c'était là une ouverture dont il devait profiter.

—Je vous conterai cela tout à l'heure, dit-il.

En effet, lorsqu'ils furent seuls, il «conta cela», et il termina son récit en présentant sa demande.

—Trois cent mille francs, mon cher garçon, rien que cela!

—Je donnerais ma fortune entière, si je l'avais, pour sauver celle que j'aime.

—Mais vous ne l'avez pas, cette fortune.

—Malheureusement.

—Hum! et comment la personne que vous aimez doit-elle cette somme?

—Pardonnez-moi si je ne vous réponds pas, c'est son secret.

—Et pourquoi ne vous êtes-vous pas adressé à votre père?

La question était dangereuse, Robert le sentit, mais il ne pouvait pas l'esquiver, et il ne pouvait pas d'autre part répondre par un mensonge.

—Mon père croit devoir employer la sévérité avec moi, il m'a refusé.

—Alors, mon pauvre enfant, comment voulez-vous que je fasse ce que votre père n'a pas fait? Il a eu ses raisons pour agir ainsi, je n'ai pas le droit, vous devez le comprendre, d'intervenir entre vous et lui.

—Mais…

—Je ne ferai jamais cela.

Il fallut frapper à une autre porte, et cette fois Robert se dit qu'il devait procéder différemment. La somme qu'il avait demandée était évidemment trop grosse, les raisons qu'il avait données pour expliquer son emprunt n'étaient évidemment pas des raisons pour des gens qui se croient sages: une femme aimée à sauver, la belle affaire vraiment?

Il demanda cinquante mille francs pour une dette d'honneur qui devait être payée sans retard.

Il n'obtint pas plus les cinquante mille francs qu'il n'avait obtenu les trois cent mille.

Il diminua encore sa demande et la fit descendre à vingt-cinq mille; on lui offrit cinquante louis; tout ce qu'on avait; et encore était-ce une grande preuve d'amitié qu'on lui donnait là.

Pendant toute la journée, il se fatigua à battre les quatre coins de Paris, enfiévré, désespéré, se disant après chaque refus qu'il était fou de s'obstiner, et s'obstinant quand même, persévérant malgré tout.

Ne trouverait-il donc pas un cœur généreux qui le comprît?

A six heures du soir il prit le chemin de fer pour aller à Montmorency faire une dernière tentative, et il revint à huit heures, ayant échoué à Montmorency comme il avait échoué à Paris.

Il fallait rentrer à Nogent où elle l'attendait, d'autant plus tourmentée par l'angoisse qu'elle ne le voyait pas revenir.

Que lui dire?

Et cependant il fallait qu'il dît quelque chose, qu'il expliquât ce qu'il avait tenté et comment il n'avait pas réussi. Après les humiliations de la journée, celle-là serait encore la plus cruelle. Il n'avait rien pu, il ne pouvait rien pour elle; quelle honte et quelle douleur!

Ordinairement le soir la famille était réunie dans le salon ou bien sur la terrasse qui dominait le jardin, et c'était là qu'il espérait trouver madame Fourcy; mais personne n'était sur la terrasse et le salon était sombre.

Que se passait-il donc? Un frisson le secoua de la tête aux pieds, car il était dans un état nerveux où le corps aussi bien que l'esprit se laisse effarer sans résistance.

Une femme de chambre lui donna d'elle-même l'explication qu'il n'osait demander: M. Fourcy, toujours Souffrant, gardait la chambre, et madame Fourcy, ainsi que Lucien et Marcelle, étaient installés près de lui.

Il éprouva comme un soulagement à la pensée qu'il ne la verrait peut-être pas ce soir-là; mais la réflexion lui dit que c'était là une lâcheté à laquelle il ne devait pas s'abandonner.

—Si vous avez occasion d'entrer dans la chambre, dit-il, vous annoncerez que je suis rentré.

—Je peux prévenir M. Lucien.

—Non, ne prévenez personne; faites simplement ce que je vous demande, et comme je vous le demande, vous m'obligerez.

Et il alla s'installer sur la terrasse, décidé à attendre là qu'elle descendît et vînt le rejoindre.

Il n'eut pas longtemps à attendre; au bout de quelques minutes elle arriva, courant plutôt que marchant.

—Eh bien? demanda-t-elle à voix basse.

—Je n'ai pas réussi.

Elle laissa échapper un cri étouffé, où il y avait autant de colère que de surprise.

—Il faut que je vous explique, dit-il, comment…

—A quoi bon!

—Il le faut.

—Alors suivez-moi dans le jardin, et ne parlez que lorsque je vous le dirai.

Ils s'éloignèrent, et lorsqu'ils approchèrent de l'endroit où avait déjà eu lieu leur entretien, elle se tourna vers lui.

—-Parlez, dit-elle d'un ton bref.

En quelques mots pressés, il dit ce qu'il avait fait: sa visite à son père; ses tentatives auprès de ceux de qui il avait espéré une aide.

—Vous êtes naïf, dit-elle.

—Pourquoi?

—Comment, vous allez demander à des amis de vous prêter trois cent mille francs.

—A qui donc pouvais-je les demander?

—Il ne fallait pas les demander, il fallait les acheter: les amis ne prêtent pas leur argent, mais il y a des gens qui vendent le leur; je vois que vous tenez au vôtre.

—Oh! Geneviève.

—Eh bien, quoi?

—Vous savez bien que ce que vous dites que j'aurais dû faire aujourd'hui, je l'ai fait hier.

—Mal sans doute, puisque vous n'avez pas réussi; on ne résiste pas à l'argent; si vous aviez offert assez, vous auriez obtenu ce que vous demandiez; ce n'est pas à un homme qui aura un jour une fortune considérable qu'on refuse trois cent mille francs, quand cet homme est décidé à mettre à cet emprunt le prix qu'il faut. Enfin il suffit. Je regrette de vous avoir fait perdre votre temps; mais vous regretterez aussi de m'avoir fait perdre le mien. J'ai été folle de croire à vos protestations.

—Oh! ne dites pas cela.

—Et vous deviez aller jusqu'au crime, disiez-vous: un crime, n'est-ce pas une preuve d'amour! Ce sont vos paroles n'est-ce pas? Et voilà que dans la réalité, vous n'avez pu aller seulement jusqu'à une folie d'argent.

Elle parlait les dents serrées, en paroles sifflantes.

—Au reste, cela vaut mieux ainsi, continua-t-elle; je n'aurai pas le remords de vous avoir entraîné à un acte déraisonnable. Rentrons.

Il oublia ses blessures pour ne penser qu'à elle:

—Mais qu'allez-vous faire? dit-il

—Me sauver moi-même.

—Comment?

—Cela, c'est mon secret.

Elle fit quelques pas du côté de la maison.

—Oh! je t'en supplie, dit-il, ne nous séparons pas ainsi; à la honte et à la douleur que j'éprouve de n'avoir pas réussi, n'ajoute pas l'angoisse de l'inquiétude; que je sache au moins ce que tu veux faire, ce que je dois faire.

—Ce que vous devez faire? demandez-le à votre amour; ce que je vais faire, je vous le dirai quand j'aurai vu certaines personnes qui me prouveront, je l'espère, leur amitié d'une façon plus efficace que vous ne m'avez prouvé ce que vous appelez votre amour.

XXIV

Il passa une nuit affreuse.

Comme elle lui avait parlé durement, avec quelle sécheresse, avec quel mépris!

Mais tout cela n'était rien encore à côté de ses derniers mots: «Vous saurez ce que je veux faire quand j'aurai vu certaines personnes qui me prouveront, je l'espère, leur amitié d'une façon plus efficace que vous ne m'avez prouvé ce que vous appelez votre amour.»

Qu'avait-elle voulu dire?

Qu'allait-elle faire?

Quelles étaient ces personnes, quels étaient ces amis en qui elle mettait une si grande confiance?

C'étaient là des questions pour lui plus terribles les unes que les autres.

Bien qu'il eût foi en sa maîtresse et qu'il fût convaincu qu'elle n'aimait et qu'elle n'avait jamais aimé que lui, il n'en était pas moins jaloux, de cette jalousie qui porte non sur ce qui existe en réalité, sur ce qui se voit, mais sur ce qui pourrait exister, sur ce qui est plus ou moins probable et qu'on peut appeler la jalousie d'imagination, la plus cruelle de toutes peut-être, par cela même que, au lieu d'être limitée à tel objet, ou à telle personne, elle est infinie.

Elle lui avait reproché d'être naïf, parce qu'il s'était adressé à des amis pour leur demander trois cent mille francs, et voilà qu'elle-même voulait maintenant s'adresser à ceux qu'elle disait avoir. Alors comment expliquer que ce qui avait été naïf pour lui ne l'était point pour elle? Comment s'imaginait-elle que ses amis à elle feraient ce que ses amis à lui ne devaient pas faire? Il y avait là quelque chose d'étrange, que la foi la plus solide, la confiance la plus aveugle ne pouvait pas accepter, et que la jalousie la moins prompte à s'alarmer devait examiner au contraire.

Quels étaient ces amis? quelle influence avait-elle sur eux? quels moyens d'action pouvait-elle employer auprès d'eux?

De tous ces amis, au moins de tous ceux qu'il connaissait, il n'en voyait qu'un seul qui fût en état de pouvoir prendre instantanément trois cent mille francs dans sa bourse, — *Ladret*.

Et justement c'était à celui-là qu'il eût voulu qu'elle ne recourût point, car c'était celui qui lui inspirait la plus vive répulsion. Des griefs contre lui, il n'en avait point, au moins de précis qu'il pût formuler. Mais il lui déplaisait: Sa façon d'être avec madame Fourcy le blessait; les regards qu'il attachait sur elle, ses sourires muets, le ton dont il lui parlait, et plus que tout, les longues poignées de main qu'il lui donnait en ayant toujours des prétextes pour lui retenir, pour lui flatter les mains dans les siennes, l'avaient vingt fois exaspéré au point de le pousser à des accès de colère folle.

Que madame Fourcy éprouvât un sentiment tendre pour Ladret, il n'imaginait pas cela; c'eût été monstrueux.

Mais que Ladret éprouvât un sentiment de ce genre pour madame Fourcy, sinon de tendresse au moins de désir, cela était possible.

Et c'était à cet homme qu'elle allait s'adresser; elle allait lui sourire; elle allait le prier. Évidemment ce serait un prêt qu'elle demanderait, car il lui était impossible d'admettre la pensée que ce pouvait être un don. Mais si on lui avait refusé ce prêt à lui qui avait une belle fortune, dont il prendrait possession à une époque fixe et peu éloignée, comment l'accorderait-on à madame Fourcy, qui n'avait pas cette fortune et qui ne pouvait pas donner l'assurance qu'elle en aurait jamais? C'était parce qu'il était mineur qu'il n'avait pas pu contracter ce prêt, et elle, femme mariée, s'engageant sans son mari, n'était-elle pas plus incapable encore, et l'engagement qu'elle prendrait ne serait-il pas encore plus nul que celui qu'il aurait pu prendre lui-même?

Dans ces conditions, que ne faudrait-il pas qu'elle promît, que ne faudrait-il pas qu'elle fît pour obtenir cet argent?

Et il souffrirait cela, lui qui l'aimait, lui son amant!

Mais alors il serait donc le plus misérable et le plus lâche des hommes?

Un crime, avait-il dit, il commettrait un crime pour la sauver, et il avait parlé avec une entière bonne foi, sans forfanterie; cependant ce crime, il ne l'avait point commis, et il n'avait même pas eu la pensée de le commettre, quand il s'était vu réduit à l'impuissance et forcé d'avouer qu'il ne pouvait rien pour elle. Mais n'en commettait-il pas un à cette heure en ne la sauvant pas, et en la laissant implorer le secours de Ladret; et plus grand celui-là que s'il avait volé lui-même ces trois cent mille francs pour les lui apporter, plus honteux?

A qui la faute si elle avait à subir quelque parole outrageante de Ladret?

Que cette idée ne se fût pas présentée à son esprit quand il était rentré à Nogent pour raconter et expliquer ses échecs, c'était déjà bien grave: il aurait dû comprendre qu'elle ne pourrait pas s'abandonner à la fatalité, qu'elle voudrait lutter, chercher quelque moyen pour se défendre et se sauver.

Mais que maintenant que cette idée lui avait été suggérée, il permît qu'elle fût mise à exécution, c'était impossible.

Sans doute il pouvait le lendemain, quand madame Fourcy voudrait sortir pour aller à Paris chez Ladret ou chez tout autre de ses amis, lui barrer le passage et lui dire: «Tu n'iras pas, je ne veux pas que tu fasses cette démarche qui blesse ma jalousie et outrage notre amour.» Mais cela n'était possible que s'il tenait dans ses mains la somme qu'elle allait chercher.

Eh bien il l'aurait, coûte que coûte, il se la procurerait.

Il est des mots qu'on ne prononce pas impunément, car jetés au hasard de la conversation, bien souvent et sans qu'ils expriment une idée arrêtée, il arrive quelquefois qu'ils font naître cette idée et lui donnent un corps. «Quand je devrais demander ces trois cent mille francs à mon père, avait-il dit à madame Fourcy, n'importe comment je les trouverai, quand je devrais les voler.»

Il les avait demandés à son père, il ne les avait point obtenus.

Il les volerait.

Elle verrait alors s'il avait été sincère en lui disant que pour lui un crime était une preuve d'amour, la plus grande qu'un honnête homme pût donner à celle qu'il aime, et elle verrait aussi si elle avait été juste de le railler pour ces paroles, si elles étaient d'un fanfaron et d'un lâche.

Honnête il l'avait été, il l'était, au moins il avait la fierté de l'honnêteté, et d'instinct, il avait la conviction que pour lui il ne commettrait pas une indélicatesse, dût-elle décupler sa fortune; mais ce qu'il n'aurait jamais consenti à faire pour lui, il le ferait pour celle qu'il aimait et qu'il devait sauver au prix même de son honneur et de sa conscience.

Elle lui avait bien sacrifié son honneur, de femme et de mère, il lui sacrifierait son honneur d'homme.

Arrêté à cette idée, il lui fallait trouver maintenant le moyen de la mettre à exécution et tout de suite; mais si cette résolution avait été difficile à prendre, elle semblait difficile aussi à réaliser; il ne suffit pas de dire je volerai trois cent mille francs, il faut pouvoir les voler.

Sur ce point il n'eut point à subir toutes les hésitations, toutes les irrésolutions qui l'avaient assailli lorsque cette idée du vol s'était présentée à lui, et qui avaient dévoré dans la fièvre et dans l'angoisse les heures de sa nuit.

Celui à qui il devait prendre cette somme, c'était son père.

Là-dessus il n'y avait pas de doute possible: enlever trois cent mille francs à son père, ce n'était même pas lui causer un embarras! D'ailleurs ce préjudice il le réparerait un jour qui n'était pas éloigné, le jour de sa majorité, quand il serait mis en possession de sa fortune, et il le réparerait complètement, pour le capital et les intérêts.

Mais s'il était parfaitement décidé à prendre cet argent à son père, il ne l'était pas sur la manière de le prendre.

Ce fut à étudier cette manière qu'il employa le reste de sa nuit.

Au collège il s'était amusé à imiter l'écriture de ses camarades et de ses maîtres et il avait poussé cet art si loin que bien souvent on avait recouru à son talent pour se faire fabriquer par lui de faux bulletins et de fausses exemptions. Jamais il n'avait refusé de rendre ces services à ceux de ses camarades qui les réclamaient. Mais jamais il n'avait voulu faire pour lui ce qu'il faisait volontiers pour les autres.

Pourquoi ne se servirait-il pas de ce talent pour fabriquer une fausse lettre de crédit, une fausse lettre de change, un faux chèque de trois cent mille francs qu'il signerait, non pas du nom de son père, qui ne signait jamais rien, mais du nom de Fourcy qui avait la signature de la maison de banque; ce serait la maison Charlemont qui rembourserait ces trois cent mille francs, ce ne serait pas Fourcy.

Où toucherait-il cet argent?

Là se dressait une nouvelle question.

A Paris, cela pouvait être dangereux, car il n'y aurait que quelques pas à faire pour s'assurer que le titre était faux.

Mais à Londres, en se présentant chez les correspondants de son père, ce moyen ne pouvait-il pas, ne devait-il pas réussir?

En partant le lendemain pour Londres il pouvait être de retour le samedi en temps pour que madame Fourcy, à qui il donnerait rendez-vous à Paris aux environs de la gare du Nord, reçût l'argent de ses mains et le portât chez La Parisière. Qu'importait que cet argent fût en billets de la banque d'Angleterre ou en billets de la Banque de France?

Mais pourrait-il imiter l'écriture et la signature de Fourcy de manière à tromper les banquiers anglais? Il n'en savait rien, n'ayant jamais eu l'occasion d'essayer cette imitation.

C'était ce qui lui restait maintenant à voir.

Il avait justement dans sa poche une lettre que Fourcy lui avait écrite quelques jours auparavant, il n'avait qu'à la prendre pour modèle.

Aussitôt il avait sauté à bas de son lit, et ayant allumé deux bougies pour y mieux voir, en chemise, sans se donner le temps de s'habiller, il s'était mis au travail.

Il lui avait fallu assez longtemps pour maîtriser le tremblement de sa main, mais lorsque par un effort suprême de sa volonté il était parvenu à lui imposer la rectitude et la souplesse, en quelques minutes il était arrivé à une imitation de l'écriture et de la signature de Fourcy, si parfaite qu'un expert même se fût laissé tromper.

Alors un soupir de soulagement s'était échappé de sa poitrine depuis si longtemps serrée dans un étau; madame Fourcy était sauvée.

XXV

Il serait parti pour Londres à la première heure, si avant son départ il n'avait pas voulu voir madame Fourcy, pour lui dire que le samedi matin elle toucherait ses trois cent mille francs, et pour convenir avec elle de l'endroit où il lui remettrait cette somme en arrivant.

A la vérité il eût pu lui écrire cela au lieu de le lui dire; mais outre qu'une lettre est toujours dangereuse, et une lettre de ce genre surtout, il avait pour la voir une raison toute-puissante, au moins pour son coeur, qui était qu'au moment de lui donner une pareille preuve d'amour, il avait besoin de la voir, non pour lui avouer ce qu'il allait entreprendre, mais simplement pour la voir, l'embrasser, l'étreindre d'un regard dans lequel il aurait mis tout son amour; il n'était pas possible que dans la matinée il ne la rencontrât pas.

Il descendit donc de bonne heure, mais la première personne qu'il rencontra, ce ne fut pas elle, ce fut Lucien déjà habillé et prêt à partir pour Paris.

—Comment va ton père? demanda Robert.

—Un peu mieux, mais il ne pourra pas encore aller à Paris aujourd'hui, ni même peut-être demain. Cela le tourmente et lui donne la fièvre d'impatience.

—La maison ne peut-elle pas marcher pendant quelques jours toute seule et sans lui?

—Il y a des affaires importantes en ce moment, et puis il y a aussi de gros payements à faire; c'est même pour cela que je pars si tôt aujourd'hui.

Et se frappant sur la poitrine, c'est-à-dire sur la poche de côté de son veston, il ajouta en riant:

—Tel que tu me vois, je suis bon à voler en ce moment, et il y a des gens qui ne me laisseraient pas entrer à la banque aujourd'hui, s'ils savaient ce que je porte dans cette poche.

—Et que portes-tu donc?

—La fortune de la maison Charlemont, bien que ma poche ne soit pas grosse.

—Tu devrais bien m'en donner un peu, de cette fortune.

—Es-tu bête! En prévision des gros payements qu'il y a à faire aujourd'hui, mon père m'a demandé de lui apporter le cahier de mandats blancs de la Banque de France, et je reporte aujourd'hui à la caisse dix de ces mandats qu'il a signés, les uns remplis, les autres en blanc pour faire face aux besoins de la journée. C'est pour cela que je dis que j'ai dans ma poche la fortune de la maison Charlemont; car s'il me prenait fantaisie de garder un de ces mandats non remplis et de le remplir moi-même, en écrivant cinq, six, dix millions, après la formule: «Reçu de la Banque de France la somme de........», la Banque de France me payerait à vue et sans difficulté, sans autre formalité qu'une signature quelconque que j'apposerais au dos du mandat, la somme de cinq, six ou dix millions, enfin tout ce que je lui demanderais jusqu'à concurrence, bien entendu, de ce qu'elle a en compte courant.

Robert écoutait, frémissant d'anxiété, car il ne connaissait rien aux affaires de banque; vingt fois, il est vrai, il avait entendu prononcer le mot mandat blancs, mais sans jamais penser à demander ce que c'était au juste; et en écoutant il pensait que s'il pouvait obtenir un de ces mandats, son voyage à Londres devenait inutile, et qu'il se procurerait tout de suite les trois cent mille francs qu'il lui fallait.

—Sais-tu que c'est dangereux, cela? dit-il d'une voix rauque.

—Si j'étais un voleur, oui, cela serait dangereux, mais mon père sait bien que je vais remettre à la caisse les dix mandats qu'il m'a confiés, et qu'une fois à la caisse ces mandats ne sont pas plus exposés que ne le sont les sommes que le caissier a entre les mains.

—Mais s'ils n'arrivaient pas à la caisse, c'est là ce que je veux dire, n'est-ce pas possible?

—Il faudrait pour cela que je les volasse, ce qui n'est pas possible, n'est-ce pas?

—Si on te les volait?

—Dans ma poche, cela n'est pas facile; et puis il faudrait pour cela qu'on sût ce que j'ai dans ma poche, et comment veux-tu qu'on le devine, cette poche est comme toutes les poches du monde. Adieu.

—Mais…

—Je manquerais le train; à ce soir.

—Lucien.

Mais Lucien était déjà loin, courant la main posée sur la poche de son veston bien boutonné cependant.

A quoi bon le rappeler?

C'était instinctivement que Robert avait voulu le retenir sans trop savoir ce qu'il faisait, affolé par l'idée que Lucien avait là dans sa poche dix fois plus, cent fois plus d'argent qu'il n'en fallait pour payer La Parisière. Mais cette idée était folle. Il ne pouvait pas demander un de ces mandats à Lucien, qui ne le lui remettrait pas. Et il ne pouvait pas davantage le lui prendre.

Décidément, il n'y avait que son projet d'aller à Londres qui était pratique et il devait y revenir, sans s'en laisser distraire et sans chercher autre chose.

Aussitôt qu'il aurait prévenu madame Fourcy, il partirait.

Et il continua d'errer dans la maison en la guettant.

Il était impossible qu'à un moment donné elle ne sortît pas de sa chambre ou de celle de son mari, et en deux mots à la hâte, dans le vestibule ou dans l'escalier, il l'avertirait; d'ailleurs, ne devait-elle pas aller elle-même à Paris pour s'adresser à ces amis dont elle lui avait parlé?

Le temps s'écoula, il ne la vit point, il ne l'entendit point.

Enfin, n'y tenant plus, il se décida à interroger la femme de chambre d'une façon détournée.

—Madame est dans la chambre de monsieur; elle le veille avec mademoiselle Marcelle.

—Est-il donc plus mal?

—Non, mais il a besoin de repos; présentement il dort; si monsieur le désire, je peux prévenir madame.

Il eut un moment d'hésitation; l'heure le pressait et il ne pouvait pas attendre ainsi indéfiniment; mais il n'osa pas cependant commettre l'imprudence de faire dire à madame Fourcy qu'il avait besoin de lui parler; elle lui avait si souvent recommandé une extrême circonspection, et avec tant d'instances.

Il recommença donc à attendre, mais elle continua à ne pas paraître.

L'heure marchait cependant.

Allait-il donc passer la journée ainsi, c'est-à-dire la perdre, quand il y avait si grande urgence à ce qu'il se mît en route; s'il laissait partir les trains de marée par la ligne du Nord et par celle de l'Ouest, à quelle heure arriverait-il à Londres?

Il fallait se décider.

Puisqu'il ne pouvait pas lui parler, il lui écrirait; sans doute cela était jusqu'à un certain point dangereux, mais il n'avait pas le loisir de n'employer que des moyens absolument sûrs; d'ailleurs il prendrait toutes les précautions pour détourner les dangers probables: ainsi il n'écrirait que dans des termes vagues et il irait déposer lui-même sa lettre dans la chambre de madame Fourcy, dans une potiche placée sur le bureau où madame Fourcy serrait ses livres de compte, et où il avait été convenu entre eux qu'il cacherait ses billets lorsqu'il aurait absolument besoin de lui écrire, ce qu'il ne devait faire et ce qu'il n'avait fait jusqu'à ce jour qu'à la dernière extrémité. Par le balcon qui courait le long de la façade du premier étage, il pouvait facilement entrer dans cette chambre, et puisque Fourcy était dans la sienne, avec madame Fourcy et Marcelle, il n'y avait pas à craindre qu'il fût vu; en tous cas il ouvrirait les yeux et les oreilles. Bien certainement quand madame Fourcy apprendrait qu'il était parti sans la voir, elle irait à cette potiche et trouverait sa lettre.

Il monta à sa chambre pour écrire: «Je pars à l'instant pour Londres avec le regret de n'avoir pu vous voir avant; ne vous inquiétez pas pour ce que vous m'avez demandé, ne faites pas de démarches; je suis certain de le trouver à Londres et de vous le rapporter samedi matin; j'arriverai à la gare du Nord à huit heures du matin, et ici entre neuf et dix heures.»

Cela fait, il descendit au premier étage et par la fenêtre ouverte du vestibule, il passa sur le balcon.

Les fenêtres de la chambre de madame Fourcy qui se trouvaient les premières étaient ouvertes aussi. Il s'avança doucement, marchant à petits pas et comme s'il regardait dans le jardin, mais n'ayant d'yeux et d'oreilles en réalité que pour la chambre.

Aucun bruit; personne.

Dans le jardin, personne, non plus, qui le pût voir.

Vivement il entra dans la chambre et le tapis amortit le bruit de son pas qu'il faisait aussi léger que possible.

Le petit bureau sur lequel se trouvait la potiche était placé entre deux fenêtres, Robert n'avait donc que trois pas à faire dans la chambre et à allonger le bras pour jeter sa lettre dans la potiche.

Au moment où il allait la laisser tomber, il s'aperçut que le bureau était ouvert, et sur le tablier un petit cahier blanc lui sauta aux yeux, les lui creva et instantanément il reçut une commotion au coeur.

La main toujours étendue au-dessus de la potiche, il lisait:

C. Fr……..

30,150

Paris, le

Reçu de la Banque de France la somme de dont elle débitera le compte.

C'était le cahier de mandats blancs dont Lucien lui avait parlé et duquel Fourcy avait détaché le matin même les dix mandats qu'il avait envoyés à Paris.

Qu'il en détachât un lui-même de la souche; qu'il le signât du nom de Fourcy; qu'après les mots, «la somme de», il écrivît trois cent mille francs; qu'au dos il mît un nom ainsi qu'une adresse de fantaisie; qu'il se présentât à la Banque de France, à la première caisse des comptes courants comme l'indiquait une mention, et dans une heure il touchait les trois cent mille francs qu'il avait vainement demandés à tout le monde depuis deux jours.

Évidemment cela valait mille fois mieux, cela était beaucoup plus sûr que d'aller à Londres.

Il n'eut pas une seconde d'hésitation: vivement il détacha un mandat de sa souche, et au lieu de jeter sa lettre dans la potiche, il la mit dans sa poche.

Maintenant il n'avait plus besoin de prévenir madame Fourcy, puisque dans deux heures au plus il serait de retour à Nogent avec les trois cent mille francs.

Doucement il sortit de la chambre avec plus de précaution encore qu'il n'en avait pris pour y entrer et en quatre ou cinq enjambées il monta chez lui.

Là, sa porte fermée au verrou, il recommença son expérience de la nuit, et après une dizaine d'essais, quand il fut bien maître de sa main, il signa le mandat du nom de Fourcy, le remplit des deux inscriptions en chiffres et lettres 300,000, trois cent mille francs, et le mit dans sa poche.

XXVI

Une heure après il descendait de voiture à la porte de la Banque et il se faisait indiquer par un surveillant la caisse des comptes courants.

En chemin il avait agité la question de savoir de quel nom il acquitterait le mandat, et il avait décidé que ce serait d'un nom anglais. Tout d'abord il avait eu l'idée de le signer simplement Robert Charlemont, car il n'avait pas l'intention de se cacher, bien au contraire, mais il avait réfléchi qu'il pouvait y avoir à cela quelque danger non seulement pour le succès de son plan, mais encore pour madame Fourcy elle-même, et alors il avait renoncé à cette idée pour adopter celle de se faire passer pour Anglais et de prendre un nom anglais: James Marriott. Quand il voulait, il faisait très bien l'Anglais, assez bien en tous cas pour ne pas éveiller le soupçon chez des gens aussi occupés que les employés de la Banque.

Ce fut donc avec une tenue raide, marchant à grands pas, brutalement, qu'il traversa la grande salle et se présenta à la caisse des comptes courants; bien que son émotion fût profonde, il n'éprouvait aucune crainte, il ne sentait aucune défaillance. Et cependant il se rendait parfaitement compte des dangers qu'il bravait: un employé de la maison de son père pouvait être là, attendant son tour pour être payé; on pouvait contester la signature Fourcy, si bien imitée qu'elle fût; on pouvait lui poser des questions qu'il n'avait pas prévues; lui demander de justifier qu'il était James Marriott.

On ne lui demanda rien autre chose que de mettre au dos du mandat son nom et son adresse, mais il crut remarquer qu'on l'examinait longuement.

Ce fut le moment poignant de son aventure: si on lui avait pris la main, on l'aurait sentie mouillée à la paume d'une sueur froide. Cependant il se tenait la tête haute; en apparence indifférent à ce qui se passait autour de lui, mais en réalité voyant, entendant tout; le bruit de l'or et de l'argent qu'on mettait dans les balances, le flicflac des chaînettes qui retenaient les portefeuilles des garçons de recette, et par-dessus tout le murmure confus des voix se mêlant au piétinement des gens qui entraient par les portes donnant sur la grande salle.

Parmi ces gens qui allaient et venaient, n'y avait-il pas quelque agent de police, chargé de la surveillance, et qui d'un moment à l'autre allait venir lui demander d'où il tenait ce mandat de trois cent mille francs, et comment à son âge il pouvait être légitime possesseur d'une pareille somme?

—M. James Marriott, dit une voix.

Il ne bougea pas.

—M. James Marriott.

Cette fois il se rappela que James Marriott, c'était lui, et il s'avança lentement.

On ne lui adressa qu'un seule question:

—Combien?

Alors, avec un accent anglais prononcé, il répondit:

—Trois cent mille francs.

Et en trente paquets de dix billets, on lui compta ces trois cent mille francs.

S'il avait osé, il les aurait entassés dans ses poches, au plus vite, mais il eut peur d'éveiller les soupçons en ne comptant pas les billets, et les unes après les autres il vérifia ou tout au moins il eut l'air de vérifier les liasses.

—*All right.*

Et il sortit marchant posément, malgré l'envie folle qu'il avait de se mettre à courir; ce fut seulement quand il fut installé dans sa voiture qu'il respira.

Elle était sauvée.

Comme elle allait être heureuse!

Et lui, quel bonheur il allait éprouver à la voir heureuse!

Cependant, à la pensée de la joie qu'il allait lui donner, il ne sentait pas en lui un élan, un transport d'enthousiasme comme il en avait éprouvé déjà lorsqu'il avait pu faire quelque chose pour elle.

Tout au contraire, c'était un certain trouble qu'il constatait en lui, un malaise.

Mais en constatant cet état, il ne s'en préoccupa pas autrement, sans doute il était encore sous le coup de l'émotion et des angoisses par lesquelles il venait de passer.

Heureusement tout cela était fini; maintenant pour elle comme pour lui c'était la tranquillité qui allait succéder à ces angoisses qui, pour elle aussi, avaient dû être terribles.

Il arriva à Nogent.

Comme il sortait de la station, il aperçut madame Fourcy, en toilette de ville, qui venait bien évidemment prendre le train.

Il courut à elle.

—Vous, dit-elle sèchement.

Ce fut un coup qu'il reçut en pleine poitrine, mais il réfléchit aussitôt qu'elle était encore sous l'impression de leur séparation de la veille, qu'elle ne pouvait pas savoir ce qu'il venait de faire pour elle.

—Où allez-vous? demanda-t-il.

—Vous voyez bien, à Paris.

Il la regarda en souriant.

—N'y allez pas, dit-il.

—Etes-vous fou?

—Oui, de joie.

A son tour, elle le regarda surprise et interdite.

—Au lieu de prendre le train, dit-il, voulez-vous venir avec moi cinq minutes dans le bois, à un endroit où nous puissions causer sans être entendus ni vus.

Comme elle hésitait, il ajouta à voix basse:

—J'ai l'argent.

Elle resta un moment suffoquée, mais elle se remit vite; alors lui prenant le bras et se serrant contre lui:

—Allons, dit-elle de sa voix la plus caressante.

Ils étaient au milieu de la place de la station, ils se dirigèrent vers le bois, et après avoir traversé le pont du chemin de fer et suivi la grande route, ils arrivèrent au bord d'une petite mare entourée de grands arbres et de taillis touffus: malgré le voisinage de la grande route, l'endroit était désert à souhait pour un tête-à-tête.

Mais elle n'avait pas pu attendre jusque-là pour l'interroger, et tout en longeant la route, elle lui avait posé question sur question.

—Était-il possible qu'il eût réellement l'argent?

—Là, dans mes poches, j'en suis bourré, et ce paquet sous mon bras qui a l'air d'une livre de beurre enveloppée dans un journal, est une liasse de billets de banque qui n'ont pas pu tenir dans mes poches.

—Et comment t'es-tu procuré cet argent?

—Ça, c'est mon secret, dit-il, en essayant de plaisanter.

—Tu as des secrets pour moi?

—Je n'en ai qu'un, c'est celui-là.

Il s'était demandé s'il lui dirait la vérité et un moment il avait pensé à la confesser telle qu'elle était: «Tu as cru que je me vantais quand je t'ai dit que j'étais capable de commettre un crime pour toi, voilà celui que j'ai commis»; mais il avait réfléchi qu'elle pouvait vouloir refuser l'argent qu'il s'était ainsi procuré, et alors il avait résolu de ne parler que lorsqu'elle aurait employé cet argent de façon à ne pouvoir pas le reprendre et le lui rendre.

—Mais pourquoi m'as-tu dit hier que tu ne pouvais pas trouver ces trois cent mille francs?

—Parce que hier et avant-hier je n'avais pas eu une inspiration qui m'est venue cette nuit: crois-tu qu'en voyant tes angoisses, mon esprit n'a pas travaillé; il fallait l'impossible, je l'ai réalisé.

—Mais comment?

—Plus tard je te le dirai.

Elle le regarda un moment, puis réfléchissant qu'il était peut-être imprudent à elle de vouloir approfondir cette question, elle n'insista pas. Elle avait l'argent, c'était l'essentiel. En réalité, ce n'était pas son affaire de s'inquiéter du prix dont il l'avait payé; et même il valait mieux pour elle qu'elle l'ignorât.

—Oh! le cher enfant, dit-elle.

Et longuement, elle lui pressa le bras contre elle.

—Je n'ai pas à te dire, n'est-ce-pas, continua-t-elle, que ce que tu viens de faire pour moi, je m'en souviendrai toujours avec…

Il l'interrompit:

—C'est de cela qu'il ne faut pas parler, dit-il vivement.

—Eh bien, je n'en parlerai point, mais plus tard je te montrerai de quels sentiments tu as empli mon coeur. Pour le moment, je ne veux plus t'adresser qu'une seule question: ton père doit-il apprendre prochainement cet emprunt de trois cent mille francs?

—Qu'importe?

—Il importe beaucoup au contraire, et je te prie de me répondre.

—Je pense qu'il l'apprendra prochainement, très prochainement, il peut l'apprendre aujourd'hui, demain.

—Alors tu dois comprendre que cela nous impose une extrême prudence, car ton père voudra savoir à quoi tu as employé cet argent, pour qui; et si tu ne veux pas que je sois perdue, il ne faut pas que les soupçons puissent se porter sur moi.

—Mais que veux-tu donc?

—Que tu te conformes à ce que je t'ai demandé.

—C'est impossible.

—Il le faut cependant; mais si tu ne peux pas t'y résigner, je te demande au moins de t'éloigner pendant quelque temps, de voyager.

—Eh quoi, c'est en ce moment que tu me tiens ce langage?

—Veux-tu donc, mon enfant, attendre qu'il soit trop tard; et ne sens-tu pas qu'en t'éloignant tu détournes de moi les soupçons; on te suit; on ne vient pas à moi; comment penser que tu t'es séparé de la femme que tu aimes le jour même où tu as fait un pareil sacrifice pour elle?

—Oui, comment le penser!

Elle parut ne pas comprendre l'accent avec lequel il avait jeté ce cri désespéré, et longuement, en paroles pressantes, suppliantes, elle lui expliqua comment il devait partir pour la sauver, non pas dans quelques jours, non pas le lendemain, mais tout de suite, sans même revenir à la maison de Nogent où elle allait rentrer, elle, en disant qu'elle avait manqué le train et qu'elle n'irait pas ce jour-là à Paris: ils ne se seraient pas vus; le soir même, de la ville où il serait, il écrirait à son père.

Il avait commencé à l'écouter avec stupéfaction, puis un anéantissement l'avait envahi, son coeur avait cessé de battre, sa pensée s'était arrêtée, il avait éprouvé quelque chose d'analogue à la mort, puis en sortant de cette défaillance un mouvement d'indignation l'avait soulevé et mis brusquement sur ses jambes.

—Vous avez raison, lui dit-il, il vaut mieux que je parte: voici l'argent.

Et se mettant à genoux dans l'herbe il avait tiré les paquets de billets de banque de ses poches, et il les avait enveloppés dans le journal.

—Ah! Robert, dit-elle, est-ce ainsi que nous devrions nous séparer?

—Eh bien alors, ne nous séparons pas.

Elle avait recommencé ses explications en revenant vers la mare; là, ne voyant personne, elle l'avait pris dans ses bras, puis après l'avoir embrassé, elle s'était sauvée sans se retourner.

Il était resté immobile, et pendant qu'il la suivait des yeux, le sentiment de trouble et de malaise qu'il avait déjà éprouvé en sortant de la Banque l'envahissait de nouveau; il avait cru dans son délire passionné qu'il serait fier de son crime, et maintenant c'était la chaleur de la honte qui lui brûlait le visage.

XXVII

Avant de rentrer chez elle, madame Fourcy envoya une dépêche télégraphique à La Parisière:

«Venez ce soir ou demain, je vous remettrai le nécessaire.»

Ainsi, il serait rassuré, car bien qu'il fût couvert au moins dans une certaine mesure, il devait commencer à être inquiet, et elle ne voulait pas tourmenter inutilement un brave garçon, qui en plus d'une circonstance lui avait rendu service.

Cela fait, elle se hâta de regagner sa maison, serrant par moment sous sa poitrine le paquet de billets de banque avec des tressaillements voluptueux.

Enfin elle avait réussi cette dernière opération comme elle avait réussi toutes celles qu'elle avait entreprises elle-même, servie une fois de plus par sa chance. Mais malgré tout ce serait la dernière: maintenant elle voulait être à son mari et à ses enfants, rien qu'à eux. C'était cette raison, pour elle toute-puissante, qui l'avait déterminée à envoyer ce pauvre Robert en voyage. Assurément elle eût voulu lui épargner ce chagrin, car il avait réellement éprouvé une grande, une très grande douleur lorsqu'elle lui avait rappelé qu'ils devaient se séparer. Elle l'avait bien vu. Mais quoi? pouvait-elle sacrifier son repos à la satisfaction de ce garçon? Il venait de se conduire très galamment, cela était certain. Il était très bon enfant, cela était certain aussi. Mais malgré tout, comme il était gênant et encombrant avec ses sentiments passionnés! Quelle singulière idée il se faisait de la vie: dans le bleu, toujours plus haut. Qu'il y montât, qu'il y restât si telle était sa fantaisie. Mais pour elle, elle avait affaire sur la terre, où elle voulait qu'on la laissât désormais tranquille et se reposant.

Quand ils la virent arriver, Fourcy et Marcelle poussèrent en même temps une exclamation de surprise.

—Que t'est-il donc arrivé? demanda Marcelle.

—Es-tu souffrante? demanda Fourcy qui s'inquiétait facilement et dont la sollicitude pour sa femme était toujours en éveil.

—J'ai manqué le train tout simplement.

—Et tu n'as pas attendu l'autre?

—Non; cela m'aurait pris trop de temps.

—Une demi-heure.

—Je serais revenue trop tard; et pendant cette demi-heure, je me serais donné la fièvre d'impatience, te sachant là dans ton lit.

Il lui prit la main et la lui embrassa.

—J'irai demain à Paris, dit-elle, ou après-demain quand tu seras mieux.

—Je ne suis pas bien mal.

—Enfin je ne veux pas te quitter: il faut que tu sois malade pour que nous ayons la bonne fortune de te voir au milieu de nous, je ne vais pas choisir ce moment-là pour m'éloigner: j'avais presque des remords d'être partie.

Fourcy ne répondit rien, mais d'un signe à sa fille il l'appela près de lui.

—Regarde ta mère, mon enfant, dit-il d'une voix émue; tu auras un mari un jour, souviens-toi; sois pour lui ce qu'elle est, ce qu'elle a été depuis vingt ans pour ton père.

Elle reprit près de lui la place qu'elle avait quittée pour partir à Paris, et pendant la journée la mère et la fille s'ingénièrent à qui mieux mieux à faire paraître le temps moins long au malade; quand Marcelle ne lui faisait pas de la musique, madame Fourcy lui lisait les journaux.

—Vous me faites presque souhaiter d'être toujours malade, dit Fourcy.

—Quel malheur que Lucien soit à Paris, dit madame Fourcy, nous serions si heureux tous les quatre ensemble.

—A propos, dit Marcelle, on n'a pas vu Robert aujourd'hui; il n'avait pas l'air gai hier; tu diras ce que tu voudras, papa, mais je ne pourrai jamais m'habituer à l'humeur de ce garçon-là. Qu'est-ce qu'il fait ici? Peux-tu me le dire toi, maman? Il est parti toute la journée. Il rentre le soir pour se coucher, et quand il se montre, c'est avec une tête... oh, mais une tête. Et vous appelez ça passer une saison à la campagne! Elle lui aura été bien agréable, sa saison; non, papa, non, jamais, jamais je ne m'habituerai à lui.

—Je crois que tu n'auras pas d'efforts à faire pour cela, dit madame Fourcy.

—Que veux-tu dire? demanda Fourcy.

—Je crois qu'il est à la veille de faire un voyage

—Il te l'a annoncé?

—Pas positivement.

—Ah! tant pis, dit Marcelle.

—Mais c'est probable, continua madame Fourcy.

—Alors tant mieux, dit Marcelle. S'il paraissait s'amuser chez nous, je ne parlerais pas ainsi, mais puisqu'il s'ennuie, le mieux pour tous est qu'il s'en aille; c'est de tout coeur que je lui souhaite bon voyage.

Et comme elle sortit sur ce mot, Fourcy continua à parler de Robert avec sa femme.

—Ce que c'est que l'influence d'une passion coupable, dit-il, voilà un garçon qui, assurément, est doué de qualités réelles. Eh bien, comme il est absorbé par sa passion, dominé par elle, il se rend insupportable à tous. Ah! je donnerais bien quelque chose pour connaître la coquine qui s'est emparée de lui. Tu n'as pas quelques soupçons?

—Comment veux-tu?

—Ah! c'est juste. Heureusement que cela va prendre fin, au moins je l'espère: ce voyage est un indice favorable; il aura réfléchi; et puis comme d'autre part nous lui avons coupé les vivres, sa coquine en voyant qu'elle ne peut plus l'exploiter l'aura probablement envoyé promener.

A ce moment, Marcelle rentra dans la chambre émue et tremblante.

—Qu'as-tu?

—C'est M. Evangelista qui est là, peux-tu le recevoir, maman?

—Mais...

—Je resterais près de papa.

—Pas du tout, dit Fourcy, descendez l'une et l'autre, et retenez le marquis aussi longtemps qu'il voudra, j'ai sommeil.

Il ne fut pas difficile de retenir le marquis Collio qui se montra très aimable pour Marcelle, très empressé auprès d'elle, sans aucune de ces exagérations de galanterie italienne qui jusqu'à ce jour avaient été dans ses habitudes.

Marcelle était radieuse.

Et de son côté madame Fourcy manifestait une franche satisfaction, qui mettait Evangelista à son aise et lui permettait d'exprimer ce qu'il sentait et ce qu'il pensait, sous les yeux mêmes de madame Fourcy, sans aucun embarras, en homme qui a pris son parti et qui est heureux de s'être décidé.

Évidemment, il voyait maintenant Marcelle avec d'autres yeux, et il reconnaissait des qualités et des charmes dans la fille de l'associé de la maison Charlemont, dont il ne s'était point aperçu quand elle n'était que la fille de M. Fourcy tout court: de là à une demande en mariage, il n'y avait qu'un pas, et en les regardant, en les écoutant, madame Fourcy se disait qu'il serait bientôt franchi.

N'avait-elle pas le droit de s'enorgueillir de son ouvrage? Evangelista était un homme charmant, qui ferait un excellent mari; et puis il était marquis, ce qui à ses yeux avait son prix. Ce n'était pas seulement d'une belle fortune qu'elle allait jouir désormais, mais encore d'un rang dans le monde et par son mari et par son gendre. Ah! comme elle avait été sage de se débarrasser de Robert, et comme elle allait aussi rompre nettement avec Ladret. Plus de soucis: la paix, le bonheur pour elle et pour les siens.

Comme la visite d'Evangelista se prolongeait, il en survint une autre qui décida le marquis Collio à se retirer, celle de La Parisière.

—Veux-tu que je remonte auprès de père? demanda Marcelle qui n'éprouvait aucun plaisir à voir et à écouter le coulissier.

—Volontiers.

—J'ai reçu votre dépêche et j'accours, dit La Parisière aussitôt que Marcelle fut sortie du salon.

—Vous m'excusez de n'avoir pas été à Paris; j'ai été retenue par la maladie de mon mari.

—Vous savez, avec moi, les politesses sont inutiles, je trouve même que c'est du temps perdu, et je ne comprends pas qu'on s'amuse à perdre le temps à un tas de cérémonies et de paroles oiseuses: «Bonjour, bonsoir, comment vous portez-vous?» Si l'on calculait ce que cela fait au bout de l'année et encore mieux au bout de la vie d'un homme, on y renoncerait. Vous avez besoin de moi. Vous m'appelez, me voici. Au fait, de quoi s'agit-il.

—Des fonds que je dois vous remettre.

—Je m'en doute bien, et alors vous avez décidé…

—Que je vais vous les remettre.

La Parisière sauta sur sa chaise; évidemment il ne s'attendait pas à cette réponse.

—Si vous voulez me donner un moment, continua madame Fourcy, je vais aller vous les chercher.

Elle revint bientôt, portant le paquet de billets que Robert lui avait remis.

—Voici trois cent mille francs, dit-elle, le compte y est, si vous voulez le vérifier.

—Comment! en billets de banque, s'écria la Parisière.

—En quoi donc pensiez-vous que j'allais vous les verser; en sous?

—En valeurs, en titres quelconques que j'aurais négociés, car je n'ai jamais eu d'inquiétude sur vos ressources; mais du diable si je m'imaginais que vous aviez trois cent mille francs comme ça chez vous! Mes compliments.

Et il la salua respectueusement.

—Je ne les avais pas, mais on me les devait et je les ai fait rentrer.

—Alors mes compliments à votre créancier; je voudrais bien en avoir quelques-uns de ce genre.

—J'ai même fait rentrer une plus grosse somme; et vous me ferez acheter demain pour cent mille francs de rente trois pour cent, au porteur bien entendu; je vous verserai l'argent dans la journée.

—Et c'est tout? demanda La Parisière sur le ton de la plaisanterie.

—Mon Dieu, oui. A ce propos je vous dirai que c'est la dernière affaire que nous faisons ensemble, Heynecart m'a donné une leçon qui me profitera.

La Parisière secoua la tête d'un air incrédule.

—Vous verrez, dit madame Fourcy.

Et après qu'il eut compté les billets, elle le congédia.

—Comment! tu n'as pas fait monter La Parisière, demanda Fourcy lorsqu'elle revint près de lui.

—Il t'aurait fatigué.

—Et que voulait-il?

—Prendre de tes nouvelles.

—Voilà qui est vraiment aimable de sa part, lui qui sacrifie si peu à la politesse.

Le soir, en rentrant, Lucien rendit compte à son père de ce qui s'était passé à la maison de banque pendant la journée; tout avait marché avec la régularité ordinaire.

Mais pour lui il avait été surpris par une dépêche qu'il avait reçue de
Dieppe: cette dépêche était de Robert, qui annonçait qu'il allait faire un voyage en Angleterre: parti à l'improviste sans avoir pu revenir à Nogent, il priait Lucien de l'excuser auprès de M. et madame Fourcy.

—Du coup il est parti, s'écria Marcelle, bon voyage!

—Quand il reviendra, dit Fourcy, tu verras comme il sera aimable.

XXVIII

La dernière corvée que madame Fourcy s'était imposée était d'aller chercher les cent mille francs que Ladret lui avait promis. Elle eût bien voulu la retarder et rester à Nogent auprès de son mari; mais elle ne pouvait pas laisser passer le délai qu'elle avait fixé elle-même à Ladret. C'était pour le samedi qu'elle était censée avoir besoin de cet argent; elle ne pouvait donc pas attendre au lundi ou à un autre jour. Il lui eût demandé comment elle avait pu effectuer son payement sans le gros appoint qu'il lui apportait, et la réponse eût été difficile, sinon impossible. Et puis, il avait l'argent aux mains, et il fallait coûte que coûte mettre l'occasion à profit. Ce n'était pas avec lui qu'on pouvait dire que ce qui est différé n'est pas perdu.

Elle partit donc en promettant d'être absente aussi peu de temps que possible.

— Ne te presse pas, dit Fourcy, je suis bien, et je vais descendre au jardin où Marcelle me tiendra compagnie, tu ne me laisses pas seul.

Apres le départ de sa femme, il alla, comme il l'avait dit, s'installer dans le jardin. Le temps était à souhait pour un malade, ni trop chaud, ni trop frais, tempéré par une douce brise qui vivifiait l'air.

Il s'allongea dans un fauteuil, les pieds sur une chaise, et Marcelle, s'étant assise auprès de lui, reprit haut la lecture d'un livre qu'elle avait commencé le matin.

Soit que le livre ne fût guère amusant, soit que le grand air produisît un effet assoupissant sur lui, au bout d'un certain temps, il s'endormit.

Marcelle lut encore quelques instants, puis elle baissa la voix progressivement, puis enfin elle se tut.

Pendant assez longtemps elle resta sans bouger, mais la femme de chambre s'étant avancée pour lui parler, ce fut elle qui se dérangea et qui, marchant doucement sur la pointe des pieds, alla au-devant de la domestique. Il s'agissait d'une armoire à ouvrir. Alors ayant bien regardé son père, elle entra dans la maison: il dormait toujours, et comme du balcon elle pouvait le voir à la place qu'il occupait, elle crut qu'elle pouvait sans inconvénient le laisser seul pour quelques instants.

A peine était-elle entrée dans la maison, que la jardinière qui était en même temps la concierge s'avança vers Fourcy, précédant un jeune homme assez élégamment vêtu, qui portait à la main un petit paquet enveloppé de papier blanc.

Au bruit de leurs pas sur le sable, Fourcy s'éveilla.

—Qu'est-ce que c'est?

Le jeune homme s'avança.

—Mon Dieu, monsieur, je suis vraiment fâché de vous avoir éveillé, mais je ne savais pas que vous dormiez, on m'avait dit que vous étiez dans le jardin vous reposant, et comme je ne pouvais pas laisser en des mains étrangères ce que j'apporte à madame Fourcy, qui est absente, j'avais cru que je pouvais demander à vous voir. Je vous fais toutes mes excuses.

—Ce n'est rien.

Et Fourcy tendit la main pour prendre le petit paquet que la jeune homme lui remit.

Il était assez léger ce paquet, et de forme ronde; sous le papier de l'enveloppe on sentait un couvercle bombé; en tout, cela avait assez l'air d'une boîte de bonbons.

Fourcy l'ayant pris le déposa négligemment sur une chaise à côté de lui, tandis que le jeune homme le regardait avec surprise.

A ce moment Marcelle parut dans le jardin, sur le perron de la maison, mais voyant son père avec quelqu'un et pensant qu'il était en affaire, elle n'avança pas.

—Et de la part de qui dois-je remettre cette boîte à ma femme? demanda
Fourcy.

—De la part de MM. Marche et Chabert, bijoutiers.

—Très bien.

—Je réitère mes excuses à monsieur pour l'avoir dérangé, mais je ne pouvais vraiment pas laisser un objet de cette valeur entre les mains d'une domestique.

Ce fut au tour de Fourcy de regarder le jeune commis avec surprise; alors celui-ci, se méprenant sur la cause de cette surprise, se hâta d'ajouter:

—Je n'ai certes pas l'intention de mettre en doute la probité de cette domestique, mais je n'aurais pas osé lui confier cet écrin que MM. Marche et Chabert m'avaient recommandé, d'ailleurs, de ne remettre qu'à madame Fourcy; madame ou monsieur, c'est la même chose.

—Vous avez une facture? demanda Fourcy.

—La voici.

Et le commis tira de son portefeuille une facture sur papier rose; elle était simplement pliée en deux et non sous enveloppe.

Fourcy l'ouvrit, le total lui sauta aux yeux et lui fit pousser un cri.

—Qu'est-ce que cela?

—La facture de réparation du collier.

—On a fait erreur.

—Je ne crois pas; mais si monsieur a des observations à faire je vais en prendre note; je ne dois pas toucher la facture qui n'est pas acquittée; je puis assurer monsieur qu'on s'est conformé en tout aux recommandations de madame: les deux diamants qui ont été changés sont repris au prix qui a été convenu et ceux qui ont été mis en place ont été choisis par madame qui en a accepté le prix; le reste est pour le travail de réparation, et fixé tout au juste, comme c'est l'habitude de la maison.

Pendant ces explications assez longues, Fourcy avait eu le temps de se remettre et de se dominer.

—Il suffit.

Le commis recommença ses excuses, et il allait se retirer lorsque Fourcy le retint.

— A combien estimez-vous ce collier? dit-il en montrant l'écrin du doigt.

— C'est selon.

— Comment cela?

— Je veux dire: est-ce pour en acheter un pareil? ou pour vendre celui-là?

— Pour en acheter un pareil.

— De cinquante à soixante mille francs; mais c'est un prix en l'air, monsieur doit le comprendre.

— Parfaitement, je vous remercie.

Cette fois le commis de MM. Marche et Chabert s'en alla.

Alors, Marcelle qui le guettait vint à son père, mais brusquement, sur un ton qu'il n'avait jamais pris avec elle, celui-ci la pria de le laisser seul.

Peinée encore plus que surprise, elle le regarda; il était pâle et ses mains tremblaient.

— Tu es plus mal, s'écria-t-elle.

— Non, laisse-moi, je t'en prie, laisse-moi.

Elle n'osa pas insister; mais elle ne s'éloigna que de quelques pas et elle resta dans le jardin de manière à ne pas quitter son père des yeux.

Il voulait être seul pour réfléchir, pour raisonner, pour comprendre. Un collier de diamants de cinquante mille francs appartenant à sa femme! Une réparation de six mille francs commandée par elle! Qu'est-ce que cela pouvait vouloir dire! C'était à croire qu'il rêvait, ou que la fièvre lui donnait le délire. Et cependant il était bien éveillé, en pleine réalité. Ce commis venait de lui parler. Il tenait entre ses mains ce collier.

Alors?

Il cherchait.

Mais il ne trouvait pas de réponses aux questions qui se pressaient, qui se heurtaient dans sa tête bouleversée.

Il était vrai que sa femme aimait les pierreries et les bijoux; mais elle n'avait jamais eu que des pierres fausses.

Comment ce collier valait-il cinquante mille francs?

Il y avait là quelque erreur, quelque mystère qu'il était fou de vouloir examiner tant que sa femme n'était pas là. D'un mot bien certainement elle lui expliquerait cela. Il fallait donc l'attendre.

L'attendre sans chercher, sans se donner la fièvre, sans se laisser entraîner à des explications qui n'expliqueraient rien.

Mais il avait beau se répéter cela, l'angoisse le dévorait.

Alors il appela sa fille et la pria de reprendre sa lecture.

Puis il lui dit de le laisser seul.

Puis il la rappela encore.

Marcelle, en le voyant ainsi, avait été prise d'une inquiétude mortelle; elle avait voulu envoyer chercher le médecin, mais il s'y était opposé; sa mère n'arriverait-elle point à son secours?

Mais elle se fit attendre longtemps encore, et comme la fraîcheur commençait à tomber, Fourcy remonta à sa chambre, toujours aussi agité.

Enfin madame Fourcy arriva et Marcelle qui avait l'oreille aux aguets reconnut son pas dans l'escalier:

—Voici maman.

—Laisse-moi avec ta mère.

Madame Fourcy entra vivement dans la chambre et elle courait à son mari pour l'embrasser quand, l'ayant regardé, elle s'arrêta:

—Qu'as-tu? Tu es plus mal.

Il s'était dit qu'il l'interrogerait de telle et telle manière, et il avait réglé les questions qu'il lui adresserait, mais il oublia tout pour courir immédiatement à la question qui l'avait si horriblement angoissé.

—Comment as-tu un collier en diamants qui vaut cinquante mille francs?

Elle resta syncopée, et ce ne fut qu'au bout de quelques instants qu'elle retrouva la parole:

—Que veux-tu dire? balbutia-t-elle.

—Un commis de MM. Marche et Chabert t'a rapporté un collier? d'où te vient-il?

Pendant qu'il parlait, elle avait eu le temps de se remettre et de réfléchir, cependant elle n'avait pas encore pu préparer sa réponse.

—Ah! mon pauvre Jacques, dit-elle, dans quel état je te retrouve.

—Ce collier!

Elle hésita.

—Il y a là une erreur, n'est-ce pas? demanda-t-il d'un ton suppliant: explique-moi, parle.

Elle se décida:

—Je vois bien qu'il faut tout te dire, si pénible, si honteux que cela soit pour moi.

—Mon Dieu!

—Tu te souviens de toutes les difficultés que tu as opposées à M. Esserie quand il a voulu que la maison Charlemont se charge de l'émission de son affaire d'Algérie et tu te souviens aussi de toutes mes instances pour te décider à prendre cette émission; eh bien, ce collier a été ma récompense, M. Esserie me l'a offert quelques mois avant sa mort.

—Et tu ne m'en as rien dit!

—Je n'avais pas osé tout d'abord; et puis, à mesure que le temps s'est écoulé, j'ai moins osé encore; ah! j'ai bien souffert je t'assure; et je me suis demandé bien souvent si tu ne voyais pas que je te cachais quelque chose; il me semblait que tu allais m'interroger, et alors je me serais confessée, comme je me confesse en ce moment.

Il laissa échapper un profond soupir de soulagement; et l'attirant à lui il l'embrassa.

—Ah! Geneviève, quel mal tu m'as fait! Appelle Marcelle que je l'embrasse, car j'ai été bien dur pour elle, la pauvre enfant; comme on est injuste et cruel quand on souffre!

XXIX

Cette émotion ne devait pas être la seule de la journée.

Après le dîner Fourcy voulut que Lucien lui rendît compte ce ce qui s'était passé à la maison de banque.

—Cela va te fatiguer, dit madame Fourcy, tu as besoin de repos.

—Il est vrai que j'ai besoin de calme, et grandement, mais le meilleur moyen de me le donner, c'est de m'assurer que tout est en ordre; j'en dormirai mieux. Va, Lucien.

Et Lucien commença ses explications; il avait apporté des lettres, des notes, il les lut à son père qui, couché dans son lit, écoutait attentivement, tandis que madame Fourcy et Marcelle à l'autre bout de la chambre travaillaient silencieusement autour d'un guéridon, sous la lumière de la lampe.

Comme cela durait depuis assez longtemps déjà, madame Fourcy s'approcha du lit.

—Tu vas te fatiguer, dit-elle.

—Nous avons bientôt fini, donne-moi le cahier des mandats blancs, une plume, de l'encre, et tout de suite après je dors.

Elle passa dans sa chambre et presque aussitôt, elle revint apportant le cahier que son mari lui avait demandé.

Alors, celui-ci s'asseyant sur son lit et se faisant donner un petit pupitre, se mit à remplir les souches restées au cahier, en consultant et en copiant les pièces de caisse que Lucien lui tendait.

—Après? dit-il tout à coup.

—C'est tout.

—Comment c'est tout?

—Tu vois, dit Lucien, montrant la dernière pièce qu'il venait d'appeler; je suis au bout.

—Tu te seras trompé, recommence.

Lucien recommença, lisant les pièces de caisse, tandis que Fourcy suivait sur les souches du cahier.

—Tu vois bien qu'il manque un mandat, dit Fourcy.

—Tu m'en as donné dix hier, six ce matin, en tout seize.

—Il y en a eu dix-sept de détachés du cahier.

Et Fourcy compta les souches.

Puis passant le cahier à son fils:

—Compte toi-même, dit-il.

Lucien fit ce compte et comme son père il trouva dix-sept.

—Comment cela peut-il se faire? demanda-t-il.

Fourcy ne répondit pas à cette interrogation, mais d'une voix frémissante, il dit:

—Donne-moi le cahier et appelle toi-même les numéros d'après les pièces de caisse.

Vivement Lucien fit ce que son père lui demandait.

—Tu vois, dit celui-ci, que le mandat qui manque porte le numéro 30,150; il se trouve donc entre les dix que je t'ai donnés hier et les six de ce matin.

—Voilà qui est extraordinaire, murmura Lucien.

—Cela est.

Madame Fourcy et Marcelle s'étaient approchées du lit, elle écoutaient ces paroles qui s'échangeaient rapidement, qui volaient entre le père et le fils.

—Comment t'expliques-tu cela? demanda madame Fourcy à son mari.

—Je ne m'explique rien, je cherche, répondit Fourcy.

Et en même temps il attacha ses yeux sur son fils, le regardant attentivement, le sondant.

Sous ce regard Lucien se troubla et un flot de sang lui empourpra le visage.

—Tu ne m'as bien donné que dix mandats hier, dit-il, tu les as comptés toi-même et je les ai comptés aussi, voici la note qui constate qu'ils ont été remis tous les dix à la caisse; pour aujourd'hui voici celle qui constate la remise des six que tu m'as fait porter ce matin.

Il y eut un moment de lourd silence, ni Fourcy ni madame Fourcy ne regardaient leur fils, seule Marcelle tenait ses yeux tournés vers son frère.

Ce fut seulement après quelques secondes terriblement longues que Fourcy reprit la parole, mais cette fois pour s'adresser à sa femme, et aux premiers mots qu'il prononça il fut facile de voir qu'un travail s'était opéré dans son esprit et que d'une première idée à laquelle il n'avait pas pu se tenir, il était passé à une autre.

—Hier matin, n'est-ce pas, dit-il, aussitôt après avoir signé les mandats je t'ai remis le cahier?

—Oui.

-Qu'en as-tu fait?

—Je l'ai porté dans ma chambre.

—Tout de suite?

—Tout de suite.

—Et tu l'as enfermé dans ton petit bureau?

—Oui... c'est-à-dire que je l'ai mis sur mon bureau qui était ouvert à ce moment.

—As-tu fermé le bureau?

—Oui...

—Tu n'en es pas sûre?

—Oui,... au moins je le crois.

—Tout de suite?

—Je crois que oui; en tous cas je n'ai pas quitté ma chambre, ou si je l'ai quittée un instant ç'a été pour venir dans celle-ci.

—Tu n'as pas oublié tes clefs sur ton bureau?

—Cela non, j'en suis certaine.

—Et ce matin?

—Ce matin, je t'ai donné le cahier quand tu me l'as demandé, et je l'ai remis aussitôt dans le bureau.

—Tu l'as trouvé fermé quand tu as voulu prendre le cahier?

—Fermé à deux tours, je m'en souviens parfaitement.

—C'est incompréhensible, dit Fourcy qui se laissa aller sur l'oreiller.

—Tu vois, dit madame Fourcy, tu vas te donner un violent accès de fièvre, je t'en prie, calme-toi; ce mandat ne peut pas avoir disparu tout seul; il se retrouvera demain, sois-en certain; il y a là quelque erreur, peut-être une niaiserie.

—Veux-tu que j'aille à Paris? demanda Lucien.

—Tu ne trouverais personne ce soir, dit madame Fourcy, il faut attendre à demain. Je t'en prie, Jacques.

Et par de douces paroles, comme on fait avec les enfants malades, elle s'efforça de le calmer et de le persuader qu'il devait dormir.

Dormir! Il en avait bien envie vraiment. Cependant, il ne répondit rien, et il parut se rendre aux raisons qu'elle lui donnait.

Elle crut qu'elle l'avait convaincu, et comme il ne parlait plus, elle pensa qu'il dormait. Alors, de peur de l'éveiller, ils sortirent tous les trois de sa chambre.

Mais il ne dormait point et quels que fussent ses efforts pour se calmer, pour ne pas penser, il ne trouvait point le sommeil.

Comment expliquer cette étrange disparition? c'était la question qu'il agitait; la tournant dans tous les sens, l'examinant sous toutes ses faces, sans pouvoir la résoudre autrement qu'en admettant que ce mandat qui manquait avait été dérobé, qu'on l'avait détaché de la souche.

Mais pour cela il avait fallu qu'on eût le cahier entre les mains et personne ne l'avait touché à l'exception de sa femme et de son fils.

C'était toujours là qu'il s'arrêtait, la tête en feu, le coeur serré, les entrailles tenaillées.

Car enfin, malgré tout ce qu'il pouvait se dire, il y avait un fait qui l'écrasait de tout son poids et dont tous les raisonnements du monde ne pouvaient pas le débarrasser: un mandat avait disparu.

Les heures s'écoulèrent, le sommeil ne vint pas.

Enfin, n'y tenant plus, il descendit doucement de son lit, et à pas étouffés, il alla écouter à la porte de la chambre de sa femme: aucun bruit, sa femme dormait.

Alors il passa une robe de chambre et, allumant une bougie à sa veilleuse, il ouvrit sa porte avec précaution, puis marchant légèrement, il monta à la chambre de son fils qui était au second étage.

La porte n'étant point fermée en dedans, il n'eut qu'à tourner le bouton pour entrer: le bruit que fit le pêne dans la gâche réveilla Lucien qui se dressa vivement sur le coude et regarda effaré autour de lui en homme surpris dans son premier sommeil.

En voyant son père pâle et les traits contractés, il poussa un cri:

—Tu es plus mal.

Il allait sauter à bas du lit, mais son père le retint.

—Non, dit-il, j'ai à te parler.

Alors Lucien le regarda et il fut effrayé de l'altération de ses traits; jamais il ne lui avait vu cette expression de souffrance et de désolation.

—Tu n'aurais pas dû te lever, dit-il tendrement, il fallait me faire appeler, je serais descendu; tu vas gagner froid; descendons ensemble, tu te recoucheras et tu me parleras de dedans ton lit; moi je ne suis pas malade.

Le visage de Fourcy se détendit, mais ce ne fut qu'un éclair.

—C'est du mandat, dit-il, que j'ai à te parler.

—Tu as une idée?

Fourcy hésita un moment, puis d'une voix basse:

—Oui, dit-il.

—Eh bien?

Mais Fourcy ne parla pas, pendant longtemps il resta les yeux attachés sur son fils.

—Il est certain, dit-il enfin, que le cahier n'a passé que par les mains de ta mère... et par les tiennes.

—Eh bien? balbutia Lucien.

Mais Fourcy ne put pas continuer comme il avait commencé par déductions méthodiques, un élan l'entraîna:

—Tu as toujours été un bon garçon, dit-il, honnête et loyal, mais tu es jeune, tu as pu céder à des suggestions... Tu t'es peut-être trouvé dans une position grave.

—Père! s'écria Lucien haletant.

—Oui, c'est ton père qui te parle, un père qui t'aime tendrement et qui trouverait dans son amour paternel...

Mais Lucien ne le laissa pas continuer:

—Toi, s'écria-t-il, c'est toi qui...

Déjà sous l'éclair du regard de son fils, Fourcy avait détourné les yeux dans un mouvement de confusion, ce cri acheva de le bouleverser.

Se jetant sur son fils il lui posa la main sur la bouche.

—Non, s'écria-t-il, ne prononce pas ce mot que je n'aurais jamais dû prononcer moi-même; j'ai foi en toi, mon fils, mon cher enfant.

Et le prenant dans ses deux bras, il l'embrassa passionnément.

Puis lui passant la main sur les cheveux avec un geste qui avait la douceur d'une caresse maternelle:

—Pardonne-moi, dit-il, c'est la fièvre qui m'a affolé.

Ce fut Lucien qui à son tour le prit dans ses bras et l'embrassa.

—Nous chercherons demain ensemble, dit-il, et nous trouverons; pour ce soir laisse-moi te reconduire et te recoucher.

Mais Fourcy ne voulut pas le laisser entrer dans sa chambre.

—Ta mère nous entendrait; que lui dirions-nous?

XXX

La mort seule aurait pu empêcher Fourcy d'aller le lendemain à Paris; il se trouva avec Lucien à l'ouverture des bureaux de la banque.

La vérification fut courte; la caisse n'avait bien eu aux mains que seize mandats; le dix-septième détaché de la souche et portant le numéro 30,150 ne figurait nulle part.

Fourcy, Lucien et le caissier principal coururent à la Banque de France pour continuer les recherches commencées; car ce n'est pas l'habitude de la Banque de France de prévenir jour par jour ses clients des payements qu'elle fait pour eux et c'est tous les vingt jours seulement qu'il y a une vérification contradictoire de la part de la Banque et du titulaire du compte courant.

La recherche fut facile: le mandat 30,150 était de trois cent mille francs, signé Fourcy et acquitté par James Marriott.

Le vol était manifeste.

Par qui avait-il été commis?

On interrogea les employés de la première caisse; mais il y eût contradiction dans les réponses qu'on en put tirer.

Pour les uns ce James Marriott était un jeune Anglais de grande taille à l'air raide et brutal.

Pour un autre ce n'était pas un jeune homme, c'était au contraire un vieillard à cheveux blancs qui avait toute la tournure d'un patriarche.

Et personne ne voulait démordre de son opinion.

—Je me souviens parfaitement qu'il avait les cheveux noirs.

—Et moi qu'il les avait blonds.

—Et moi qu'il les avait blancs.

A côté de ces observateurs il y avait des employés qui ne se rappelaient rien et qui n'avaient pas fait attention à la couleur des cheveux de James Marriott, ni à sa taille, ni à son âge, ayant d'autres préoccupations en tête que de regarder les gens qui défilaient devant les guichets.

Une autre question qui se présentait était celle de savoir si la signature de Fourcy était vraie ou fausse: les employés de la Banque soutenaient qu'elle était vraie et qu'entre cette signature et celle des seize autres mandats il n'y avait aucune différence appréciable; Fourcy convenait de cette parfaite ressemblance, mais il ne reconnaissait pas cette signature cependant comme la sienne, et la preuve qu'il donnait, aussi bien qu'il se la donnait à lui-même, il la trouvait dans ce fait que les mots «trois cent mille francs» étaient ou plutôt semblaient écrits par lui; il avait signé des mandats, cela était certain, il avait même rempli les blancs sur plusieurs, cela était certain aussi: mais ce qui était tout aussi certain, c'était que sur aucun il n'avait écrit les mots «trois cent mille francs»; donc la signature n'était pas plus de sa main que l'inscription, elles étaient l'une et l'autre l'oeuvre d'un faussaire habile.

Mais alors comment ce faussaire avait-il pu se procurer ce mandat blanc?
C'était la question qui se posait pour lui, comme pour les autres.

Lorsqu'il avait été question d'avertir la police, Fourcy avait manifesté une certaine répugnance à recourir à son aide, ce qui avait grandement surpris son caissier et les employés de la Banque de France, cependant il avait cédé; alors après toutes les explications données, la question de la police avait été la même:

—Comment le faussaire avait-il pu se procurer le mandat qu'il avait signé et rempli?

Et Fourcy n'avait pu répondre que ce qu'il se répondait depuis la veille, c'est-à-dire qu'il n'y comprenait rien.

Le premier jour, il avait signé dix mandats, le second, il en avait signé six, en tout seize, et cependant dix-sept avaient été détachés de la souche.

—Entre quelles mains le cahier avait-il passé?

Entre les siennes et aussi entre celles de sa femme et de son fils.

Lucien présent n'avait pas pu s'empêcher de détourner les yeux, et à la rougeur qui tout d'abord avait empourpré son visage avait brusquement succédé une pâleur mortelle: si son père qui le connaissait et l'aimait avait pu le soupçonner, ces gens ne le pouvaient-ils pas bien mieux encore? il leur fallait un coupable.

—Et dans ces conditions vous n'avez pas de soupçons sur quelqu'un?

—Je n'en ai pas.

—Et cependant?

—Il y a un coupable. Évidemment. Mais quel est-il, où est-il? je l'ignore et c'est ce que je vous demande de chercher.

—Nous le chercherons, et il est à croire que nous le trouverons.

Lucien aurait voulu que son père rentrât aussitôt à Nogent, mais avant de quitter Paris, Fourcy avait besoin de voir M. Charlemont à qui il devait annoncer ce vol.

Il se rendit donc rue Royale.

—Veux-tu que je monte avec toi? demanda Lucien.

Mais cette offre que son affection filiale lui inspirait n'était pas sans le troubler; quelle contenance prendrait-il si M. Charlemont le regardait avec les mêmes yeux que les gens de la police? Si fort qu'il fût de sa loyauté et de son innocence, il sentait très bien qu'on pouvait, que même on devait le soupçonner et cela lui causait de lâches angoisses.

Mais Fourcy n'accepta pas son secours:

—Je passerai au bureau avant de rentrer et si j'ai besoin de toi tu m'accompagneras.

Justement, M. Charlemont venait de rentrer.

—Toi à Paris! dit-il en voyant entrer Fourcy, tu vas mieux alors?

Mais en le regardant, il comprit qu'il devait se tromper: Fourcy était pâle, ses yeux avaient une fixité étrange, les sourcils se tenaient relevés et des rides profondes creusaient des sillons dans le front.

—Serais-tu plus mal? demanda M. Charlemont.

—Je suis sous le coup d'une émotion terrible; on vient de nous voler trois cent mille francs.

—Oh! oh! et comment cela?

Fourcy expliqua ce comment, ou plutôt il expliqua qu'il ne pouvait rien expliquer.

M. Charlemont était beau joueur, il avait perdu et gagné des sommes considérables sans se laisser jamais émouvoir; il écouta donc le récit de Fourcy sans se troubler, en le suivant de point en point, et en le classant méthodiquement dans sa mémoire.

—On t'a dérobé un mandat, dit-il, lorsque Fourcy fut arrivé au bout de son récit, c'est clair comme le jour.

—Ce qui n'est pas clair, c'est la façon dont le vol a été commis.

—Tu dis que personne n'a eu le cahier de mandats, entre les mains?

—Personne autre que ma femme et que Lucien.

—C'est là ce que j'appelle personne, ce n'est pas ta femme qui a détaché un de ces mandats.

—Évidemment.

—Ce n'est pas non plus Lucien.

Fourcy laissa échapper un soupir de soulagement.

—Ton fils est un loyal garçon et le soupçonner serait une indignité aussi bien qu'une absurdité.

M. Charlemont avait jusque-là parlé nettement avec son ton ordinaire, mais il baissa la voix et il hésita dans ses mots comme s'il les cherchait.

—Pour que ce mandat ait été dérobé, il faut qu'on l'ait pris dans le bureau de ta femme.

—Mais qui?

—Probablement ce n'est pas un domestique, car je ne crois pas que tu aies des domestiques qui connaissent les mandats blancs et l'usage qu'on en peut faire. C'est donc quelqu'un qui connaît les affaires de banque. N'est-ce pas ton sentiment?

Fourcy n'osa pas répondre.

M. Charlemont baissa encore la voix et s'approchant de Fourcy:

—Où était Robert? dit-il.

Fourcy poussa un cri.

—Mon cher monsieur Amédée, ne laissez pas votre esprit aller jusqu'à une pareille supposition, vous en seriez trop malheureux; vous ne savez pas quelle honte et quels remords ce serait pour vous. Ce que vous me disiez tout à l'heure de mon fils, je vous le répète en l'appliquant au vôtre: Robert est un loyal garçon, le soupçonner serait une indignité.

—Depuis que nous nous sommes vus, j'ai eu la visite de Robert; sais-tu ce qu'il m'a demandé? Trois cent mille francs pour la femme qu'il aime.

—Trois cent mille francs, murmura Fourcy atterré.

—Tu comprends maintenant pourquoi je t'ai demandé: où était Robert?

Mais Fourcy ne resta pas longtemps anéanti sous cette révélation, peu à peu il se redressa.

—Soyez sûr, dit-il, qu'il n'y a là qu'une mystérieuse coïncidence, rien de plus; de ce qu'il vous a demandé trois cent mille francs et que c'est de trois cent mille francs aussi qu'on a fait ce faux mandat, il ne s'ensuit pas qu'il est l'auteur de ce faux.

—Tu conviendras que les apparences l'accusent avec une force terrible.

—Mais d'autre part elles le défendent aussi, car il y avait impossibilité matérielle à ce qu'il pût prendre ce mandat, si l'on admet qu'il en était capable, ce que pour moi je n'admettrai jamais.

—Où sont-elles ces impossibilités? n'habitait-il pas chez toi?

—Le cahier de mandats a été placé par ma femme dans son bureau fermé à clef.

—Et si ta femme n'a pas bien fermé ce bureau, ou si elle a laissé la clef sur la serrure?

— Mais ce bureau est dans la chambre de ma femme, et cette chambre est en communication directe avec la mienne par une porte qui est restée ouverte, ma femme et ma fille ne m'ont pas quitté. Enfin c'est avant-hier matin que j'ai détaché les dix mandats précédant le 30,150, et c'est avant-hier matin aussi que Robert a quitté Nogent.

— Justement, ne l'a-t-il pas quitté après avoir détaché le mandat?

— Mais je vous explique précisément que c'est impossible, puisque entre le moment où j'ai remis le cahier à ma femme pour qu'elle le serre et celui où Robert a quitté la maison, on ne pouvait pas entrer dans la chambre sans que nous nous en apercevions, ma femme, ma fille et moi.

— Il ne s'est pas détaché tout seul, n'est-ce pas? Eh bien, comme il faut que quelqu'un l'ait détaché, si ce n'est pas Robert, c'est ta femme ou ta fille, ou même toi. Choisis maintenant. Pour moi, par malheur, je ne peux pas hésiter.

— Jamais je ne soupçonnerai Robert.

— Mais cette fuite…

— Ce voyage.

— Fuite ou voyage; son brusque départ n'est-il pas une nouvelle charge contre lui? C'est un grand malheur, mon pauvre Fourcy, que tu aies eu l'idée de prévenir la justice.

— Mais la Banque de France l'aurait prévenue.

— Je veux dire que c'est un malheur que nous n'ayons pas pu cacher ce vol. Mes idées là-dessus sont depuis longtemps fixées; ne jamais se plaindre, ne jamais convenir qu'on a été volé. Maintenant comment arrêter la justice? Jusqu'où ira-t-elle?

XXXI

Tout d'abord cette justice que M. Charlemont redoutait ne parut pas faire grand'chose; un commissaire aux délégations judiciaires alla à Nogent plusieurs fois, puis il vint aux bureaux de la rue du Faubourg-Saint-Honoré; et ce fut tout, au moins en apparence.

Mais par contre dans le public, surtout dans le monde de la finance, parmi les employés de la maison Charlemont et parmi les amis et les connaissances de la famille Fourcy, les suppositions allèrent grand train, avec toutes sortes d'explications, chacun ayant la sienne qui naturellement était la seule bonne.

Les détails du vol avaient été connus, répétés et colportés, et tout le monde savait comment les choses s'étaient passées, ou tout du moins comment Fourcy expliquait qu'elles avaient dû se passer.

Un mandat avait disparu, c'était là le fait connu.

Qui l'avait pris? c'était là-dessus que couraient les commentaires.

—Pourquoi ne serait-ce pas le fils Fourcy?

—Oh!

—Il a eu le cahier entre les mains, et il peut très bien en avoir détaché un mandat qu'il aura signé du nom de son père et rempli.

—C'est un honnête garçon.

—Il peut avoir été entraîné par une femme, ou bien par quelque dette de jeu; et il aura perdu la tête. Cela se voit tous les jours, des honnêtes garçons qui donnent tout à coup un démenti à leur honnêteté, et qui vont jusqu'au vol pour satisfaire leur passion.

—Ce n'est pas un garçon passionné.

—En tous cas c'est un garçon qui connaît les affaires de banque, et vous, avouerez avec moi que le vol n'a pu être commis que par quelqu'un au courant du mécanisme de ces mandats blancs, d'autre part vous avouerez aussi qu'ayant eu le cahier de mandats entre les mains il a pu céder à la tentation d'en prendre un.

—C'est un Anglais qui l'a touché.

—Un Anglais, ou un Français, ou un Italien, ou un Allemand, les employés de la Banque varient, et puis quand ce serait réellement un Anglais, n'est-il pas possible que ce garçon ait pris un Anglais pour complice?

Bien que Lucien n'entendît aucun de ces propos, il n'était pas moins cruellement malheureux de cette situation, et personne plus que lui ne souhaitait qu'on trouvât au plus vite le vrai coupable. Quand on le regardait, il s'imaginait qu'on cherchait en lui quelque chose qui trahît sa culpabilité, et qu'on voulait voir comment était fait un voleur. Quand on ne le regardait point, ou bien quand on parlait bas en sa présence, quand on se taisait tout à coup au moment où il arrivait quelque part, il était convaincu que c'était de lui qu'il était question et qu'on l'accusait. Quand on l'interrogeait franchement sur les détails du vol, c'était bien pire encore, et souvent il se troublait par les efforts mêmes qu'il faisait pour paraître calme. Avait-il bien raconté cette fois les choses comme il les avait déjà racontées sans y changer un mot? Ne prendrait-on pas ce changement pour une contradiction? Une contradiction, n'était-ce pas une preuve de culpabilité? Puisque son père qui le connaissait et qui l'aimait avait bien pu le soupçonner, comment des gens qui ne le connaissaient pas et qui ne l'aimaient pas auraient-ils assez foi en lui pour ne pas le juger sur les apparences qui, il s'en rendait compte, devaient le condamner? Il ne pouvait pas prendre les devants et démontrer son innocence. Il ne pouvait même pas se défendre, puisqu'il n'était pas ouvertement attaqué.

A la vérité tous les soupçons ne se portaient pas sur Lucien et quand on disait qu'il avait eu le cahier de mandats entre les mains, il y avait des personnes qui faisaient remarquer qu'il n'avait pas été le seul dans ce cas.

—Pourquoi le soupçonner, ce jeune homme?

—Ce n'est pas le soupçonner que constater qu'il a pu s'il l'a voulu, et s'il en était capable, détacher ce mandat de sa souche.

—Il n'est pas le seul; son père, sa mère aussi ont pu le détacher.

—Oh! le père. Pourquoi aurait-il employé ce moyen dangereux? s'il voulait voler, ne pouvait-il pas prendre dans la maison Charlemont et avec toute sécurité pour lui une somme beaucoup plus importante? Un homme dans la situation de Fourcy ne s'amuse pas à voler trois cent mille francs. Et puis c'est le plus honnête homme du monde.

—Et la mère?

—Allons donc!

—N'était-ce pas elle qui avait la garde des mandats? Avez-vous vu quelquefois une femme ayant à payer la note de son couturier ou de son bijoutier?

—Non.

—Eh bien, moi, j'en ai connu: capables de tout, d'un vol aussi bien que d'un assassinat.

—Madame Fourcy est toujours très simple, cela est un fait.

—Sur elle, oui, je vous l'accorde, mais chez elle? A Paris? A Nogent? Est-ce que c'est avec les cinquante ou soixante mille francs que gagne son mari qu'elle a pu réunir et payer le mobilier luxueux qui se trouve dans ses deux maisons?

—Il y a longtemps qu'elle l'a acheté, ce mobilier.

—L'avait-elle payé?

Et sur ce thème chacun brodait une histoire; ceux qui autrefois s'étaient étonnés qu'elle eût un tapis de vingt mille francs dans son salon, des tapisseries des Gobelins, des sirènes au bas de son escalier, des cantonnières en brocatelle, des vases Médicis en porcelaine de Sèvres, des fanaux de galère, ceux-là s'écriaient d'un air triomphant:

—Vous souvenez-vous de ce que je vous disais autrefois?

—Vous aviez peut-être raison.

—Comment, si j'avais raison?

—Qui aurait cru cela!

—Moi.

—Une honnête femme, une mère de famille!

—Quand elles s'y mettent, ce sont les pires.

—Je ne croirai jamais cela.

Nombreux étaient ceux qui «ne voulaient pas croire cela», mais rares étaient ceux qui ne parlaient pas de ce vol et qui ne cherchaient pas à l'expliquer d'une façon raisonnable ou absurde.

Ainsi colportés et enjolivés par l'imagination, l'envie ou la malveillance, ces bruits étaient devenus une sorte de rumeur publique qui enveloppait la famille Fourcy: à Paris, à Nogent, partout on ne parlait que du vol de ces trois cent mille francs.

Mais dans le monde qui de près ou de loin touchait aux Charlemont, on ne s'en occupait pas moins.

Seulement, de ce côté ce n'était pas Lucien ou Madame Fourcy qui fournissaient le sujet des conversations, et ce n'était pas sur eux que les soupçons tombaient, c'était sur Robert.

Et ceux à qui il s'était adressé pour emprunter les trois cent mille francs, qu'il avait vainement cherchés, ne manquaient pas de faire remarquer la coïncidence curieuse qui existait entre cette tentative d'emprunt et ce vol.

—La même somme, est-ce drôle, hein!

—En tous cas, la rencontre est vraiment extraordinaire.

—Au moment même où il cherche à tout prix trois cent mille francs, on les vole à son père.

—Et notez que c'est chez Fourcy que le vol est commis; c'est-à-dire dans la maison même où habitait à ce moment Robert Charlemont.

—Cependant il faut noter que si des charges s'étaient élevées contre ce jeune homme, ou même simplement des présomptions, on n'aurait pas été assez maladroit pour dénoncer ce vol à la justice.

—Mais il paraît que ce n'est pas M. Charlemont qui a déclaré le vol à la police, ce n'est pas non plus Fourcy intéressé cependant à ce qu'on trouvât le voleur, c'est la Banque de France; il paraît même que Fourcy a manifesté une certaine répugnance à faire sa déclaration.

—Cela est caractéristique.

—Évidemment il avait des soupçons et il craignait qu'on découvrît la vérité. A-t-il fait cette déclaration sincèrement, a-t-il tout dit? N'a-t-il rien voulu cacher? Vous savez comme il est dévoué aux Charlemont, n'a-t-il pas arrangé les choses pour dépister les recherches? Il est homme à faire cela. Il se laisserait même, je crois, soupçonner sans se défendre pour éviter une honte au nom de Charlemont qu'il vénère.

—Il est étrange aussi que Robert Charlemont ait quitté Paris le jour même du vol.

—Où est-il?

—À l'étranger.

—Où cela?

—On n'en sait rien; il a envoyé une dépêche de Dieppe pour dire qu'il passait en Angleterre et depuis on est sans nouvelles de lui.

—Il est seul, ou bien avec la lemme qui lui faisait emprunter trois cent mille francs?

—On ne sait pas.

—Mais cette femme, quelle est-elle? Une cocotte? Une femme mariée?

—Personne ne la connaît, et c'est là ce qu'il y a de vraiment mystérieux dans cette affaire. Il n'a jamais parlé de cette femme, et c'est une discrétion rare chez un jeune homme de dix-neuf ans.

—C'est qu'il ne pouvait pas le faire sans la compromettre.

—Ce n'est donc pas une cocotte?

—Sans doute; mais d'autre part ce n'est pas non plus une honnête femme, car on ne vole pas pour une honnête femme; sans compter qu'il avait déjà dépensé pour elle, avant cette affaire des trois cent mille francs, plus de quatre cent mille francs.

—Si ce n'est pas une honnête femme, c'est au moins une habile femme; elle va bien.

—Peut-être; car il n'y a pas besoin d'être habile avec les gens du tempérament du jeune Charlemont: les passionnés comme lui font des folies naturellement, sans qu'on les pousse, d'eux-mêmes, pour le plaisir de les faire, et pour prouver à celle qu'ils aiment, aussi bien que pour se prouver à eux la grandeur de leur passion.

—Au moins a-t-elle été habile de prendre pour amant un garçon de ce tempérament.

—Cela oui, et il est à croire qu'elle l'avait étudié avant de se faire aimer de lui; car c'est elle qui s'est fait aimer, soyez-en sûr; Robert Charlemont est aussi timide que passionné et si elle n'avait pas été à lui, il est certain que lui n'aurait point osé aller à elle. Elle l'a pris.

—Alors il est probable qu'elle le gardera, les timides sont aussi les fidèles.

—Dans ce cas elle n'a pas été habile de se faire donner ces trois cent mille francs, car avec de la prudence et une sage lenteur elle aurait pu tirer de lui une bonne partie de la fortune des Charlemont, ou tout au moins la fortune entière de madame Charlemont, que Robert va bientôt recueillir: elle a égorgé la poule aux oeufs d'or.

XXXII

Quand madame Fourcy avait appris la disparition du mandat, elle n'avait point eu une seconde d'hésitation, c'était Robert qui l'avait pris.

Pour elle il avait été facile de reconstituer les choses telles qu'elles s'étaient passées.

Robert s'était introduit dans sa chambre par le balcon; il avait vu le cahier de mandats sur le bureau; il en avait détaché un, puis après l'avoir signé et rempli, il avait touché trois cent mille francs à la Banque, et aussitôt il était revenu à Nogent pour lui remettre les billets.

Elle le suivait comme si elle l'avait vu de ses yeux.

Ainsi il avait été sincère quand il avait dit qu'il donnerait son honneur pour elle et qu'il commettrait un crime.

Son honneur, c'était affaire à lui.

Mais son crime c'était affaire à lui et à elle.

Pour lui, il s'arrangerait avec son père, elle n'avait pas à en prendre souci autrement.

Mais pour elle, dans quelle situation périlleuse il la mettait!

Jamais elle n'en avait traversé de plus grave.

On allait chercher le coupable.

Si on le trouvait, on chercherait ce qui l'avait poussé à être coupable.

Et alors?

Alors on arriverait jusqu'à elle, facilement, tout droit.

C'est-à-dire qu'elle serait perdue.

Et cela au moment même où elle allait enfin pouvoir jouir de la vie qu'elle avait toujours souhaitée.

Cela était invraisemblable, absurde, inique, odieux, une infamie, une monstruosité et cependant cela était ainsi.

Heureusement Robert n'était pas en France, on ne pouvait pas l'interroger, le faire parler, l'amener à se trahir, et elle avait au moins le temps d'envisager froidement la situation et de chercher les moyens pour en sortir à son avantage.

Elle avait donc réfléchi, elle avait donc cherché, mais elle n'était arrivée qu'à cette conclusion désespérante qu'elle ne pouvait rien, puisqu'elle ne savait même pas où il était.

Elle avait habilement interrogé Lucien, mais celui-ci, depuis la dépêche de Dieppe, n'avait rien reçu, et il ne savait pas où pouvait se trouver son camarade, qui, depuis son brusque départ, n'avait donné de ses nouvelles à personne.

Alors, elle avait fait causer son mari pour apprendre de lui si M. Charlemont recevait des lettres de Robert. mais M. Charlemont ignorait complètement ce que son fils était devenu.

Et avec toutes sortes de précautions et de réticences, Fourcy avait avoué à sa femme, car il n'avait pas de secret pour elle, que cette disparition de Robert, loin d'être un chagrin pour M. Charlemont, lui était un soulagement.

—Croirais-tu qu'il soupçonne Robert de m'avoir dérobé ce mandat; j'ai eu beau lui expliquer, lui prouver que c'était impossible, il le soupçonne. Et pour justifier ce soupçon il s'appuie sur ce fait que la veille Robert était venu lui demander trois cent mille francs pour cette misérable femme qu'il aime... à la folie. Tu comprends qu'il ne peut y avoir là qu'une coïncidence fatale; mais aux yeux de M. Charlemont elle est écrasante pour son fils. Quant à moi, je ne partagerai jamais ces soupçons, jamais; Robert est un garçon passionné, exalté, qui peut aller loin poussé par la passion, mais jamais jusqu'au crime. Et toi, qu'en penses-tu?

—Je pense que ces soupçons ne reposent sur rien, si ce n'est sur la colère d'un père justement indigné par la conduite de son fils.

—Comme voilà bien le langage de la raison et du coeur, s'écria Fourcy, je voudrais que M. Charlemont t'entendît; mais je lui répéterai tes paroles; il ne faut pas qu'il se laisse ainsi entraîner par cette colère indignée, car tu comprends que cela lui est une affreuse douleur, est-il rien de plus horrible que d'accuser son fils? et puis cela est injuste envers ce pauvre garçon qui n'est pas, qui ne peut pas être coupable.

—Évidemment.

Alors elle s'était retournée vers son fils et avec de longs détours, elle lui avait expliqué que si Robert donnait de ses nouvelles, il serait peut-être sage de lui écrire de ne pas revenir à Paris avant que le temps n'eût calmé la colère de M. Charlemont.

—Tu comprends, n'est-ce pas, que si M. Charlemont laissait paraître ses soupçons... insensés, cela provoquerait une scène terrible entre le père et le fils et une rupture entre eux: tandis que si Robert ne revient pas tout de suite, M. Charlemont s'apaise peu à peu, et d'ailleurs on a la chance de trouver d'ici-là le vrai coupable.

Mais Lucien ne s'était pas rendu à ces raisons de sa mère, car il en avait d'autres qui lui étaient personnelles, pour désirer le retour de Robert: les soupçons dont il se sentait enveloppé et qui le rendaient si malheureux. Il ne voulait pas croire que c'était Robert qui avait dérobé le mandat, mais enfin si c'était lui! Il avait pu céder à un entraînement irréfléchi, poussé par une passion irrésistible, violenté par un besoin d'argent, mais il était trop droit, trop loyal pour laisser les soupçons s'égarer sur un innocent; en voyant ces soupçons se porter sur un camarade et un ami, il parlerait, cela était certain; il n'y avait pas de doute possible à ce sujet.

Aussi, à quelques jours de là, Lucien, ayant enfin reçu une lettre de Robert, datée d'une petite ville du pays de Galles, lui répondit-il dans un sens opposé à celui que souhaitait sa mère:

«Dans ton voyage tu ne lis donc pas les journaux, mon cher Robert, que tu ne me dis pas un mot de ce qui s'est passé ici. De ce silence je dois conclure que tu ne sais rien et que par conséquent je dois remplacer les journaux qui te manquent. D'ailleurs de quoi te parlerais-je, sinon de la chose qui occupe mon esprit jour et nuit et qui me rend l'homme le plus malheureux du monde?

»Depuis ton départ, c'est-à-dire pour être exact, le jour même de ton départ, on a dérobé à mon père un mandat blanc de la Banque de France; on l'a signé du nom de mon père, on l'a rempli, et on a touché à la Banque, qui a payé avec cette facilité que je t'expliquais le matin même, — trois cent mille francs.

»C'est une grosse somme. Cependant, je ne t'en parlerais pas, la maison Charlemont pouvant perdre ou gagner trois cent mille francs sans que cela t'émeuve, si par le fait de ce vol je ne me trouvais pas dans la situation la plus terrible.

»Je n'ai pas à te dire, n'est-ce pas, que ce n'est pas moi qui ai pris ce mandat et qui ai touché ces trois cent mille francs. Tu me connais assez pour que cette idée ne te vienne pas à l'esprit. Si un fils dans un moment d'égarement peut prendre trois cent mille francs à son père, ce n'est certainement que quand il a la certitude de pouvoir les lui rendre un jour. Or, ce n'aurait point été là mon cas. Je n'ai point, je n'aurai point de sitôt trois cent mille francs pour les restituer; et puis ces trois cent mille francs n'étaient point à mon père, ils étaient à la maison Charlemont; enfin je n'ai jamais eu besoin de trois cent mille francs.

»Mais tout le monde ne me connaît pas comme toi, tout le monde ne sait pas ce que je te dis là, et comme il résulte des faits que j'ai eu ce cahier de mandats entre les mains, de façon à pouvoir en prendre un ou plusieurs si je voulais, il y a des gens qui croient que j'ai fait réellement ce que je pouvais faire.

»Te représentes-tu ma situation: je ne peux aller nulle part sans qu'aussitôt tous les yeux ne se ramassent sur moi pour m'examiner et m'étudier; quand j'arrive dans un groupe ou quand j'aborde des amis, les conversations cessent aussitôt et vingt fois j'ai entendu ces deux mots, pour moi terribles: «C'est lui.»

»Qui lui?

»Celui qui a pris le mandat et touché les trois cent mille francs.

»Personne, bien entendu, ne me l'a encore dit en face, pas même la police qui continue ses recherches, jusqu'à ce jour vaines, mais n'est-ce pas assez, n'est-ce pas trop qu'on le dise tout bas?

»Je suis sûr qu'au milieu de tes tranquilles promenades dans ce beau pays de Galles que j'aurais été si heureux de visiter avec toi, tu te mettras à la place de ton ami resté à Paris lui, et qui n'ose même pas sortir sur le boulevard, où il y a des gens qui s'arrêtent, qui se retournent pour le regarder passer. Si tu savais quelle force de volonté il me faut pour ne pas marcher sur eux et les gifler. Comme je voudrais qu'il y en eût un qui me dît tout haut ce que tant d'autres disent tous bas! On a beau prétendre qu'un duel ne prouve rien; au moins cela soulage. Je crois vraiment que j'aimerais mieux un bon coup d'épée en pleine poitrine que la continuation de cet état de choses intolérable. Au moins, dans mon lit je ne verrais que mes parents, qui, eux, tu le penses bien, savent que je suis innocent.

»Je n'ai pas besoin de te dire non plus combien mon père a été affecté de cette perte de trois cent mille francs; il veut les prendre à son compte en prétendant qu'il y a responsabilité pour lui.

»Ma mère aussi est très affligée; elle ne dit rien; mais il est facile de voir qu'elle est dans un état de grand trouble et de chagrin.

»Seule, Marcelle est comme à l'ordinaire; il semble que tout ce qui se passe ne la touche pas; il est vrai qu'elle n'a pas sa raison, la pauvre fille, ou plutôt qu'elle n'est pas de ce monde: elle est dans le bleu, avec son bel Evangelista qui, je crois, ne tardera pas à devenir mon beau-frère. Si j'ai un duel, il sera mon témoin. Naturellement, tu seras le second. Donne-moi donc ton adresse régulièrement, si tu changes de pays, pour que je puisse te prévenir par dépêche. Il m'en coûtera de te faire interrompre ton excursion, mais tu ne refuseras pas ce service à:

»Ton ami désespéré,

»LUCIEN FOURCY.»

Elle avait été difficile à écrire cette lettre, car il fallait en peser tous les mots.

Si Robert n'était pour rien dans le vol du mandat, il ne fallait pas qu'il pût croire qu'on le soupçonnait.

Mais, d'autre part, s'il en était l'auteur, il fallait lui faire sentir qu'il devait le déclarer, pour ne pas laisser accuser un innocent, alors surtout que cet innocent était son meilleur ami.

En la relisant il crut avoir obtenu ce double résultat: «Si un fils peut prendre trois cent mille francs à son père, c'est quand il a la certitude de pouvoir les lui rendre. — On a beau prétendre qu'un duel ne prouve rien, au moins cela soulage. — Tu seras mon témoin.»

Tout cela assurément toucherait Robert s'il était coupable, et il n'attendrait point la dépêche qui devait l'appeler comme témoin, pour arriver à Paris et confesser la vérité.

XXXIII

Lucien ne s'était pas trompé dans ses raisonnements; Robert, en recevant la lettre de son camarade, monta en wagon pour revenir à Paris au plus vite.

Mais, malgré sa hâte, il n'arriva que le dimanche matin à la gare du Nord.

Bien qu'à cette heure matinale il n'eût pas grande chance de trouver son père, il se rendit aussitôt rue Royale, mais M. Charlemont n'était pas rentré, et il était même probable qu'il ne rentrerait pas parce qu'il devait être à la campagne.

Après avoir rapidement changé de linge et de costume, Robert partit pour Nogent: après tout il était peut-être mieux de voir Fourcy avant son père.

Mais Fourcy venait de partir pour faire une promenade en bateau avec
Marcelle et Lucien.

—Et madame?

—Elle est dans sa chambre; si monsieur le désire, je vais la prévenir.

—Volontiers.

Et Robert entra dans le salon en proie à une émotion poignante, ses jambes tremblaient sous lui; son coeur ne battait plus: il allait la voir.

Il s'assit, il se releva, il se rassit.

Heureusement il n'eut pas longtemps à attendre elle arriva.

Mais avant de venir à lui, elle eut soin de bien refermer la porte, et cela fait, elle jeta un coup d'oeil circulaire dans le salon; alors seulement elle le regarda en venant à lui.

—Vous! dit-elle d'une voix sourde, pourquoi êtes-vous revenu?

—Pour déclarer la vérité, et empêcher qu'on ne soupçonne un innocent à propos de ce mandat que j'ai pris et rempli.

—Etes-vous fou! s'écria-t-elle.

—Comment? c'est une folie à vos yeux de confesser sa faute? pour moi ce serait une infamie de ne pas le faire.

—Ce qui a été une infamie, ç'a été de dérober ce mandat sur mon bureau et de vous procurer cet argent par un pareil moyen.

—Vous! s'écria-t-il, c'est vous qui me parlez ainsi!

—Et qui donc plus que moi a le droit de vous tenir ce langage?

Il la regarda un moment, stupéfait, éperdu, écrasé, puis presque à voix basse il murmura:

—Et pour qui donc cet argent?

—Pour moi, et c'est là justement ce qui me fait vous dire que c'est une infamie. Comment? vous avez cru que je pouvais accepter de l'argent volé? Mais non, vous ne l'avez pas cru, puisque vous n'avez pas osé m'avouer, quand je vous ai interrogé, comment vous vous l'étiez procuré. Vous m'avez trompée.

—Moi?

—Et maintenant, quand je ne suis plus en état de vous rendre cet argent, vous venez me dire: «Je viens déclarer la vérité; ce serait une infamie de ne pas le faire.» Moi je vous réponds: «Ce serait infâme de le faire.»

—Faut-il donc laisser soupçonner un innocent?

—Et que m'importe votre innocent? j'ai bien le temps vraiment de penser ou de m'occuper des autres quand c'est mon honneur, quand c'est ma vie qui sont en jeu; quand c'est le bonheur, l'honneur, la vie des miens qui sont perdus si vous parlez.

—Mais, c'est d'un des vôtres qu'il s'agit, et cet innocent que je ne veux pas qu'on soupçonne, c'est Lucien.

—Lucien!

—Lisez cette lettre.

Il lui tendit la lettre de Lucien.

Rapidement, elle lut cette lettre, tandis que debout devant elle il la regardait.

Eh quoi, c'était là la femme pour qui il avait commis un crime, et la récompense de son crime, c'était ce qu'elle venait de lui dire, c'était le regard de mépris qu'elle lui avait lancé? Depuis qu'elle l'avait abandonné au bord de la petite mare du bois de Vincennes, dans ses longues journées de voyage, comme dans ses nuits sans sommeil, il l'avait bien souvent pesé ce crime, mais jamais il n'avait été aussi lourd, aussi écrasant pour sa conscience, qu'en ce moment où celle qu'il avait voulu sauver n'avait pour lui que des reproches et des injures.

Elle ne le laissa pas longtemps à ses réflexions.

—C'est cette lettre qui vous a fait revenir? dit-elle.

—Sans doute.

—Elle est d'un enfant.

—Mais...

—Lucien s'inquiète de propos en l'air, et encore les tient-on comme il se l'imagine, ces propos?

—Qu'importe qu'on les tienne, s'il souffre parce qu'il croit qu'on les tient.

—Mais si vous déclarez la vérité comme vous le voulez, ce ne seront plus des propos en l'air qu'on tiendra, ce ne seront pas des accusations qu'on dirigera contre un innocent, ce seront des accusations précises qu'on formulera contre des coupables.

—Contre un coupable, moi.

—Et la complice de ce coupable!

—Croyez-vous donc que je veuille la faire connaître?

—Et vous croyez donc qu'on ne la découvrirait pas facilement quand vous auriez parlé? Que vous confessiez la vérité pour vous, pour vous seul, je le comprendrais: en réalité ceci se passerait entre votre père et vous; et la justice n'a pas à s'occuper d'un fils qui prend de l'argent à son père. Mais vous imaginez-vous que quand vous aurez avoué que c'est vous qui avez dérobé ce mandat et touché ces trois cent mille francs, tout sera fini? Ne comprenez-vous pas qu'on vous demandera à quoi vous avez employé cette somme?

—Je ne le dirai pas.

—Pour qui?

—Je ne le dirai pas.

—Et ce sera précisément parce que vous ne le direz pas qu'on cherchera avec plus d'acharnement à le savoir. On remontera dans votre vie: on la suivra jour par jour, heure par heure, et il ne sera pas difficile d'arriver à moi. Alors que se passera-t-il? Avez-vous pensé à cela?

—J'ai pensé à Lucien.

—Comment voulez-vous que je puisse me défendre quand vous aurez avoué? cet aveu vous le ferez pour vous en même temps que pour moi. Est-ce cela que vous voulez?

—Je veux que Lucien ne souffre pas pour moi et par ma faute.

—Mais ne souffrira-t-il pas plus si vous parlez que si vous vous taisez?

—J'aurai fait mon devoir.

—Alors dites que c'est pour vous que vous voulez parler, ne dites pas que c'est pour lui. Mais raisonnez donc, pauvre enfant, avant d'agir ainsi à la légère, par coups de tête, passionnément.

Elle avait jusque-là parlé sur le ton de la colère qui se contient, durement, violemment; elle adoucit sa voix, en même temps qu'elle adoucit aussi la clarté perçante de son regard qu'elle tenait attaché sur lui comme pour le sonder jusqu'au plus profond de son coeur et dans ses entrailles.

—Allons, dit-elle, asseyez-vous là et écoutez-moi. Vous dites que vous voulez épargner une souffrance à Lucien en prenant la responsabilité de votre faute. Cela est d'un coeur loyal et d'un caractère haut. Cela est de vous.

En écoutant ce langage si différent de celui dont elle venait de l'accabler, il leva les yeux sur elle, et ne rencontrant plus le regard froid et dur qui l'avait si cruellement blessé, il eut un attendrissement.

—Oh! Geneviève, murmura-t-il.

—Écoutez-moi. Vous ne voulez pas que Lucien souffre; mais quand vous m'aurez perdue, car vous me perdez si vous me parlez, je vous l'ai prouvé, ne souffrira-t-il pas mille fois plus? Innocent, il souffre de propos qui ne l'atteignent pas. Mais quand ces propos atteindront sa mère coupable, sa mère déshonorée, sa mère un objet de honte et de mépris pour tous, quelles ne seront pas ses tortures? Vous n'avez pas pensé à cela.

—J'ai obéi à cette lettre.

—Vous n'avez vu que votre ami, maintenant voulez-vous regarder celle que vous avez aimée?

—Que j'ai aimée!

—Que vous aimez. Que voulez-vous qu'elle devienne quand la vérité sera connue? Ses enfants, ils s'éloigneront d'elle. Cette maison, il faudra qu'elle la quitte. Croyez-vous qu'elle supportera ces douleurs et voulez-vous les lui imposer?

Il resta longtemps silencieux, les yeux baissés, n'osant pas la regarder.

—Mais alors? dit-il enfin d'une voix faible.

—Je vous avoue que c'a été avec effroi que je vous ai vu tout à l'heure dans ce salon, craignant tout de votre retour, mais ce retour qui pouvait nous perdre, peut nous sauver, nous sauver tous si vous le voulez.

—Que faut-il faire?

—S'il est des soupçons qui se portent sur Lucien, il en est d'autres qui se portent sur vous.

—Ah!

—Ceux de votre père; je l'ai su par mon mari, et aussi ceux de quelques personnes qui trouvent une coïncidence bizarre entre le... la présentation du mandat à la Banque et votre départ. Eh bien, votre retour peut faire tomber ces bruits. Montrez-vous, promenez-vous et ceux qui trouvent un sujet d'accusation dans votre fuite seront, par le fait seul de votre présence, réduits à se taire, s'ils ne veulent pas reconnaître qu'ils se sont trompés.

Il ne vit qu'une chose dans ces paroles, un moyen pour rester à Paris, c'est-à-dire près d'elle, et il oublia tout pour ne penser qu'à cela.

—Si je reste, dit-il timidement, ne puis-je pas revenir ici, ne serait-ce pas ce qu'il y aurait de mieux pour braver les bavardages?

—Mon enfant, je vous ai demandé de vous montrer, non de rester. Une apparition suffit pour prouver que vous ne craignez rien. Rester serait dangereux.

—Vous voyez… vous m'éloignez encore.

—Comment voulez-vous qu'en ce moment nous reprenions notre heureuse existence de ces derniers temps, quand tous les yeux seraient fixés sur nous pour nous observer, nous espionner, ceux de nos domestiques, ceux de la police, ceux même des indifférents? Ce serait de la folie.

De l'espérance passionnée qui avait un moment soulevé son coeur, il retomba brusquement dans la réalité:

—Que voulez-vous donc? demanda-t-il, ce que vous déciderez, je le ferai.

—Je vous l'ai dit: vous montrer; et puis quand l'effet sera produit disparaître de nouveau, et cette fois sans donner de vos nouvelles, en vous arrangeant pour que personne ne puisse savoir où vous êtes.

—Et nous! s'écria-t-il avec un accent déchirant.

—Nous attendrons; devons-nous prendre souci de quelques jours, et de quelques semaines quand l'avenir est à nous?

Et après avoir jeté un coup d'oeil rapide autour d'eux elle se laissa tomber dans ses bras:

—Ah! Robert!

Puis après un temps assez long donné à cet épanchement, elle lui avait minutieusement expliqué ce qu'il aurait à faire et à dire, de façon à ne laisser rien au hasard, et à ce qu'il ne se trahît pas.

Ces explications avaient duré jusqu'au moment où Fourcy et les enfants étaient rentrés de leur promenade.

XXXIV

En arrivant et en trouvant Robert, Fourcy et Lucien poussèrent en même temps une exclamation, sur le sens de laquelle il n'y avait pas à se tromper,—la satisfaction et la joie.

—Ah! voici Robert, s'écria Fourcy.

—C'est toi! dit Lucien.

Mais la cause de cette satisfaction n'était pas la même chez le père que chez le fils.

Pour Fourcy ce retour signifiait bien évidemment que les soupçons qui s'étaient élevés contre Robert étaient injustes comme il l'avait toujours cru et soutenu lui-même: si Robert avait été coupable, il ne serait pas revenu, son apparition allait donc faire tomber les bruits absurdes que des malveillants ou des niais colportaient pour bavarder, sans savoir ce qu'ils disaient, l'honneur des Charlemont serait sauf.

Pour Lucien ce retour précipité était une réponse à son appel; Robert avait compris, et il accourait loyalement, ne voulant pas que l'innocent payât pour le coupable. Mais si son premier mouvement avait été un cri égoïste de joie, à la pensée qu'il allait enfin pouvoir relever la tête et regarder de haut ceux qui l'avaient indignement soupçonné, le second fut un serrement de coeur et un élan de compassion:

—Hé quoi, il était vraiment coupable, et par amitié il venait s'accuser, le pauvre garçon!

Avant de se mettre à table, Fourcy voulut dire à Robert tout le plaisir que lui causait ce retour et pour cela il le prit à part.

—Mon cher enfant, je vous félicite d'être revenu, et bien sincèrement, de tout coeur, vous pouvez m'en croire.

Et il lui donna une chaude poignée de main, bien que Robert se prêtât peu à cet épanchement.

Se méprenant sur cette réserve, Fourcy crut qu'il devait s'expliquer.

—Si vous connaissiez mieux le monde et la vie, dit-il, vous sauriez qu'il y a partout des envieux et des malveillants qui mettent leur plaisir à croire le mal et à l'inventer quand il n'existe pas. C'est ainsi qu'on a incriminé votre brusque départ qui, par une coïncidence fâcheuse, a eu lieu le jour même où nous étions victimes de ce vol de trois cent mille francs, de sorte qu'il s'est trouvé des misérables pour,—je ne dirai pas croire,—mais pour insinuer que vous pouviez bien ne pas être étranger à…

Il allait dire vol, mais il se retint; pouvait-on se servir de ce mot en parlant d'un Charlemont?

—Oui, mon enfant, dit-il, en continuant, il y a eu des gens assez niais, assez indignes pour cela, c'est ce qui fait que je suis si heureux de votre retour qui va mettre fin à ces calomnies absurdes. Vous n'aurez qu'à paraître et tout sera fini.

Alors lui prenant le bras affectueusement:

—Ce n'est pas là mon seul motif de contentement, j'en ai un autre… d'espérance au moins, et que vous allez, je l'espère, confirmer d'un mot, d'un seul, car je ne veux pas vous adresser des questions indiscrètes que mon amitié ne se reconnaît pas le droit de vous poser: c'est fini, n'est-ce pas? Votre retour l'indique.

A ce moment madame Fourcy, inquiète de ce tête-à-tête et surtout de la contenance embarrassée de Robert, appela son mari:

—Le déjeuner est servi, dit-elle, tu oublies que M. Robert a passé la nuit en wagon et qu'il doit être mort de faim.

—C'est juste, dit Fourcy.

Mais avant d'obéir à cet appel, il ajouta encore un mot.

—Cette femme vous aurait perdu, mon ami, elle vous aurait entraîné trop loin, beaucoup trop loin.

Bien que Robert dût être mort de faim, il mangea très peu, il ne causa guère non plus et quand madame Fourcy voulut le faire parler de son voyage, elle n'obtint de lui que quelques mots.

Mais pour chacun cette attitude était facilement explicable.

— Il est ce qu'il a toujours été, se disait Marcelle, le voyage ne l'a pas changé.

— Il est encore sous l'influence du chagrin de la séparation, se disait Fourcy.

— Le pauvre garçon, pensait Lucien, comme il souffre d'avoir à se déclarer.

Quant à madame Fourcy, qui savait à quoi s'en tenir, elle ne se trompait pas sur la cause de cette humeur sombre:

— Il ne peut pas se décider à repartir, se disait-elle.

Lucien avait cru qu'après le déjeuner Robert allait lui faire part de sa résolution, et quand on quitta la table, il s'arrangea pour se trouver seul avec lui; mais au lieu de profiter de ces occasions, Robert parut vouloir les éviter.

Cela parut étrange à Lucien, qui ne s'expliqua ce silence que par la honte que Robert devait éprouver à se confesser; alors il crut qu'il devait l'aider à parler.

— Est-ce que tu ne vas pas voir ton père? lui demanda-t-il à un moment où ils furent seuls.

— Si… demain matin, sans doute, je ne l'ai pas trouvé, ce matin en arrivant.

Et la conversation tomba: mais au bout de quelques instants Lucien la reprit:

— Pour moi, dit-il, c'est un bonheur que tu sois revenu.

L'invite était directe, cependant Robert n'y répondit pas.

Lucien insista:

— Parce que si… j'ai un duel, tu seras là.

— C'est que justement, dit Robert, je ne serai pas là.

— Ah!

— Je compte repartir demain ou après-demain au plus tard; mais tu n'auras pas de duel.

Lucien crut le moment arrivé.

—Cette accusation n'est pas sérieuse, continua Robert, et je crois que tu dois t'exagérer ces soupçons D'ailleurs la justice va sans doute trouver le coupable.

Lucien resta muet cherchant à comprendre.

Ce n'était donc pas pour se confesser que Robert était revenu: il n'était donc pas le coupable puisqu'il disait que la justice allait trouver ce coupable?

Mais après un moment de déception, et il fut court, ce fut un mouvement de joie qui souleva Lucien: pas coupable, il n'était pas coupable!

Alors, prenant la main de Robert, il la lui serra fortement à plusieurs reprises, au grand étonnement de celui-ci.

Cette visite, que Robert devait à son père, était pour lui un sujet de vives angoisses.

Qu'allait-il se passer, qu'allait-il se dire entre eux?

Par madame Fourcy il savait que son père le soupçonnait, comment répondre à ses interrogations si comme cela était probable il lui en posait? elle lui avait, il est vrai, tracé sa ligne de conduite, mais saurait-il, pourrait-il la suivre?

Cependant comme il ne pouvait pas éviter cette visite, il se présenta le lendemain matin chez son père à l'heure où il avait chance de le trouver.

M. Charlemont venait de rentrer et il n'avait pas encore eu le temps de commencer sa toilette.

D'ordinaire le père et le fils s'abordaient en se donnant la main. Mais cette fois, M. Charlemont ne tendit pas la sienne à Robert, qui après avoir fait quelques pas demeura immobile, arrêté par le regard qui était tombé sur lui et qui l'enveloppait de la tête aux pieds.

—C'est votre confession que vous venez faire? demanda M. Charlemont.

—Quelle confession?

—Comment, quelle confession? celle de votre infamie.

—Si c'est là l'accueil que je reçois près de vous, je n'ai qu'à me retirer.

Et Robert fit un pas vers la porte; une occasion s'offrait d'échapper à l'interrogatoire qu'il redoutait, il la saisissait.

Mais d'un geste son père le retint.

—Allons, dites-moi tout: comment l'idée vous est venue de ce vol, et ce que vous fait de cet argent?

Pour remplir le rôle qui lui avait été imposé, il aurait dû à ces mots s'indigner, mais il n'eut pas la force de pousser le mensonge jusque-là.

—De quel vol parlez-vous, dit-il, de quel argent?

—Auriez-vous donc l'audace de soutenir que vous n'avez pas dérobé un mandat blanc à Fourcy, au moyen duquel vous avez touché trois cent mille francs à la Banque?

Sa réponse à cette question était préparée depuis longtemps et aussi l'explication sur laquelle il comptait l'appuyer, mais ce n'était pas cette réponse qu'il pouvait faire, c'était celle que madame Fourcy lui avait imposée, ce n'était point un aveu, qui pour lui eût été jusqu'à un certain point une atténuation de sa faute, c'était une dénégation.

—J'ai cette audace, dit-il.

Mais il le dit mal, les yeux baissés.

—Alors pourquoi vous êtes-vous sauvé?

—Je ne me suis pas sauvé.

—Où avez-vous été?

—Dans le pays de Galles.

—Seul?

—Seul.

—Quoi faire?

—Me promener

—Comment ce besoin de promenade vous a-t-il pris ainsi tout à coup?

—Parce que j'ai dû m'éloigner de la femme que j'aime.

—Ah!

C'était la première parole vraie que Robert avait pu dire, et justement pour cela il l'avait bien dite; l'exclamation de son père lui apprit que la situation se détendait.

En effet, si M. Charlemont interrogeait son fils avec la conviction que celui-ci avait commis le vol du mandat, au moins n'était-ce point avec le désir et la volonté arrêtée de le trouver coupable, tout au contraire. Il connaissait son fils, sa franchise, sa sincérité. En l'entendant nier le vol, il avait été troublé dans sa conviction, et un éclair d'espérance avait traversé son esprit: était-il innocent?

—Comment expliquez-vous que votre départ ait suivi le vol?

—Je n'ai pas à l'expliquer; cela ne me regarde pas.

—Pourquoi revenez-vous?

—Pour me montrer et faire tomber les soupçons dont on me charge.

—Comment voulez-vous vous défendre?

—Mais je ne veux pas me défendre; je veux passer un jour ou deux à Paris, me montrer à ceux qui m'accusent, et reprendre mon voyage, qu'une lettre de Lucien m'a fait interrompre.

—Ah! tu veux repartir? dit M. Charlemont en revenant au tutoiement, ce qui mieux que tout montrait le changement qui s'était fait en lui.

—Demain ou après-demain.

—Alors tu te plais dans le pays de Galles.

Et changeant brusquement de sujet, M. Charlemont ne parla plus que de l'Angleterre et de voyages.

L'entretien se fût prolongé si Robert ne l'avait pas interrompu, car à mesure que son père se rassurait, lui de son coté se troublait; la honte de son mensonge l'étouffait.

XXXV

Cependant les recherches de la justice continuaient.

Assez souvent Fourcy avait des conférences avec le commissaire aux délégations chargé de l'instruction, et plusieurs fois celui-ci était venu à Nogent pour interroger les domestiques et pour demander quelques renseignements à madame Fourcy, ainsi qu'à Marcelle et à Lucien.

Il avait aussi soigneusement relevé la disposition de la chambre de madame Fourcy, examiné le bureau et fait fonctionner la serrure, qui avait été ensuite démontée et visitée à l'intérieur dans toutes ses pièces.

De cette visite était résultée la preuve que cette serrure n'avait point été crochetée, et que si elle avait été ouverte ç'avait été avec sa clef, ou bien avec une clef faite sur le modèle de celle-ci ou sur empreintes.

Mais Fourcy s'était refusé à admettre cette hypothèse, et il avait fait remarquer que de dedans sa chambre, et la porte ouverte, ils auraient entendu le voleur ouvrant la serrure. D'ailleurs, comment serait-il entré ce voleur?

—Par le balcon, avait répondu madame Fourcy, qui sans rien affirmer, laissait voir qu'elle était disposée à croire à un voleur venu du dehors.

—Mais comment serait-il arrivé sur le balcon? Et puis comment aurait-il deviné que le cahier des mandats de la Banque se trouvait dans ce petit bureau et justement ce jour-là? Pourquoi se serait-il contenté d'un seul mandat, au lieu de prendre le cahier entier?

Ces divergences d'appréciation entre le mari et la femme s'étaient élevées plusieurs fois en présence du commissaire, mais sans que celui-ci prît jamais part à la discussion et manifestât son opinion: il écoutait, il regardait, il ne disait rien.

C'était un petit homme à lunettes, d'apparence maladive et chétive, pâle de teint, blond de cheveux et de barbe, qu'au premier-abord on était disposé à prendre pour une nature molle et un caractère timide, mais qu'on jugeait tout autrement quand on avait surpris derrière ses lunettes son regard perçant qu'il cachait évidemment par prudence.

Il s'était toujours montré d'une grande politesse avec Fourcy; et avec madame Fourcy, plus que poli, presque respectueux, la saluant tout bas, et ne lui adressant la parole qu'avec toutes les marques d'une profonde déférence.

— Désolé de vous déranger encore, madame, et d'apporter du trouble dans votre maison, mais j'aurais, si vous le permettez, quelques questions à adresser à vos domestiques.

Il poussait si loin cette crainte d'apporter du trouble dans la maison qu'il était venu plusieurs fois à Nogent sans se présenter chez les Fourcy; et que, «pour ne pas les déranger certainement», il s'était contenté de poursuivre son enquête auprès de certaines personnes du pays.

Fourcy le trouvait un homme aussi aimable qu'intelligent et il prenait plaisir à s'entretenir avec lui: de son côté le commissaire paraissait éprouver le même sentiment à l'égard de Fourcy, car toutes les fois que celui-ci voulait causer, il écoutait complaisamment, et si pressé qu'il fût, il restait volontiers à bavarder, tantôt de ceci, tantôt de cela; même de ses affaires personnelles; de ses débuts qui avaient été rudes; de son avenir qui ne serait guère brillant, s'il ne trouvait pas à se mettre en évidence dans quelque belle affaire. Il admirait beaucoup la façon dont Fourcy avait conduit sa vie, et s'il parlait de lui-même volontiers, il interrogeait plus volontiers encore celui qui, de petit commis, était devenu le directeur de la maison Charlemont.

— Quel exemple! disait-il souvent.

Et ce n'était pas seulement la persévérance de Fourcy qu'il admirait, son aptitude au travail, sa haute intelligence, c'était encore, c'était surtout la force de volonté avec laquelle il avait résisté au désir de faire des affaires pour son compte personnel, et de s'enrichir quand cela lui était si facile.

Pour madame Fourcy elle ne partageait point la sympathie que son mari témoignait à cet aimable commissaire; loin de là, car avec ses manières douces, son parler bas, ses politesses, ses marques de respect, il lui inspirait autant de répulsion que de peur. A ses yeux, c'était l'ennemi? et elle avait le pressentiment que si la vérité était découverte un jour, ce serait par lui. Cela, bien entendu, ne l'empêchait pas de lui faire bon accueil; au contraire; mais, sous le sourire avec lequel elle répondait à ses politesses, il y avait des tremblements et des serrements de lèvres. Elle n'était pas dupe de ses prévenances et de ses craintes de la déranger; et quand elle apprenait qu'il était venu à Nogent sans se présenter chez elle, elle savait bien que ce n'était pas pour ne point apporter du trouble dans sa maison, mais pour poursuivre quelque recherche mystérieuse ou pour dresser quelque piège caché. Ah! comme elle avait été sage d'éloigner Robert qui, tout de suite, se fût trahi et les eût perdus. Elle-même ne se trahirait-elle point? Et l'extrême circonspection qu'elle apportait dans toute sa conduite, dans ses paroles et même dans ses regards n'était-elle pas un indice contre elle? Cependant elle ne pouvait pas s'abandonner; et quand elle le voyait jeter des coups d'oeil rapides en dessus ou en dessous les lunettes comme s'il voulait sonder les murs et chercher s'il n'y avait pas là quelques cachettes; de même quand elle le voyait examiner son ameublement, tâter le tapis du pied, prendre entre ses doigts l'étoffe du fauteuil sur lequel il était assis, il fallait bien que, pour ne pas laisser paraître ses craintes, elle se donnât une contenance qui, elle ne le sentait que trop, devait manquer de naturel.

Agissait-il ainsi parce qu'il avait des soupçons reposant sur des faits positifs? Ou bien était-ce chez lui instinct de policier, qui commence par soupçonner tout le monde? Elle n'en savait rien. Mais c'eût été folie à elle de ne pas s'entourer de toutes les précautions que la prudence pouvait lui suggérer.

Aussi les prit-elle, au moins dans la mesure du possible, ces précautions.

Sa fortune se composait, outre le mobilier des deux maisons de Paris et de Nogent, de valeurs au porteur et de bijoux, qu'il fallait qu'elle cachât, et c'était là pour elle le difficile.

Jusqu'à ce moment, elle avait gardé chez elle ces valeurs et ces bijoux, et cela pour plusieurs raisons: elle n'avait confiance en personne; elle ne voulait pas qu'on sût ce qu'elle possédait; enfin, elle n'avait rien à craindre de son mari, qui se fût fait scrupule d'ouvrir un meuble ou une armoire qui n'auraient pas été à son usage propre. Le seul danger qu'elle courût, ou plutôt que courût sa mémoire était de mourir avant son mari, et qu'après elle, en trouvant cette fortune, on se demandât comment elle l'avait acquise. Mais elle ne croyait pas à ce danger, n'avait-elle pas vingt ans de moins que son mari? et puis il n'était pas dans sa nature d'admettre l'idée de la mort, au moins pour elle; tout en elle se révoltait à la pensée qu'elle pouvait mourir avant d'avoir joui tranquillement du fruit de son travail et de ses peines; s'imaginer que cela était possible, c'était douter de la Providence, et elle ne doutait pas de la Providence qui jusqu'à ce jour l'avait si bien servie.

Mais maintenant la situation n'était plus la même. Tout était à craindre de la justice et surtout de ce commissaire de police qui semblait toujours sonder les murs. Si peu probable que cela parût, on pouvait faire une perquisition chez elle. Comment expliquerait-elle la possession de ces valeurs et de ces bijoux? Ce ne serait pas à la justice qu'on pourrait dire que les pierres étaient fausses.

Jamais elle n'avait imaginé qu'un jour l'argent la gênerait et qu'elle éprouverait l'embarras des richesses.

Où le cacher, cet argent? comment les faire disparaître, ces richesses?
A qui, à quoi se fier?

D'amis sûrs, elle n'en avait point; puis il faudrait entrer dans des explications impossibles à donner.

Sans doute il y a des caisses publiques pour les valeurs et les diamants; mais là aussi il faut des explications; il faut un nom, des justifications; et alors même qu'elle triompherait de ces difficultés, qui pour elle étaient des impossibilités, il y aurait toujours le certificat de dépôt qu'elle devrait faire disparaître.

Elle avait longtemps cherché et à la fin elle s'était décidée à cacher ses valeurs et ses bijoux dans sa maison même.

Elle eût été neuve cette maison que madame Fourcy n'aurait probablement pas trouvé ce qu'il lui fallait, car nos architectes d'aujourd'hui ne perdent pas de place dans leurs constructions, des murs se coupant à angle droit, pas de placards, pas d'armoires, pas de coins. Mais les vieilles maisons n'ont pas été bâties sur ce modèle, surtout celles qui datent du dix-huitième siècle, l'époque par excellence des petits cabinets, des pans coupés, des murs de refend, des plafonds et des planchers d'inégale hauteur; de sorte qu'à moins d'avoir longtemps pratiqué une maison de ce genre, on ne la connaît pas et l'on s'égare facilement dans son dédale de corridors, de vestibules et d'escaliers.

Cependant résolue à cacher sa fortune chez elle, madame Fourcy n'avait pas commis l'imprudence de choisir une de ces petites pièces si bien cachée qu'elle fût, pas plus qu'un placard encastré dans la boiserie, comme il y en avait plusieurs dans cette maison, pas plus qu'un meuble à secret dont le fin fond était connu d'elle seule.

Mais s'enfermant dans une chambre qui ne servait jamais, et qui restait ordinairement fermée à clef, elle avait sans faire de bruit retroussé un coin de tapis et après avoir au moyen d'un ciseau et d'un couteau levé une feuille de parquet, ce qui avait été un rude travail pour ses petites mains bien que le bois fût à moitié pourri, elle avait entassé entre les lambourdes une partie de ses valeurs; puis levant deux autres feuilles, ce qui avait été beaucoup plus facile maintenant qu'elle avait de la prise, elle était parvenue à placer là tout ce qu'elle voulait faire disparaître, titres et bijoux.

Cela fait elle avait replacé les feuilles de parquet, mais au lieu de les clouer elle les avait vissées pour que les coups de marteau ne retentissent pas dans la maison, et par-dessus elle avait reposé le tapis sur lequel elle avait traîné un meuble.

Comment trouver sa cachette même avec ces yeux perçants qui lui faisaient si grande peur: il faudrait démolir la maison.

De ses bijoux, elle n'avait excepté que le bracelet faux qu'elle s'était fait donner par Robert et aussi le collier en diamants que lui avait offert (selon son récit) le financier Esserie pour prix de son intervention dans les affaires d'Algérie. Si son mari s'inquiétait de cette disparition, elle lui répondrait qu'elle s'était débarrassée de ces bijoux faux, comme il l'avait désiré, comme il l'avait même demandé.

Alors elle s'était promis d'être moins polie et plus naturelle avec le commissaire, qui, maintenant, pouvait venir sans qu'elle tremblât à sa vue.

XXXVI

Un matin en arrivant Fourcy vit entrer dans son bureau son aimable commissaire de police.

—Je vous dérange?

—Pas du tout.

—Je serais désolé.

—Vous avez du nouveau?

—Peut-être.

Et comme il ne continua pas, Fourcy eut la discrétion de ne pas insister; malgré le violent désir qu'il avait de savoir, il portait trop haut le respect de la justice pour oser risquer une interrogation directe.

—Est-ce que vous êtes bien occupé en ce moment? demanda le commissaire de son ton le plus insinuant.

—Je suis libre pour tout le temps que vous voudrez bien me donner; asseyez-vous donc, je vous prie.

—Et bien, alors, je vous demande de venir avec moi à Nogent, où M. le juge d'instruction doit se rendre de son côté pour certaines constatations qui exigent votre présence.

Aller à Nogent à cette heure ne faisait pas du tout l'affaire de Fourcy, qui avait du travail et des rendez-vous pour toute la journée, mais puisque le juge d'instruction avait besoin de lui il ne pouvait pas refuser: en somme l'affaire la plus importante pour lui, au moins celle qu'il avait le plus à coeur, c'était la découverte de leur voleur.

—Si vous voulez m'accorder quelques minutes, dit-il, je suis à vous; et nous partons.

Et faisant venir ses chefs de service, il leur donna ses instructions; il ne serait absent que quelques heures et sûrement il reviendrait.

Le trajet fut très gai et le commissaire entretint la conversation d'une façon charmante, mais sans dire un seul mot de l'affaire: il venait d'arrêter des escrocs qui le faisaient courir depuis six mois et il était tout plein de son succès qu'il n'avait obtenu qu'à force de persévérance et de ruses: au reste il était en ce moment dans une bonne veine.

Ils trouvèrent le juge d'instruction qui était arrivé depuis une demi-heure déjà, et qui, en l'absence de madame Fourcy et de Marcelle, sorties pour une promenade matinale dans le bois, s'était installé dans le salon avec son greffier.

Fourcy s'excusa de l'avoir fait attendre, mais le juge d'instruction coupa court aux politesses en disant qu'il n'avait pas perdu son temps; il avait interrogé les domestiques.

Cela fut répondu assez sèchement; au reste le contraste était frappant entre le juge et le commissaire: autant l'un était aimable, doux, poli, autant l'autre était raide et rogue, d'une froideur glaciale qui paralysait ceux qu'il daignait regarder.

—Maintenant, dit le juge en s'adressant à Fourcy, je désire avant tout visiter les lieux, veuillez me précéder.

Ces manières et ce langage ne ressemblaient en rien aux façons du commissaire, mais Fourcy ne laissa paraître aucune surprise; marchant devant le juge d'instruction et le commissaire, il les conduisit dans la chambre de sa femme et dans la sienne.

Comme le juge ne paraissait pas disposé à lui adresser des questions, il se tint sur la réserve et il attendit.

N'ayant rien à faire qu'à regarder, une chose le frappa; le juge d'instruction paraissait examiner avec plus d'attention l'ameublement des deux chambres que le bureau dans lequel le vol avait dû être commis; il restait devant les tentures en damas de soie bleue et il maniait les étoffes; il regardait longuement les brocatelles du lit, les bronzes de la cheminée, les coffrets orientaux, placés çà et là, et à un certain moment Fourcy crut qu'il allait ouvrir les étagères pour prendre les curiosités qui les emplissaient et les étudier.

—C'est un curieux, un amateur de bric-à-brac, se dit-il tout bas.

Et il pensa qu'il ferait vraiment mieux de s'occuper du vol, c'est-à-dire du bureau et de la porte de communication des deux chambres; ce n'était ni le lieu ni l'heure de se livrer à la manie de la curiosité.

Ce qui le confirma dans cette idée, ce fut une observation ou plutôt une exclamation de cet homme de glace qui parlait si peu.

—Mais c'est un vrai musée, il y a là des trésors.

—Qui n'ont pas tenté le voleur, dit Fourcy, si toutefois un voleur est entré dans cette chambre.

—C'est que ce voleur avait mieux à prendre, dit le juge.

Et cette observation fut faite d'un ton sévère qui parut à Fourcy n'être guère en situation:

—Maintenant descendons, dit le juge d'instruction.

Dans le vestibule il s'arrêta, et s'adressant à Fourcy:

—Donnez des instructions, pour qu'on me prévienne quand madame Fourcy rentrera de sa promenade; j'ai à l'interroger; mais avant, il importe que nous en ayons fini ensemble.

Cela fut dit d'un ton sec et impératif, par petites phrases hachées; en homme qui est habitué à donner des ordres et à les voir obéis.

Derrière eux, marchait le commissaire, qui continuait à ne pas ouvrir la bouche.

Le greffier était resté dans le salon, installé devant sa table avec ce qu'il fallait pour écrire.

—Asseyez-vous, monsieur, dit le juge d'instruction à Fourcy.

Et lui-même se plaça à côté de son greffier, tandis que Fourcy prenant une chaise, s'asseyait en face d'eux de l'autre côté de la table, assez surpris que ce fût ce juge qui parlât en maître dans ce salon.

Le juge d'instruction avait pris quelques papiers sur la table et il les parcourait rapidement: dans ce vaste salon on n'entendait que le bruit des feuillets qu'il tournait, et au dehors le roucoulement de pigeons ramiers perchés dans les arbres du jardin.

Ce silence que rien ne troublait et qui devenait lourd, se prolongea assez longtemps, très longtemps, pour Fourcy péniblement impressionné sans trop savoir pourquoi, vaguement, malgré lui.

Enfin le juge d'instruction releva la tête et sans parler il regarda Fourcy, longuement, en face; il l'examina de la tête aux pieds, surtout à la tête, dans les yeux.

— Monsieur Fourcy, dit-il, vous avez cinquante-six ans?

— Oui, monsieur.

— A quel âge êtes-vous entré dans la maison Charlemont?

— A quinze ans.

— A quels appointements?

— Cent francs par mois.

— Vous êtes resté longtemps à ce chiffre?

— Un an; on m'a mis alors à cent cinquante francs; l'année suivante à deux cents; la troisième année à quatre cents; à vingt-trois ans je gagnais six mille francs par an; à trente-six, douze mille; à quarante, soixante mille.

— Jusqu'en ces derniers temps tel a été le chiffre de vos appointements, soixante mille francs?

— Oui, monsieur.

— De sorte que depuis seize ans vous gagnez soixante mille francs par an?

— Parfaitement.

— En dehors de ces appointements avez-vous gagné de l'argent, je veux dire avez-vous fait des affaires, des spéculations?

— Jamais, monsieur: je devais tout mon temps, tous mes efforts, ce que j'ai d'intelligence, mon expérience à la maison Charlemont, dont je suis le directeur, et j'aurais cru lui dérober quelque chose si j'avais entrepris des spéculations pour mon compte; cela n'eût point été délicat. Au reste je dois dire que j'ai été plus que récompensé de cette réserve, qui pour moi a été l'accomplissement d'un devoir: M. Amédée Charlemont a bien voulu me donner un intérêt dans sa maison, et me faire son associé; c'est le plus beau couronnement de ma vie de travail et de dévouement; c'est plus que je n'avais jamais rêvé, et j'ose dire que cela me touche beaucoup plus encore dans ma fierté que dans mon intérêt.

Le juge d'instruction avait écouté ce petit discours, débité avec feu et d'une voix vibrante, en examinant Fourcy, mais sans qu'aucun mouvement de visage, aucune flamme du regard manifestât au dehors son impression.

Il s'établit un silence.

Puis le juge d'instruction reprit ses questions.

—Sur ces gros appointements que vous touchez depuis seize ans, avez-vous fait des économies?

Fourcy avait déjà été surpris des premières questions qui lui avaient été posées; celle-là redoubla son étonnement. Pourquoi, diable, ce juge d'instruction se mêlait-il de ses affaires? Était-il là pour causer, ou pour s'occuper du vol? Jusqu'à présent, il n'avait été question que de lui, Fourcy, et pas du tout du vol du mandat. Quel rapport tout cela avait-il avec le vol des trois cent mille francs? Qu'importait qu'il eût gagné quarante ou soixante mille francs? Qu'importait qu'il eût ou n'eût pas fait des économies?

Cependant il répondit:

—Très peu.

—Comment cela? Pouvez-vous me l'expliquer?

—Parfaitement, mais il me semble que…

—Expliquez, je vous prie.

Malgré «ce je vous prie» qui finissait la phrase, c'était là un ordre plutôt qu'une invitation; il n'y avait pas à se méprendre sur l'intonation avec laquelle il avait été donné.

Ce ne fut plus seulement de la surprise qui se produisit chez Fourcy, ce fut de la résistance.

Ses affaires personnelles ne regardaient en rien ce juge, qui vraiment en prenait bien à son aise avec lui. Posées dans une autre forme et sur un autre ton, il eût volontiers répondu à des questions de ce genre, car il n'avait rien à cacher dans sa vie; mais ces façons le blessaient à la fin et il n'était pas homme à courber la tête devant qui que ce fût.

—Pardon, dit-il, mais tout ceci n'a aucun rapport avec le vol des trois cent mille francs.

Le juge le regarda en face.

—Vous croyez, dit-il, d'un ton ironique.

—Cela ne regarde que moi.

—Vous vous trompez; cela regarde aussi la justice qui a le droit de vous adresser toutes les questions qu'elle juge propres à amener la découverte de la vérité.

Fourcy demeura interdit, cherchant à comprendre, ne pensant pas à répondre. Que se passait-il donc? A quoi donc ce juge voulait-il en arriver?

—Mais alors? dit-il se parlant à lui-même plutôt qu'au juge.

—Je vous ferai observer qu'au lieu de répondre vous interrogez; oui ou non, avez-vous fait des économies sur vos appointements?

—Je vous ai répondu: très peu.

—Alors expliquez-moi si vous le pouvez, comment et à quoi vous avez dépensé ces appointements. Je vous écoute, monsieur.

Ils sont rares les gens qui ne se troublent pas lorsque la justice les interroge, alors même qu'ils sont innocents, surtout lorsqu'ils sont innocents.

Fourcy fut décontenancé.

Est-ce que ce juge d'instruction le soupçonnait?

Mais de quoi?

Un soupçon eût été une absurdité de la part de ce magistrat.

Et ce serait folie à lui d'admettre la possibilité d'une pareille idée.

Le mieux était donc de répondre au plus vite; puisqu'il avait commencé à répondre, il devait continuer; c'était encore le meilleur moyen d'en finir, car une discussion avec ce personnage rogue n'aboutirait à rien qu'à traîner les choses et à en les envenimer.

—Lorsque j'ai acheté cette maison, dit-il, j'avais quelques économies.

—Quand l'avez-vous achetée?

—Après la guerre.

—Combien?

—Cent dix mille francs.

—Que vous avez payés?

—Comptant.

—Avec quoi?

—Pour quatre-vingt mille francs avec ces économies dont je vous parle.

—Et pour le surplus?

—Avec une somme de trente mille francs que j'ai empruntée.

—Vous avez eu des réparations importantes à faire; des changements, des embellissements? Pouvez-vous me dire à combien s'en est élevé le prix?

—A cinquante-cinq mille francs environ.

—Ces cinquante-cinq mille francs, ajoutés aux trente mille que vous avez empruntés, constituent ainsi une dette de quatre-vingt-cinq mille francs.

—Parfaitement.

—Que devez-vous encore sur ces quatre-vingt-cinq mille francs?

—Rien.

—Comment les avez-vous payés?

—Avec ce que j'ai pu économiser sur mes appointements.

—Alors expliquez comment vous avez pu faire ces économies; et si cela vous est possible sans livres de comptes, établissez votre budget; nous avons la recette: soixante mille francs; quelle est la dépense? Pour un homme de chiffres, cela ne doit pas être difficile à dire.

—Cela est très facile, mais à condition de prendre des moyennes.

—Prenez des moyennes.

—Mes dépenses de maison s'élèvent à douze mille francs par an.

—Écrivez, dit le juge d'instruction à son grenier qui jusque-là était resté la plume à la main, mais sans prendre les notes.

Cette parole fut un coup pour Fourcy; cependant il continua:

—Le loyer de notre appartement de Paris est de quatre mille francs; les impôts, les frais de jardinage, de domestiques à Nogent sont de trois mille francs; je paye pour une assurance sur la vie une prime de dix mille francs; les toilettes de ma femme coûtent deux mille francs par an.

—Ah! dit le juge d'instruction, qui jusque-là avait écouté attentivement sans interrompre.

—Elles sont très simples, dit Fourcy que cette exclamation blessait, car il était d'une susceptibilité extrême pour tout ce qui touchait sa femme.

—Continuez, dit le juge d'instruction, nous ne discutons pas.

—Celles de ma fille coûtent la même somme; l'éducation de ma fille coûtait jusqu'à ces derniers temps trois mille francs; celle de mon fils et son entretien la même somme; en voyages nous dépensons environ deux mille francs, si M. le greffier veut bien faire l'addition, il trouvera environ quarante-cinq mille francs.

—Faites, dit le juge d'instruction.

—Quarante-quatre mille francs, dit le greffier.

—Il vous reste donc en moyenne tous les ans sur vos appointements seize mille francs?

—Parfaitement.

—Ainsi c'est avec seize mille francs par an que depuis la guerre vous avez payé votre dette de quatre-vingt-cinq mille francs, et le mobilier de cette maison que nous n'avons pas compté; quant à celui de Paris...

—Il était payé avant la guerre.

—Reste donc celui-ci; c'est-à-dire qu'après avoir prélevé quatre-vingt-cinq mille francs, vous avez trouvé moyen de payer cinquante mille francs un mobilier qui vaut cinq ou six cent mille francs.

Fourcy, bien qu'il ne fût pas disposé à la gaieté, ne put pas s'empêcher de sourire en entendant émettre une pareille absurdité, cependant ce sourire n'eut rien de railleur ni d'insolent: ce fut la simple manifestation de sa surprise, une protestation muette et discrète: six cent mille francs, son mobilier acheté de bric et de broc, c'était vraiment trop drôle!

—Il n'y a pas là de quoi sourire, dit le juge d'instruction sévèrement, rien n'est plus sérieux.

—Peut-être en effet cela serait-il sérieux, si ce mobilier avait la valeur que vous lui attribuez, car alors il serait difficile d'expliquer comment avec cinquante mille francs, j'ai payé six cent mille francs.

—C'est justement cette explication que je vous demande.

—Et que je n'ai pas à vous donner puisque ce pauvre mobilier vaut à peine la dixième partie de ce que vous pensez, c'est-à-dire environ les cinquante mille francs qui me sont restés sur mes économies, ma dette de quatre-vingt-cinq mille francs étant prélevée.

Ce fut au tour du juge d'instruction de sourire, et ce sourire, qui contractait les narines et retroussait la lèvre supérieure en découvrant les dents, exprimait le dédain et la pitié.

Jusque-là le commissaire aux délégations, assis à côté de Fourcy, avait gardé le plus complet silence, et rien dans son attitude n'avait pu donner à croire qu'il s'intéressait à cet interrogatoire; à ce moment, il se tourna vers Fourcy, et de sa voix la plus douce, avec son sourire le plus aimable, il intervint dans l'entretien:

—Je demande à M. Fourcy la permission de lui faire observer que le tapis seul de ce salon sur lequel nous marchons vaut plus de vingt mille francs.

Fourcy haussa doucement les épaules et se mit à rire.

—Que cette tapisserie d'Andran, représentant des scènes d'*Esther*, ne vaut pas moins de trente mille francs; que les sirènes de l'escalier ont coûté plus de dix mille francs; et nous voilà déjà à soixante mille francs.

—Mais ces chiffres sont de la fantaisie, s'écria Fourcy.

—Ils sont exacts.

—Ni exacts, ni sérieux.

—Pardon, dit le commissaire avec son calme et son doux sourire, mais vous savez qu'avant d'appartenir à la police j'ai été clerc de commissaire-priseur et que je suis en état d'estimer un mobilier, même quand il a une valeur artistique comme celui-ci; et ce que je connais de votre mobilier dans ce salon, dans la salle à manger, dans le vestibule, dans l'escalier, dans les chambres où je suis entré, vaut plus de cinq cent mille francs.

—C'est impossible! s'écria Fourcy.

—Il y a marchand à ce prix, dit le commissaire se servant d'un mot de son ancien métier.

Fourcy resta atterré.

Mais presque aussitôt il se redressa pour protester:

—C'est impossible, s'écria-t-il avec une énergie désespérée.

—Expliquez; ne niez pas ce qui n'est pas niable, dit froidement le juge d'instruction; ce mobilier est là, nous le voyons, combien l'avez-vous payé?

—Mais je ne l'ai pas payé le prix que vous lui attribuez.

—Combien l'avez-vous payé?

—Une cinquantaine de mille francs.

—Dire qu'on a payé cinquante mille francs ce qui en vaut six cent mille n'est pas une explication.

—Mais comment voulez-vous que j'aie dépensé cette somme puisque je ne l'avais pas?

—C'est ce que je vous demande; vous reconnaissez que vous n'avez pas gagné cette somme; d'autre part vous avez reconnu que vous n'aviez pas fait de spéculations; dites comment vous vous êtes procuré les cinq ou six cent mille francs, prix de ce mobilier.

—Mais ce mobilier n'a pas coûté six cent mille francs, ni cinq cent mille, ni quatre cent mille, je le nie, c'est impossible.

Le commissaire se leva et, étendant la main par un geste énergique comme s'il voulait prêter serment:

—Et moi j'affirme, dit-il, qu'il a coûté plus de cinq cent mille francs, je le jure.

—Voulez-vous que nous descendions à trois cent mille francs, dit le juge d'instruction, et même à deux cent mille? Dites alors où vous avez pris ces deux cent mille francs.

Depuis quelques instants Fourcy se débattait désespérément contre l'idée qu'on le soupçonnait; cette idée qui tout d'abord lui avait paru une absurdité ou une folie, ce mot «pris» l'enfonça violemment dans son esprit.

—Pris! s'écria-t-il, m'accusez-vous donc d'avoir pris cette somme?

—-Dites où et comment vous vous l'êtes procurée.

—Moi qui ai des millions entre les mains, j'aurais pris cette misérable somme!

—Cette misérable somme et d'autres, moins misérables peut-être.

Fourcy se frappa la tête à deux mains.

—C'est donc vrai, c'est donc possible! tout cela n'est que pour arriver à m'accuser du vol du mandat, moi, moi!

Ni le juge d'instruction, ni le commissaire de police ne répondirent, mais ils échangèrent un coup d'oeil plus terrible qu'une réponse directe.

—Et le moment que j'aurais choisi pour voler la maison Charlemont, poursuivit Fourcy, est celui où je deviens son associé!

—Prouvez que vous n'avez pas commencé avant; nous sommes là pour recevoir vos explications.

La porte du salon s'ouvrit, et la femme de chambre entrant vint jusqu'à
Fourcy:

—Madame vient de rentrer avec mademoiselle.

—Ces explications que vous demandez, s'écria Fourcy, je vais vous les donner.

Puis s'adressant à la femme de chambre qui attendait en regardant autour d'elle d'un air ahuri:

— Dites à madame de venir, tout de suite.

Il avait relevé la tête, et un éclair de confiance transfigurait son visage bouleversé: sa femme arrivait à son secours: elle allait donner les explications qu'on exigeait de lui.

Presque aussitôt après le départ de la femme de chambre, la porte du salon se rouvrit et madame Fourcy parut.

Fourcy voulut courir au-devant d'elle, mais vivement le commissaire qui l'observait se plaça entre eux.

— Viens, Geneviève, dit Fourcy, viens à mon secours.

— Que se passe-t-il donc?

XXXVII

Elle s'était arrêtée devant le commissaire de police qui lui barrait le passage, et elle restait à la porte du salon; regardant et son mari et le commissaire de police, et le juge d'instruction et le greffier.

Mais surtout elle réfléchissait et elle tâchait de se rendre compte de la situation: la réunion de ces gens de justice, l'attitude bouleversée de son mari, son cri, son appel: «Viens à mon secours», lui avaient révélé les dangers de cette situation, mais sans lui apprendre quels ils étaient. Avant tout il fallait donc qu'elle trouvât le moyen de gagner du temps et qu'elle ne parlât que pour ne rien dire.

—Approchez, madame, et asseyez-vous, dit le juge d'instruction.

Elle voulut prendre place à côté de la chaise que Fourcy avait occupée, mais le commissaire de police continua à lui barrer le passage, et avec sa politesse ordinaire il lui avança un fauteuil, puis en prenant un lui-même il s'assit de façon à se trouver entre le mari et la femme.

—Asseyez-vous, dit le juge d'instruction à Fourcy, et n'essayez pas d'échanger quelques signes, ou des paroles particulières avec madame.

Faisant violence à son agitation, Fourcy reprit sa chaise:

—Puis-je expliquer à ma femme pourquoi je l'appelle à mon secours? demanda-t-il.

—Je vais l'expliquer moi-même, répondit le juge d'instruction.

Et en quelques paroles brèves, mais claires et précises, il donna cette explication: Depuis l'acquisition de la maison de Nogent, qui avait absorbé ses ressources et l'avait endetté de quatre-vingt-cinq mille francs, Fourcy n'avait pu mettre de côté sur ses appointements qu'une somme de seize mille francs par an, au total: cent trente-quatre mille francs; sa dette de quatre-vingt-cinq mille francs prélevée sur ce total, il lui était resté cinquante mille francs; comment avec ces cinquante mille francs avait-il pu acheter et payer le mobilier qui garnissait cette maison?

A mesure que le juge d'instruction parlait, madame Fourcy comprenait que la situation était plus grave encore qu'elle ne l'avait redouté tout d'abord.

— En un mot, s'écria Fourcy, sans que les signes du juge d'instruction pussent lui imposer silence, on m'accuse d'avoir dérobé les sommes nécessaires à l'achat de ce mobilier, c'est-à-dire cinq ou six cent mille francs, et l'on conclut de là que puisque j'ai bien été capable de voler ces six cent mille francs, j'ai bien été capable aussi de voler les trois cent mille du mandat blanc. Réponds pour moi, prouve à ces messieurs, toi qui as acheté ce mobilier, qu'il n'a pas coûté six cent mille francs.

Madame Fourcy était d'une pâleur livide, comme sous l'imminence d'un évanouissement subit; Fourcy, qui la regardait, oublia l'horreur de sa situation pour ne penser qu'à sa femme; vivement il se leva pour venir à elle, mais le commissaire de police le retint.

— Voyez, monsieur le juge d'instruction, l'effet que produit sur ma femme cette accusation monstrueuse, n'est-ce pas la protestation la plus éloquente contre ces soupçons insensés?

Puis s'adressant à sa femme elle-même:

— Remets-toi, chère femme, ne cède pas à l'indignation; ne succombe pas à l'émotion; ce n'est pas une preuve de ton amour qu'il faut que tu donnes en ce moment, c'est une preuve de l'inanité de ces soupçons; c'est la Providence qui t'envoie pour les dissiper; parle.

Et il se rassit plein de confiance; elle n'avait que quelques mots à dire, et tout serait fini, il ne resterait qu'un cruel souvenir de ce cauchemar.

Il attendit en la regardant.

Cependant elle ne parla point; immobile dans son fauteuil, les yeux baissés, les lèvres contractées, elle restait là comme si elle était anéantie.

— Calme-toi, dit Fourcy d'une voix attendrie, tâche de respirer un peu.

Mais elle ne respira point et elle continua de garder le silence.

—Voulez-vous un verre d'eau? demanda le commissaire de police toujours prévenant.

Elle n'avait besoin ni d'eau, ni de quoi que ce fût, si ce n'est d'une idée; cependant elle accepta dans la pensée que cela lui ferait toujours gagner du temps, et qu'elle trouverait peut-être quelque chose à dire.

Fourcy s'était levé, mais le juge d'instruction l'arrêta.

—Restez, dit-il, M. le commissaire de police va aller chercher ce verre d'eau.

Fourcy aurait voulu prendre sa femme dans ses bras, la soutenir, la rassurer; mais après ce qu'on avait fait jusque-là pour les séparer, cela n'était pas possible; il devait se contenter de l'encourager de la voix et du regard.

—Calme-toi, calme-toi, répéta-t-il comme s'il parlait à un enfant.

Mais elle ne l'écoutait pas; elle cherchait.

Le commissaire de police revint portant lui-même un verre et une carafe sur un plateau; il versa un peu d'eau dans le verre, et avec des grâces il l'offrit à madame Fourcy.

Cette gorgée d'eau ne lui donna pas des idées, mais elle lui donna, au moins, un peu de salive dans sa bouche desséchée.

—Je vous écoute, madame, dit le juge d'instruction.

—Puisque c'est toi qui as acheté ce mobilier, dit Fourcy, explique qu'il ne vaut pas six cent mille francs, dis ce que tu l'as payé.

Elle ne pouvait plus reculer, il fallait parler.

—J'ai profité de quelques bonnes occasions, dit-elle.

—Très habilement profité, affirma Fourcy. M. le commissaire de police, qui a des connaissances spéciales dans le commerce de l'ameublement, affirme que ce tapis vaut plus de vingt mille francs, et cette tapisserie des Gobelins plus de trente mille.

Le commissaire de police inclina la tête à plusieurs reprises, avec un sourire approbateur.

—Je ne sais pas ce que valent ce tapis et cette tapisserie, mais je ne les ai pas payés ce prix-là; il s'en faut de beaucoup.

—Combien les avez-vous payés?

Elle hésita.

—Je ne m'en souviens pas.

Fourcy ne fut pas maître de retenir un mouvement de surprise: sa femme ordinairement avait une excellente mémoire et elle retenait tous les chiffres.

—Fais un effort de mémoire, dit-il, et ne te laisse pas troubler par l'émotion.

Elle parut faire cet effort, mais inutilement.

—Je ne me rappelle pas, dit-elle.

—Cela est vraiment fâcheux, fit remarquer le juge d'instruction, mais vous avez un livre de dépense, sans doute, où vous aurez inscrit ces prix?

—Je ne l'ai pas conservé.

—Au moins, vous avez des factures acquittées?

—Sans doute, mais il faudrait les chercher, car je ne sais pas où elles peuvent être.

—Eh bien, madame, cherchons-les tout de suite.

Et le juge d'instruction fit mine de se lever.

—C'est que si je les ai encore, dit-elle en se voyant prise, elles ne sont pas ici, elles sont à Paris.

Le juge d'instruction se tourna vers Fourcy.

—Vous voyez, dit-il.

Fourcy était décontenancé; il regardait sa femme avec une stupéfaction qui de réponse en réponse devenait plus profonde. Pourquoi ne parlait-elle pas franchement? Pourquoi ces détours et ces défaites?

Car même pour lui il était évident qu'elle n'était pas sincère et qu'elle ne cherchait qu'à s'échapper. Pourquoi? Il n'était pas possible qu'elle ne comprît pas la gravité de la situation qu'elle lui faisait.

—Allons à Paris, dit-il en se levant vivement.

—Mais je ne sais si je les ai, dit-elle; on ne garde pas ses anciennes factures indéfiniment; il est probable que je les ai détruites.

De nouveau le juge d'instruction et le commissaire échangèrent un coup d'oeil qui désespéra Fourcy: au lieu de le sauver, elle le perdait dans l'esprit de ces deux hommes qui tenaient son honneur entre leurs mains. Comment ne le comprenait-elle pas?

Après un moment de silence terriblement long, le commissaire de police intervint.

—Mon Dieu, madame, dit-il du ton d'un homme qui ne demande qu'à obliger, il ne faut pas vous désoler pour cette disparition de vos factures. Personne ne peut trouver extraordinaire qu'après plusieurs années vous ne les ayez pas conservées. Ce serait le contraire qui serait extraordinaire.

Elle respira, et Fourcy de son côté laissa échapper un profond soupir de soulagement: quel brave homme, ce commissaire!

Il leur sourit à tous deux.

—Il y a un moyen bien simple de les remplacer, dit-il en continuant. Vous ne pouvez pas avoir oublié le nom du marchand ou des marchandes de qui vous tenez ces différents objets: le tapis, les tapisseries, les sirènes, les cuirs de Cordoue, les étoffes, les vases; donnez-nous ces noms et nous retrouverons tout de suite les prix que vous avez payés. Les marchands ne sont pas comme des particuliers, ils gardent leurs livres de commerce.

Quelques minutes plus tôt, Fourcy eût vu dans cette idée le salut, mais maintenant ce fut craintivement qu'il regarda sa femme.

Elle ne répondit pas, et elle resta les yeux baissés, plus pâle encore, plus défaite.

—Eh bien, madame, demanda le juge d'instruction, vous refusez donc de répondre?

Et il attendit quelques instants.

—Réfléchissez que votre silence ne peut s'interpréter que d'une seule manière, dit-il sévèrement, qui est que vous ne pouvez pas répondre, et que si vous ne nous donnez pas le prix de ces tapis et de ces meubles, c'est qu'il est bien celui qu'a dit M. le commissaire de police;—que si vous prétendez n'avoir pas conservé votre livre de dépense, c'est qu'il vous condamnerait;—que si vous alléguez que vous n'avez plus vos factures, c'est qu'elles confirmeraient notre évaluation;—enfin, que si vous refusez de nous indiquer les noms des marchands chez qui vous avez acheté ces objets, c'est que vous savez que ces marchands détruiraient d'un mot le système de défense de votre mari.

De nouveau le commissaire de police prit la parole:

—Permettez-moi de vous faire observer, madame, que nous cacher les noms de ces marchands n'est pas nous empêcher de les découvrir; les marchands qui vendent ces sortes de meubles ne sont pas nombreux à Paris; avant trois jours nous saurons qui vous a vendu ces tapisseries, ce tapis oriental avec armoiries, ces sirènes.

Elle attendit encore assez longtemps avant de répondre; enfin, relevant les yeux et regardant le juge d'instruction:

—Puisqu'il le faut, dit-elle, je parlerai.

Mais cela dit, madame Fourcy avait fait une pause, et au lieu de s'adresser au juge d'instruction, elle s'était tournée vers son mari qu'elle avait longuement regardé:

—Avant tout, dit-elle, je veux demander pardon à celui que j'aime, à mon mari, à l'homme le meilleur, le plus honnête, le plus droit, de la douleur que je vais lui causer. C'est la pensée de la souffrance que je dois lui infliger en parlant, qui m'a jusqu'à ce moment fermé les lèvres. C'est la vue de la souffrance que je lui cause en ne parlant pas, qui me les ouvre. Je ne peux pas le laisser soupçonner, je ne peux pas le laisser accuser quand seule je suis coupable.

Et comme le juge d'instruction avait fait un mouvement, elle s'écria avec énergie:

— Mais non coupable comme vous l'entendez, messieurs; coupable envers lui, ce qui pour moi est autrement terrible. Pardon, mon Jacques!

C'était avec stupéfaction que Fourcy l'écoutait, avec effroi, à demi levé au-dessus de sa chaise qu'il tenait d'une main, les yeux et la bouche grands ouverts, le visage convulsé.

Qu'allait-elle donc dire?

L'angoisse avait suspendu sa respiration, il étouffait.

Elle se tourna vers le juge d'instruction et d'une voix résolue:

— Vous avez raison, dit-elle rapidement, cet ameublement n'a pu être payé avec cinquante mille francs, non qu'il ait la valeur que vous lui attribuez, mais parce qu'il vaut évidemment plus de cinquante mille francs. Je le reconnais, je l'avoue la honte au front, j'ai trompé mon mari sur cette valeur.

Fourcy laissa échapper une sourde exclamation, un cri de douleur, une plainte étouffée, mais elle évita de regarder de son côté.

— Mon mari n'a donc su que ce que je lui disais, car ne connaissant rien aux choses d'ameublement, et ayant toute confiance en mes paroles, d'ailleurs, il n'a jamais eu la pensée de contrôler les prix que je lui donnais.

— Et comment avez-vous payé ces prix? demanda le juge d'instruction.

— Je vais vous le dire; cela, c'est la seconde partie de mon aveu et non la moins cruelle; si j'hésite, si je me trouble, n'accusez que l'émotion qui me paralyse. Jamais mon mari n'a voulu faire des affaires pour son compte personnel, et malgré mes instances il a toujours refusé de tenter des spéculations qui auraient pu l'enrichir rapidement et sûrement. Voyant sa volonté immuable, et croyant que nous en serions toujours réduits à la médiocrité de ses appointements, j'ai voulu, moi mère de famille, dans son intérêt même, dans celui de mes enfants, et aussi dans le mien, je ne serais pas franche si je ne l'avouais pas, j'ai voulu risquer ce qu'il refusait si fermement. C'est là ma faute, que je me suis reprochée durement depuis, mais sans prévoir jamais qu'elle aurait les terribles conséquences qu'elle amène aujourd'hui.

Elle se cacha le visage entre les mains et elle resta ainsi quelques secondes, s'efforçant de régler ce qu'elle voulait dire.

—Continuez, madame, dit le juge d'instruction.

Il fallait obéir; ce qu'elle fit.

—Dans le monde où je vis, vous comprenez qu'il n'y a qu'à ouvrir les oreilles pour savoir quelles sont les bonnes affaires; je les ai ouvertes; j'ai écouté ce qui se disait autour de moi, j'ai gagné, et c'est avec ces gains que j'ai payé ce mobilier.

Le juge d'instruction allait lui poser une question, mais violemment Fourcy le prévint.

Depuis quelques instants il s'était levé tout à fait, et debout, la tête haute, les bras croisés sur sa poitrine, il tenait ses yeux attachés sur sa femme.

—Pardon, monsieur le juge d'instruction, s'écria-t-il en étendant le bras avec un geste si énergique que le juge resta bouche ouverte sans achever le mot qu'il avait commencé; pardon, c'est à moi d'interroger ma femme.

—Mais, monsieur...

—C'est au mari, c'est au père d'élever maintenant la voix et de faire lui-même, pour son honneur, pour l'honneur des siens, la recherche de la vérité; si vous trouvez cette recherche mal faite, vous la reprendrez; ici, en cette circonstance, c'est moi qui dois être le juge d'instruction.

Ce brave homme, ce bon homme s'était transfiguré, et l'autorité qu'il venait de prendre s'imposait à tous, au juge, au commissaire, à sa femme, surtout à sa femme, qui devant son regard courba la tête et baissa les yeux.

—Répondez-moi, dit-il.

—Jacques.

—Il n'y a plus de Jacques, il y a un mari, un père, un chef de famille, c'est à lui qu'il faut répondre. Pour jouer, il faut une mise de fonds; où avez-vous eu celle que vous avez risquée?

Elle n'hésita pas une seconde, mais ce fut au juge d'instruction qu'elle adressa sa réponse et non à son mari qu'elle ne regarda même pas.

—Il n'est personne de notre monde et de notre entourage qui ne m'ait attribué une grande influence sur mon mari: on voyait combien il m'aimait; la tendresse que j'éprouvais pour lui était connue de tous, et dans ces conditions, on était disposé à croire que je pouvais peser d'un certain poids sur ses déterminations. Les déterminations de M. Fourcy, cela n'avait pas grande importance; mais celles de M. Fourcy, gérant de la maison Charlemont, cela en avait une considérable. De même, l'influence que pouvait exercer la femme de ce gérant dans tel ou tel sens avait une certaine valeur. Un jour on a voulu s'assurer cette influence, la gagner et on a cru le faire au moyen d'un cadeau, un diamant. Je l'ai accepté, parce que l'affaire avait réussi, mais je ne l'ai pas gardé. C'est avec l'argent qu'a produit sa vente que j'ai risqué ma première spéculation. Elle a été heureuse. J'en ai entrepris une seconde qui a été plus heureuse encore. C'est avec ces gains que j'ai payé cet ameublement, que je n'aurais pas pu acheter, je le reconnais, si j'avais été réduite à nos seules ressources.

Après un moment d'hésitation elle se tut.

Ce qui avait causé cette hésitation, ç'avait été une idée qui avait traversé son esprit: si elle profitait de l'occasion pour avouer le chiffre exact de sa fortune et se débarrasser une bonne fois de tous ses embarras, pour sortir des mensonges dans lesquels elle se débattait depuis si longtemps? Ses spéculations pouvaient lui avoir donné aussi bien deux millions que cinq cent mille francs. La tentation avait été forte. Mais en fin de compte elle n'avait pas osé risquer une aussi grosse partie. Cela était vraiment trop aventureux. La crise qu'elle traversait en ce moment était assez grave pour qu'elle ne pensât qu'à en sortir.

Tout en regardant le juge d'instruction, elle avait jeté un coup d'oeil du côté de son mari pour voir comment il acceptait cette explication, et elle avait été effrayée de son attitude et de son visage; évidemment il l'accueillait mal.

—Et qui vous a fait ce cadeau? demanda-t-il.

—M. Tasté, dont les affaires ont été relevées par le secours que lui a apporté la maison Charlemont.

—Est-ce M. Tasté, de Lille? demanda le juge d'instruction.

—Oui, monsieur.

—Mais il vient de mourir?

—Justement.

—Cela est vraiment fâcheux, dit le juge d'instruction.

Mais Fourcy ne parut pas faire attention à cette remarque.

—Une femme, et surtout une femme mariée n'engage pas des spéculations en son nom, dit-il; qui a fait vos affaires?

—Un de nos amis, M. Esserie, qui a bien voulu me donner ses conseils et son aide et qui a réglé toutes mes affaires.

—Le directeur du *Crédit Oriental*? demanda le juge d'instruction.

—Oui, monsieur.

—Qui est mort il y a trois ans au moins; vraiment, madame, c'est une bien mauvaise chance de n'avoir que des morts, pour témoins.

Il s'établit un silence terrible, au moins pour le mari et la femme.

Fourcy s'était pris la tête à deux mains, désespérément, et il s'enfonçait les ongles dans le crâne pour se donner à lui-même la sensation de la réalité.

Les paupières baissées, mais les yeux ouverts, madame Fourcy tâchait de se rendre compte de l'effet de ses paroles aussi bien sur son mari, que sur le juge d'instruction et le commissaire. Elle avait senti que c'était chose grave de donner le nom d'Esserie après celui de Tasté, deux morts, mais elle n'avait pas osé risquer celui de La Parisière: interrogé, La Parisière ne serait-il pas forcé de parler des trois cent mille francs d'Heynecart, et des cent mille francs d'achat de rente? Et alors ne serait-ce pas la découverte de la vérité entière? Telle était la situation, qu'un mot en moins pouvait aussi bien la perdre qu'un mot en plus. Et le terrible, c'était qu'elle ne pouvait pas réfléchir à ce qu'elle disait: il fallait qu'elle parlât, et de telle façon qu'elle eût l'air de parler naturellement, sans réflexion, en n'obéissant qu'à la franchise.

Ce fut le commissaire de police qui rompit le silence.

—Monsieur le juge d'instruction, dit-il, je voudrais avoir l'honneur de vous entretenir un moment.

Le magistrat parut jusqu'à un certain point suffoqué par cette demande d'un subalterne, cependant il se leva et il suivit le commissaire à l'autre bout du salon, tandis que Fourcy et madame Fourcy restaient vis-à-vis le greffier sans se parler.

—Pour moi, dit le commissaire à voix basse et le nez tourné vers la fenêtre ouverte, ce brave homme est innocent.

—Peut-être.

—Je crois pouvoir l'affirmer, moi qui ne suis pas infaillible, mais je n'en dirais pas autant de la femme.

—C'est mon sentiment.

—Si elle a gagné de l'argent avec M. Esserie, elle a très bien pu en perdre avec d'autres. Et si elle en a perdu plus qu'elle n'en avait, elle a pu aussi prendre un de ces mandats blancs dont elle avait la garde. Pour cela il ne lui a fallu qu'un complice pour le remplir et le touche à la Banque de France. Une femme, quand elle est jolie, trouve toujours un complice.

—Qui soupçonnez-vous?

—Personne; et pour le moment je ne m'inquiète pas de cela, ce n'est pas de ce côté que les recherches doivent être présentement dirigées. L'important, c'est de savoir, si, comme je le pense, elle a éprouvé des pertes d'argent en ces derniers temps.

—Et comment?

—Il paraît qu'elle a des relations avec un coulissier, nommé La Parisière, je crois qu'en cherchant de ce côté nous pourrions bien chauffer.

—Alors?

—Mon avis serait, si vous voulez me permettre d'en avoir un, de surseoir jusqu'à ce que ce La Parisière ait été interrogé.

XXXVIII

Le juge d'instruction suivi du commissaire de police revint au milieu du salon.

— Nous en resterons là pour aujourd'hui, dit-il.

Madame Fourcy respira: elle avait gagné du temps; c'était beaucoup.

Quant à Fourcy, il les regarda avec stupéfaction: qu'avait dit le commissaire de police? Pourquoi cette suspension? Il ne comprenait pas.

Sa femme s'était approchée de lui, mais il ne fit pas attention à elle, il ne lui adressa pas la parole, il ne la regarda pas.

Le greffier avait ramassé ses papiers et il avait rejoint son juge et le commissaire du côté de la porte.

Fourcy les avait suivis.

Madame Fourcy ne s'en inquiéta pas autrement: d'ailleurs elle n'avait plus qu'une préoccupation pour le moment: se préparer à l'explication qui allait éclater entre son mari et elle après le départ des magistrats, car il n'était que trop évident qu'elle ne l'avait pas convaincu. Mais elle le convaincrait, ne voulant pas que le pauvre homme souffrît par sa faute. Il avait bien déjà accepté l'histoire du collier de diamants offert par Esserie; il accepterait de même maintenant le concours de celui-ci dans les prétendues spéculations qu'il avait conseillées et dirigées; Esserie était mort depuis trois ans et demi, elle pouvait donc mettre sur son compte tout ce dont elle voudrait le charger. A la vérité, elle n'aurait pas de preuves à apporter à l'appui de ses dires. Mais elle avait mieux que des preuves à donner à son mari: ses caresses, sa tendresse, et si profondément blessé qu'il fût, si fâché, si peiné, il n'y résisterait pas: elle connaissait sa force. Quant aux autres, quant à ces gens de police, elle n'en prenait pas souci; c'était pour faire de nouvelles recherches qu'ils abandonnaient la place; eh bien, ils n'avaient qu'à chercher, ils ne trouveraient rien. C'était de son bon Jacques, de lui seul qu'elle devait s'inquiéter maintenant; c'était lui qu'elle devait convaincre, rassurer, consoler, et elle savait comment lui faire tout oublier. Il avait été bien dur avec elle; mais elle ne lui en voulait pas pour cela; il avait eu raison, le brave garçon, et même il avait été très beau quand les bras croisés, se contenant à peine, il avait pris la place du juge d'instruction.

Elle fut très surprise de le voir suivre les magistrats et sortir avec eux.

— Il va revenir, se dit-elle.

Et elle se prépara.

Cependant il ne revint pas.

C'est qu'avant de revoir sa femme il voulait être fixé, sinon sur tous les soupçons qui l'assaillaient, au moins sur un, — sur celui qui torturait son esprit depuis le jour où le commis de MM. Marche et Chabert lui avait remis le collier de diamants.

Quand sa femme lui avait dit que ce collier était un cadeau de M. Esserie, il n'avait pas tout d'abord soulevé d'objection, et il avait accepté son récit, avec bonheur, malgré le chagrin qu'il éprouvait à la pensée qu'elle avait pu le tromper. Mais peu à peu le doute avait germé dans son esprit, s'était développé dans son coeur, l'avait envahi tout entier. Pourquoi l'avait-elle trompé? Combien de fois avait-il agité cette question sans lui trouver de réponse. Cependant il n'avait pas dit un mot, il n'avait rien laissé paraître de ses angoisses. Sa foi en sa femme était trop profonde pour qu'il se plaignît, trop respectueuse pour qu'il admît certaines hypothèses qui eussent été un outrage à son amour. Mais voilà que tout à coup cette foi avait été détruite par la découverte de nouveaux mensonges; et alors ses premiers soupçons s'étaient redressés plus pressants, plus terribles, et un mot qu'il n'avait jamais osé prononcer était sorti de ses lèvres.

— Était-ce vraiment Esserie qui lui avait donné ce collier?

Puis après ce doute en étaient venus d'autres qui s'enchaînaient à celui-là.

— Était-ce Tasté qui lui avait donné le diamant dont elle avait parlé? Était-ce Esserie qui l'avait dirigée dans ses spéculations?

Après n'avoir rien voulu admettre, il croyait tout possible maintenant, et ce qui lui avait paru naturel lorsqu'il avait foi en elle, lui paraissait coupable maintenant qu'il avait plus cette foi.

Pour le diamant de Tasté, pour les conseils, pour l'intervention d'Esserie dans les spéculations qu'elle avouait, les recherches étaient difficiles, peut-être même impossibles, puisqu'ils étaient morts l'un et l'autre; mais pour le collier on pouvait savoir du marchand qui l'avait vendu, si c'était vraiment Esserie qui l'avait acheté.

A la vérité, ce ne serait qu'un petit fait, mais qui pour lui aurait une importance capitale: si elle avait été sincère, on pourrait admettre qu'elle l'était aussi pour le diamant de Tasté et le concours d'Esserie; si elle avait menti, elle mentait encore.

Ce marchand était sans doute MM. Marche et Chabert, et c'était pour interroger ceux-ci qu'il revenait en toute hâte à Paris.

Cependant avant d'aller chez eux, il passa à son bureau, où il prit six mille francs, prix de la réparation du collier.

Dix minutes après il était chez les bijoutiers et il demandait à payer la réparation qui avait été faite au collier de madame Fourcy.

Ce fut un des chefs de la maison qui lui répondit et qui acquitta la facture.

—Comment donc se fait-il, demanda Fourcy, qu'il ait fallu changer deux pierres?

—C'est qu'elles étaient défectueuses.

—Alors il ne devrait y avoir rien à payer.

—Il n'y aurait rien en effet à payer si le collier sortait de chez nous, mais nous ne pouvons pas réparer gratis les malfaçons de nos confrères.

—Je croyais que c'était chez vous qu'avait été acheté ce collier qui est un cadeau qu'on… nous a fait.

Ce fut la rougeur au front qu'il appuya sur ce «nous».

—Il vient de chez M. Fréteau, rue de la Paix.

Il n'y avait qu'à aller chez ce M. Fréteau; mais les conditions n'étaient pas les mêmes: là, il n'avait pas de facture à payer, on ne saurait pas de quel collier il voulait parler, s'il ne le représentait pas.

Immédiatement, il retourna à Nogent, car la fièvre le dévorait, et il ne pouvait pas attendre.

Si sa femme lui demandait pourquoi il voulait ce collier, il ne lui répondrait pas, et l'émotion qu'elle manifesterait ou ne manifesterait pas, serait déjà un indice.

Mais il ne la trouva pas, elle était partie pour Paris peu de temps après lui, dit Marcelle.

—Qu'as-tu donc? demanda-t-elle en le regardant, comme tu es agité, tu trembles, tu me fais peur.

—Ce n'est rien, je suis pressé, j'avais à parler à ta mère.

—C'est pour le vol, n'est-ce pas?

—Oui.

—Est-ce qu'on croit avoir trouvé le voleur?

—Peut-être.

Et il monta à la chambre de sa femme où il s'enferma; bien qu'il n'eût jamais ouvert une seule des armoires de sa femme, il en avait les doubles clefs, il lui fallut peu de temps pour trouver celle qui allait au coffre dans lequel elle serrait ses bijoux.

Il fut surpris de le voir vide et de n'y plus trouver que le collier réparé par MM. Marche et Chabert, à côté du bracelet avec une émeraude entourée de diamants que sa femme lui avait dit avoir acheté quelque temps auparavant. Il fut pour le prendre aussi, mais ayant ouvert l'écrin sans y trouver de nom ni l'adresse, il le laissa, et n'emporta que le collier, se demandant ce qu'elle avait fait de ses autres bijoux et pourquoi ils avaient disparu, car tout lui était matière à pourquoi maintenant: ce qui était aussi bien que ce qui n'était pas.

Mais ce qu'il se demandait surtout, c'était ce qu'allait lui répondre le bijoutier; avec quelle impatience, quelle anxiété il comptait les minutes dans le trajet de Nogent à la Bastille et de la Bastille à la rue de la Paix!

Le bijoutier était chez lui, Fourcy ouvrit l'écrin et présenta le collier.

—C'est bien vous, monsieur, qui avez vendu ce collier?

—Parfaitement.

—Je désire savoir... quand,—il hésita embarrassé, honteux,—et dans quelles conditions.

—Mais, monsieur, dit le bijoutier en se redressant comme s'il n'était pas disposé à répondre.

—Je me nomme Jacques Fourcy, de la maison Charlemont, et vous devez comprendre...

Instantanément les manières du bijoutier changèrent, de hautaines qu'elles étaient elles se firent obséquieuses.

—Entièrement à votre disposition, dit-il en interrompant vivement, je vous donnerai toutes les explications toutes les justifications que M. Charlemont peut désirer, et si vous voulez voir mes livres, je suis prêt à les soumettre amiablement à votre examen; je tiens à ce que vous emportiez la preuve que la plus rigoureuse loyauté a réglé les affaires que j'ai faites avec M. Robert Charlemont.

Robert! qu'avait à faire Robert en ceci?

Mais le bijoutier continuait:

—J'ai vendu ce collier à M. Robert Charlemont soixante mille francs et je suis prêt à accepter une expertise si l'on soutient que le prix est exagéré; je n'ai point traité M. Charlemont en mineur.

—C'est bien à M. Robert Charlemont que vous avez vendu ce collier? balbutia Fourcy.

—A lui-même, et c'est à lui-même que j'ai livré.

—Vous... en êtes sûr?

—Comment? si j'en suis sûr.

Et le bijoutier appelant un employé se fit apporter un livre de commerce.

—Vous voyez, le 11 avril à M. Robert Charlemont un collier, soixante mille francs.

Et il continua en lisant la description du collier.

Mais Fourcy, bien qu'il voulût le suivre, ne voyait rien que des raies de feu qui couraient sur le livre.

De même il n'entendait pas non plus ce que lui disait le bijoutier, un seul mot plusieurs fois répété frappait son oreille: mineur, mineur.

Il balbutia quelques paroles de remerciements.

—Mais, monsieur…

—Il suffit…

Et chancelant il se dirigea vers la porte.

—Vous oubliez le collier.

XXXIX

Il oubliait tout, le malheureux? et le collier qu'il avait apporté, et l'endroit où il était, et les gens qui l'entouraient, tout excepté un nom qui frappait la voûte de son crâne et retentissait dans son coeur effroyablement: Robert Charlemont.

Robert Charlemont était l'amant de sa femme!

Sa femme avait un amant!

Était-ce possible?

Rêvait-il?

N'était-il pas fou?

Et tout en marchant dans la rue sans rien voir, sans rien entendre, il se répétait:

—Geneviève! Robert!

Trompé par sa femme.

Trompé par Robert.

Pouvait-il être rien de plus atroce pour lui?

Sa femme qu'il avait tant aimée, la mère de ses enfants!

Et Robert! un Charlemont!

Elle avait accepté de l'argent de cet enfant!

Cette coquine que Robert aimait, pour laquelle il se ruinait; c'était Geneviève.

Mais alors?

Et devant cette interrogation, il reculait épouvanté.

Le vol du mandat, Esserie, Tasté, tout était donc possible!

Verrait-il jamais clair au fond de l'abîme qui venait de s'ouvrir devant lui? devait-il y regarder?

Il se heurtait aux gens qui le repoussaient et l'interpellaient pour sa maladresse: en traversant une rue, une voiture faillit l'écraser et le cocher l'accabla d'injures; il ne voyait pas, il n'entendait pas: imbécile, fou, inerte, il allait devant lui, incapable de se conduire.

Il fallait qu'il entrât quelque part pour tâcher de se reconnaître, pour se reprendre s'il le pouvait; que n'avait-il été écrasé par cette voiture; ce serait fini; quel soulagement!

Il pensa instinctivement à son bureau; il s'y enfermerait; après la première explosion il retrouverait peut-être un peu de raison pour réfléchir et voir ce qu'il devait faire.

Car il devait faire quelque chose.

Quoi?

Au moment où il traversait son entrée, son garçon de bureau l'arrêta pour lui dire que le commissaire de police l'attendait depuis quelques instants déjà et qu'il était avec M. Charlemont, dans le cabinet de celui-ci.

Le commissaire de police maintenant! Que voulait-il? que venait-il lui apprendre?

Son premier mouvement fut de s'enfuir, car il ne pourrait jamais répondre à ce qu'on allait lui dire; et bouleversé, affolé comme il était, il ne pouvait pas paraître devant M. Charlemont... le père de Robert.

Mais déjà le garçon de bureau lui avait ouvert la porte pour l'introduire dans le cabinet de M. Charlemont, — il entra.

Suivant son habitude, M. Charlemont, qui se trouvait ce jour-là en retard, était venu pour voir Fourcy à la maison de banque, de belle humeur comme à son ordinaire, et bien loin de ce qui se passait à ce moment même. Ne trouvant point Fourcy, il avait voulu se retirer au plus vite, heureux comme un écolier qui ne rencontre point son professeur et qui a la chance d'échapper à une corvée, lorsque le commissaire aux délégations était survenu.

—C'est Fourcy que vous venez voir? avait demandé M. Charlemont.

—Oui, monsieur.

—Il n'est pas ici; et je ne sais quand il rentrera.

Le commissaire de police avait hésité un moment; puis il s'était décidé à demander à M. Charlemont quelques instants d'entretien, que celui-ci ne lui avait accordés que d'assez mauvaise grâce; tout ce qui se rapportait à ce vol l'ennuyait et jusqu'à un certain point l'inquiétait; s'il en avait eu le moyen, depuis longtemps il aurait fait abandonner les recherches de la justice.

—Monsieur, je vous écoute, avait-il dit au commissaire en s'asseyant et en prenant la pose ennuyée avec laquelle il écoutait les importuns.

—Tout d'abord, j'ai regretté de n'avoir pas trouvé M. Fourcy, avait dit le commissaire, mais il vaut mieux qu'il en soit ainsi, et c'est vraiment un heureux hasard qui me fait vous rencontrer; le coup qui va frapper ce pauvre M. Fourcy sera peut-être moins rude, lui venant de vous pour qui il a une si profonde amitié, que de moi.

—Quel coup?

Alors le commissaire avait raconté ce qui s'était passé le matin à Nogent.

—Vous avez soupçonné Fourcy, le plus honnête homme du monde, un modèle de probité, de délicatesse, d'honneur! s'était écrié M. Charlemont, se levant indigné.

—Ce n'était pas nous qui l'accusions, c'étaient les circonstances.

Et il avait expliqué comment la disproportion existant entre les ressources de Fourcy et le milieu luxueux dans lequel il vivait, avait éveillé les soupçons de certaines personnes et donné naissance à des bruits que la justice avait dû éclaircir.

De là l'interrogatoire de Fourcy qui avait été déplorable.

De là celui de madame Fourcy qui avait été plus déplorable encore, mais qui avait eu au moins ce résultat de montrer jusqu'à l'évidence que les soupçons en se portant sur Fourcy s'étaient égarés.

—Mais si la parfaite honorabilité du mari éclatait au jour, la femme se trouvait gravement compromise. En nous parlant d'opérations et de spéculations faites par l'entremise de gens morts, il était évident que madame Fourcy nous trompait et voulait nous empêcher de contrôler ses dires. Pourquoi? Très probablement parce qu'elle n'en avait pas fait que de bonnes. Si elle avait perdu, n'avait-elle pas pu être amenée à s'emparer d'un mandat blanc et à le faire remplir et toucher par quelque complice? Avant tout, ce qui s'imposait à nous, c'était donc de chercher si elle avait éprouvé ces pertes que nous soupçonnions. Après l'enquête que nous avions faite sur M. et madame Fourcy ainsi que sur leur entourage, nous savions que madame Fourcy entretenait des relations suivies avec un coulissier, M. La Parisière, et il était raisonnable de supposer qu'elle avait pu se servir du ministère de ce coulissier pour ses opérations. C'était donc auprès de lui que nous devions poursuivre nos recherches. Ce que nous avons fait tout de suite en arrivant à Paris, car il n'y avait pas de temps à perdre, madame Fourcy menacée devant agir vivement de son côté pour essayer de se défendre. Nous ne nous étions pas trompés: M. La Parisière a été obligé de reconnaître qu'il avait été le courtier de madame Fourcy, laquelle, dans les affaires Heynecart, avait perdu trois cent mille francs.

— Trois cent mille francs!

— Juste la somme volée. Non seulement elle avait perdu cette somme, mais elle l'avait payée. Et payée, sans vendre d'autres valeurs, en trois cents billets de mille francs qu'elle avait remis de la main à la main à M. La Parisière. Comment avait-elle pu se procurer cette somme?

Depuis assez longtemps déjà, M. Charlemont avait abandonné sa pose nonchalante, et c'était avec une angoisse visible qu'il écoutait ce récit; ces derniers mots l'avaient fait se dresser par un mouvement involontaire.

— Vous voyez que nous ne nous étions pas trompés. Nous ne nous étions pas trompés davantage en supposant que madame Fourcy, effrayée, ne perdrait pas de temps pour organiser sa défense. Comme nous étions en train d'interroger M. La Parisière, elle est arrivée. Sa présence seule était un aveu, car que venait-elle faire chez La Parisière, si ce n'est prévenir notre enquête? Je l'ai priée alors de vouloir bien m'accompagner chez M. le juge d'instruction, qui après l'avoir entendue l'a mise en état de détention.

— Arrêtée!

— Cette mesure douloureuse ne pouvait pas être plus longtemps différée: sans ressources connues, madame Fourcy a trouvé le moyen de payer trois cent mille francs; comment s'est-elle procuré cette somme? Il y a pour elle obligation d'autant plus rigoureuse à répondre, qu'ayant eu entre les mains un cahier de mandats de la Banque de France, elle n'a pas pu représenter un de ces mandats qui a été volé, prétend-elle, et qui, rempli et signé par un faussaire, a été présenté à la Banque, laquelle a payé au porteur trois cent mille francs, somme égale à celle que madame Fourcy devait. Nous, nous soutenons que c'est elle qui a dérobé le mandat et que c'est son complice qui l'a touché. Nous n'avons pas encore le complice; mais le meilleur moyen de le découvrir, c'est d'avoir entre les mains le coupable principal; et nous l'avons. Maintenant il est probable que nous n'aurons plus besoin que de quelques jours, de quelques heures peut-être pour trouver ce complice. Ainsi nous aurons mené à bonne fin une affaire qui, je vous l'avoue, nous a donné du tracas non qu'elle fût compliquée ou mystérieuse, mais parce que ses acteurs occupaient un rang social qui rendait nos recherches assez difficiles, et nous imposait en tous cas une certaine délicatesse dans nos procédés d'investigation.

Si par ces quelques mots discrets le commissaire avait cherché les compliments et les remerciements de M. Charlemont, il n'avait pas réussi: M. Charlemont était resté sans répondre, atterré, et une seule parole était sortie de ses lèvres:

— Mon pauvre Jacques.

— C'est justement à M. Fourcy, à sa douleur que j'ai pensé, et c'est ce qui m'a inspiré cette démarche: ne faut-il pas qu'il apprenne la vérité?

— Elle va l'écraser.

— Peut-être lui serait-elle moins cruelle de votre bouche que de la mienne. Le rôle que j'ai rempli dans cette triste affaire et que mon devoir professionnel m'imposait, doit me rendre odieux à ce pauvre homme si rudement frappé dans son honneur et dans sa tendresse, car il adore sa femme, le malheureux. Vous, monsieur, il vous aime, il vous estime et il vous écoutera comme il ne pourrait pas m'écouter, moi en qui il verrait l'instrument de cette catastrophe. Je vous demande donc la permission de me retirer.

M. Charlemont n'aimait pas les scènes dramatiques et il avait horreur des émotions violentes, mais en cette circonstance, et pour la première fois de sa vie peut-être, il n'avait pas commencé par penser à lui: son pauvre Jacques.

—Vous avez raison, monsieur, il vaut mieux en effet, que vous ne lui portiez pas vous-même ce coup qui peut le tuer ou le rendre fou.

Et le commissaire s'était dirigé vers la porte; mais M. Charlemont l'avait retenu:

—Si le malheureux veut voir sa femme, le pourra-t-il?

—Cela dépend de M. le juge d'instruction.

XL

Au moment où le commissaire aux délégations allait ouvrir la porte pour sortir, Fourcy était entré; mais le commissaire ne s'était arrêté que tout juste le temps de saluer.

—M. Charlemont vous expliquera ce qui m'amenait, dit-il en s'adressant
à Fourcy.

Et vivement il sortit sans se retourner.

Cette brusque arrivée de Fourcy avait surpris M. Charlemont qui n'avait pas eu le temps de se préparer; il s'établit donc un moment de silence et ils restèrent en face l'un de l'autre, debout, sans faire un pas, à la place même où le commissaire venait de les laisser; chacun se demandant comment dire ce qu'il avait à dire: Fourcy la trahison de sa femme et de Robert; M. Charlemont la culpabilité possible, et l'arrestation de madame Fourcy.

Fourcy, trop profondément bouleversé pour réfléchir ne pouvait faire un effort de volonté assez puissant pour ressaisir sa raison.

Et M. Charlemont, en voyant le trouble désordonné de Fourcy, son agitation fébrile, sa pâleur mortelle, son tremblement, n'osait risquer une parole qui pouvait tuer le malheureux homme.

Cependant il fallait qu'il parlât sous peine d'exaspérer cette angoisse déjà si violente.

Se décidant enfin, il vint à lui et brusquement il lui prit les deux mains:

—Mon bon Jacques, tu sais combien je t'aime, dit-il, tu sais que tu n'as pas de meilleur ami que moi, et que quoi qu'il arrive, je serai toujours pour toi un camarade, un frère.

Sans répondre Fourcy le regarda avec effarement.

—Et bien oui, c'est un coup, un coup terrible que je vais te porter; je voudrais trouver des ménagements pour te l'adoucir, mais je suis si troublé, si ému.

Fourcy se cacha le visage entre ses deux mains, puis, après un moment, les abaissant à demi et courbant la tête, d'une voix brisée, il dit:

—Je sais tout.

—Ah!

—Je viens de voir le bijoutier qui a vendu à Robert le collier de diamants qu'il lui a donné... elle que j'aimais tant... la misérable! recevoir de l'argent de votre fils!

Et éclatant en sanglots, il se jeta dans les bras de M. Charlemont.

—Ah! mes enfants, mes enfants!

Mais M. Charlemont ne répondit pas à cette étreinte désespérée.

Abasourdi, consterné, il se tenait les bras ballants, se demandant s'il avait réellement entendu les mots qu'il se répétait machinalement comme pour leur donner un sens.

Robert, l'amant de madame Fourcy; la femme de son Jacques, la maîtresse de son fils!

C'était bien cela que disait Fourcy, cependant.

Sans bien savoir ce qu'il faisait, il murmura:

—C'est impossible!

Fourcy ne répondit que par un sanglot.

Alors, bien que M. Charlemont ne fût pas expansif, il prit ce malheureux dans ses bras, et comme il eût fait avec un enfant, il l'embrassa:

—Mon pauvre garçon!

Mais tout à coup il se dégagea et, prenant Fourcy par la main:

—Tu dis qu'il lui a donné un collier en diamants, s'écria-t-il.

— Un collier de soixante mille francs et bien d'autres bijoux encore, sans doute, notamment le bracelet qu'il a fait payer par la caisse.

— Tu en es sûr?

— Pour le collier, oui, je viens de voir le livre, du bijoutier, et le bijoutier m'a dit qu'il avait vendu le collier que je lui représentais à M. Robert Charlemont.

— Eh bien, c'est Robert qui lui a donné aussi les trois cent mille francs qu'elle a perdus dans les affaires Heynecart.

Fourcy le regarda sans comprendre.

— C'est vrai, tu ne sais pas, s'écria M. Charlemont.

Et comme il croyait n'avoir plus de ménagements à garder, en quelques mots il expliqua ce que le commissaire venait de lui raconter: la perte des trois cent mille francs dans les affaire Heynecart et le payement de cette somme aux mains de La Parisière en trois cents billets de banque de mille francs.

— Tu comprends maintenant où elle a eu ces trois cent mille francs; soit qu'elle ait remis un mandat blanc à Robert, soit que celui-ci qui entrait dans sa chambre comme il voulait, se soit approprié ce mandat, c'est lui qui l'a rempli, qui l'a signé de ton nom, qui a touché la somme à la Banque et qui la lui a donnée. Est-ce clair maintenant? Ne vois-tu pas comment les choses se sont passées? ta... cette femme expliquant à son amant qu'elle a perdu trois cent mille francs qu'il faut qu'elle paye sous peine d'être déshonorée, et celui-ci, dans un élan d'enthousiasme passionné, les lui promettant, les cherchant partout, les demandant à tous, et quand il n'a pas pu se les procurer, les volant à son père. Avais-je raison, quand je disais que c'était lui?

— Mon Dieu! murmura Fourcy.

— Oui, c'est horrible! horrible pour toi, horrible pour moi; ta femme coupable! mon fils voleur! ton honneur, le mien perdus; et pourquoi?

Ils restèrent quelques instants accablés, mais non également. Car ce n'était pas seulement son honneur perdu que Fourcy pleurait, c'était aussi son amour, ses vingt années de tendresse, de confiance, de bonheur, de tout cela il ne resterait donc pour lui qu'un souvenir empoisonné.

Tout à coup, M. Charlemont, beaucoup moins abattu et qui suivait sa pensée, s'écria:

—Au moins, dans ce malheur terrible, nous pouvons nous raccrocher à cela, qu'un fils qui vole son père échappe à la justice. Robert coupable rend la femme libre.

—Libre?

—Les déclarations de La Parisière l'ont fait mettre en état de détention.

—En prison!

—Nous allons lui faire rendre la liberté; Robert reconnu coupable du vol, l'affaire ne peut plus avoir de suite, et fût-elle sa complice, l'eût-elle poussé à ce vol, que nous devons désormais n'avoir qu'un but: la faire reconnaître innocente par la justice, sinon pour elle, au moins pour toi, pour tes enfants; viens avec moi au Palais de justice.

—Mais...

—Je ne te quitte pas; en nous hâtant nous avons chance de trouver encore le juge d'instruction à son cabinet; viens, viens.

Et il l'entraîna.

En route Fourcy ne prononça pas un seul mot, il était dans un état de prostration complète, un être inerte, une masse de chair affaissée dans le coin de la voiture.

A un certain moment M. Charlemont, effrayé de cette immobilité, lui prit la main pour s'assurer qu'il n'était pas mort frappé par une congestion.

Ce fut seulement en arrivant sur le Pont-Neuf que Fourcy sortit de cette stupeur; alors se penchant en avant il regarda la rivière longuement et un soupir s'échappa de sa poitrine.

—Je tous attendrai dans la voiture, dit-il, je ne pourrais pas supporter les questions du juge d'instruction: d'ailleurs que lui dirais-je?

M. Charlemont eut peur de le laisser seul, car il avait vu le regard que Fourcy avait jeté sur la rivière et il en avait compris l'expression, il voulut donc insister pour l'emmener avec lui, mais Fourcy persista dans son refus:

—Ne craignez pas que j'oublie mes enfants, dit-il, pourrais-je les laisser à leur mère?

—Je vais revenir aussi vite que possible, dit M. Charlemont.

Et en courant comme un jeune homme, il monta les marches de l'escalier du Palais.

Mais, malgré sa promesse, il fut longtemps avant de revenir; enfin, Fourcy le vit reparaître et sautant en bas de la voiture, il courut au-devant de lui:

—Eh bien? cria-t-il de loin.

—Je n'ai rien pu obtenir; il faut les aveux de Robert et sa comparution: explications, supplications, offre de caution, le juge d'instruction et, après lui, le procureur général n'ont rien écouté. Heureusement, Robert qui doit toucher demain, à Londres, un chèque que je lui ai fait envoyer ce matin, trouvera chez MM. Bass et Crawford un télégramme qui le rappellera à Paris; il peut être demain soir ici; entrons au télégraphe, que j'envoie cette dépêche.

—Et maintenant? demanda M. Charlemont lorsque la dépêche fut remise au guichet.

—Je n'ai dans mon trouble qu'une pensée: les enfants. Si terrible que cela soit pour moi, il faut que je rentre dans cette maison de Nogent et que je leur explique pourquoi leur mère est absente, car je ferai tout au monde pour qu'ils n'apprennent pas l'horrible vérité: leur mère!

—Veux-tu que je t'accompagne?

—Je crois, autant que je peux croire quelque chose, qu'il vaut mieux que je sois seul avec eux.

—Eh bien, je vais au moins te conduire jusque chez toi.

Mais à l'entrée du village Fourcy voulut descendre de voiture.

—A demain, dit M. Charlemont en lui serrant les mains longuement à plusieurs reprises…

—Oui, demain, je vous dirai mes résolutions.

Marcelle accourut à lui:

—Ah! te voilà, dit-elle, quel bonheur, tu étais si troublé quand tu es parti que j'avais peur; étais-je folle; et maman?

Il sentit ses jambes trembler sous lui, mais il se raidit.

—Ta maman ne rentrera pas aujourd'hui; elle reste à Paris.

—Tu me fais peur.

—Il ne faut pas avoir peur, chère fille.

—Elle est malade!

—Non, je te jure, tu entends, je te jure qu'elle n'est pas malade, c'est pour une affaire… grave que je t'expliquerai, pour le moment, je ne peux rien te dire; laisse-moi monter à ma chambre, j'ai quelques mots à écrire.

Il n'avait rien à écrire, il avait à crier sa douleur; vivement il s'enferma, il étouffait; quelques instants de plus et il ne pouvait pas résister à l'élan qui le poussait dans les bras de sa fille.

Il était enfermé depuis assez longtemps déjà, lorsqu'on frappa à la porte: il reconnut la voix de Lucien: le fils maintenant.

Il alla ouvrir, Lucien se précipita dans la chambre:

—Père, est-ce possible?

Et il tendit un journal à son père.

—Où est mère?

—Elle ne rentrera pas ce soir.

—Alors c'est donc vrai?

—… Tu sens bien qu'elle est innocente.

—Ah! père!

Et Lucien se jeta dans les bras que son père lui tendait, et sans paroles, longuement ils pleurèrent aux bras l'un de l'autre.

Mais Fourcy ne put pas s'abandonner.

—Pensons à ta soeur, dit-il, je voulais lui cacher la vérité, mais maintenant c'est impossible; il faut la lui apprendre; tu me soutiendras... mon fils.

XLI

Fourcy ne s'était pas couché, il avait passé la nuit enfermé dans sa chambre, tantôt marchant en long et en large, tantôt se jetant dans un fauteuil, se levant, s'asseyant, et, quand le hasard de sa course l'amenait à la porte de la chambre de sa femme, se rejetant en arrière désespérément.

Il fallait qu'il décidât la vie nouvelle qui commençait pour lui, celle de ses enfants.

Pour sa femme, c'était fini; il ne la reverrait jamais; ce n'était pas sans une affreuse douleur, la plus cruelle qu'il eût éprouvée depuis qu'il était au monde, qu'il prenait cette résolution, mais c'était sans hésitation, jamais plus il ne s'échangerait entre eux ni un regard, ni une parole.

Mais ses enfants?

Mais lui-même?

Pour ses enfants, il ne pouvait les lui laisser, c'était une femme perdue, ce n'était plus une mère, et puis, d'ailleurs, comment vivrait-il sans eux dans l'horrible isolement où il allait se trouver plongé: il avait été bon père; il n'avait pensé qu'à eux; elle, qu'avait-elle été!

Pour lui, il quitterait Paris, il quitterait la France; sans doute c'était sacrifier la fortune et cette position qu'il avait été si heureux, si glorieux d'obtenir après quarante années d'efforts, mais mieux valait la misère que la honte; pouvait-il rester à la tête de la maison Charlemont, pouvait-il être un jour l'associé de l'amant de sa femme? Tout ce qu'il pouvait accepter de M. Charlemont maintenant, c'était une place d'employé dans leur succursale d'Odessa où une tête intelligente et une main ferme pouvait rendre les plus grands services. Ce serait donc à Odessa qu'il irait avec Lucien et Marcelle recommencer la lutte à cinquante-six ans, travailler pour les siens, leur refaire une petite fortune, après avoir payé les trois cent mille francs que Robert avait volés pour elle.

Longues avaient été ses hésitations, cruels avaient été ses déchirements avant d'arrêter ces résolutions si graves pour lui et pour ses enfants.

Combien souvent s'était-il demandé si dans l'état de bouleversement où il était jeté, il pouvait s'arrêter à un parti. Et cependant il fallait qu'il se décidât et que le matin il fît connaître sa résolution à ses enfants, puisque le soir même elle allait être mise en liberté.

Mais dans son trouble, il y avait une chose qu'il n'avait pas prévue: les raisons qu'il devrait donner à ses enfants pour justifier ces résolutions.

Au mot de séparation, tous deux avaient été stupéfaits et leurs regards sinon leurs paroles lui avaient demandé anxieusement pourquoi cette séparation puisque leur mère était innocente.

Alors il avait senti combien sa situation était mauvaise; il ne pouvait pas accuser leur mère, et ne pas l'accuser c'était en quelque sorte s'accuser soi-même.

Il n'avait pu parler que de la question d'argent:

—Votre mère, malgré moi, a fait ce que je n'ai jamais voulu faire: des spéculations. Elle a profité de sa situation, c'est-à-dire de ma situation, pour obtenir de l'argent de ceux qui avaient besoin de l'influence et du crédit de la maison Charlemont. Avec cet argent, elle a acheté ce mobilier qui a une grande valeur; elle a fait des affaires; peut-être même s'est enrichie. Je n'en sais rien, et ne veux pas le savoir. Mais ce que je sais, c'est qu'elle a compromis ma réputation d'honnête homme, et qu'elle a rendu ma situation dans la maison Charlemont impossible; de même qu'elle a rendu celle de Lucien impossible aussi. Un établissement qui se respecte n'emploie pas des gens qui font trafic de leur influence pour faire des bénéfices personnels sans s'inquiéter de savoir ce que ces bénéfices coûteront à la caisse ou à la considération de leur maison. Sans en avoir conscience, je veux le croire, je le crois, votre mère m'a déshonoré....

Bien qu'il ne voulût donner à ce mot qu'un sens restreint, il en eut peur lorsqu'il l'eut prononcé, et tout de suite il s'empressa de l'expliquer:

—... Dans le monde des affaires, je veux dire, où ma réputation est perdue. Combien m'accuseraient de m'être entendu avec votre mère si je n'accomplissais pas cette séparation... plus douloureuse pour moi que vous ne pourrez jamais l'imaginer, bien que vous ayez été témoins chaque jour de... la tendresse avec laquelle j'aimais votre mère.

Et comme il se sentait prêt à succomber à l'émotion, il se hâta d'arriver à la conclusion.

—Je vais annoncer à M. Charlemont que je renonce à la situation qu'il m'avait faite.

—Eh quoi! s'écria Lucien.

—Il le faut; ce n'est pas toi, mon fils, qui ferais passer la fortune avant l'honneur; et dans quelques jours, demain peut-être, nous aurons quitté Paris pour aller à Odessa où je pourrai travailler la tête haute.

—Mon Dieu! murmura Marcelle.

Ce cri remua Fourcy jusque dans les entrailles: c'était à Evangelista qu'elle pensait, à son amour perdu, à son mariage manqué.

Hélas! la pauvre enfant, c'était son premier chagrin, et c'était lui, son père, qui en porterait la responsabilité, comme il porterait celle de la déception qu'il infligeait à son fils. Etait-il situation plus malheureuse, plus misérable que la sienne? responsable de tout, coupable de rien; ce n'était pas assez de ses propres souffrances, il fallait qu'il fît lui-même souffrir ceux qu'il aimait si tendrement, et, quand il avait si grand besoin de recevoir d'eux une consolation et un soutien, qu'il les éloignât de lui.

Doucement il la prit dans ses bras:

—N'oublie pas, ma mignonne, que quand même nous resterions à Paris, certains projets possibles hier, sont impossibles aujourd'hui; fille d'un homme sans position, tu n'es plus ce que tu étais, fille de l'associé de la maison Charlemont.

Le mot juste, c'était «fille de madame Fourcy», mais ce mot, il ne pouvait pas le dire.

Après les enfants, il avait une autre tâche non moins cruelle à remplir auprès de M. Charlemont, à qui il devait annoncer son prochain départ.

Il fallait donc qu'il allât à Paris; mais en approchant de la gare de Nogent, il lui sembla que tous les gens qui le connaissaient, ou qui simplement voyageaient avec lui d'ordinaire, le regardaient curieusement en chuchotant ou en se faisant des signes; la honte le serra à la gorge; il n'eut pas le courage d'entrer dans la gare, mais prenant le pont, il gagna le bois, et, par des chemins peu fréquentés, il se rendit à Vincennes, où il monta en tramway.

M. Charlemont était rue Royale, l'attendant, car pour la première fois depuis longtemps, il avait couché chez lui.

— Eh bien, mon pauvre Jacques, comment es-tu?

— Je ne sais pas; je ne m'occupe pas de cela.

Et il expliqua ce dont il s'était occupé; ce qu'il avait résolu.

— Tu veux que nous nous séparions! s'écria M. Charlemont.

— Il le faut.

— Tu es fou; la douleur te fait perdre la raison; ne parlons pas de cela en ce moment.

— Parlons-en au contraire pour n'y plus revenir, car je ne serais pas en état peut-être de m'imposer un nouvel effort; le coeur me manque à la pensée de quitter cette maison dans laquelle j'ai été élevé, où j'ai grandi, où j'espérais mourir; c'est la mort dans l'âme, vous le sentez bien, n'est-ce pas, que je me sépare de vous.

Il se détourna pour cacher les larmes qui emplissaient ses yeux.

— Alors ne nous séparons pas.

— Il le faut.

— Mais c'est ma ruine!

— Non la vôtre, mais la mienne.

— N'est-ce pas la même chose?

Fourcy ne releva pas ce cri égoïste; tant bien que mal il expliqua sa résolution d'aller à Odessa, en même temps qu'il expliqua aussi comment et par qui il pouvait être remplacé à la tête de la maison de Paris.

Mais M. Charlemont ne se rendit pas à ses raisons:

—Si tu devais te trouver en relations avec mon fils, je comprendrais tes scrupules, cela, en effet, serait intolérable; mais tu n'as pas ce danger à craindre: Robert ne restera pas à Paris; je vais l'attendre à la descente du chemin de fer, je le conduirai au Palais de justice, et je le remettrai en wagon pour qu'il retourne à Londres d'où il ne reviendra pas. Quant à le voir me remplacer comme héritier, cela n'est pas probable, de sitôt au moins, je suis solide; d'ailleurs cela se réalisât-il qu'il serait temps de faire alors ce que tu veux faire aujourd'hui. Pense à tes enfants que tu vas ruiner; pense à moi.

—Je pense à mon honneur.

—Mais ton honneur sera-t-il mieux défendu si tu t'enfuis, que si bravement tu fais tête à l'orage?

Et avec plus de chaleur qu'il n'en montrait d'ordinaire, M. Charlemont développa ce thème, que la honte d'une femme n'atteint qu'elle et ne rejaillit pas sur son mari.

—Vas-tu sacrifier ta fortune, vas-tu sacrifier tes enfants, vas-tu me sacrifier à je ne sais quel orgueil mal placé?

Fourcy avait écouté ce discours la tête basse, en proie à la plus violente émotion, tout à coup il la releva et venant à M. Charlemont d'un bond:

—Non à mon orgueil, s'écria-t-il, mais à mon amour; vous ne sentez donc pas que si je la fuis, c'est que je l'aime!

—Comment!

—Cela est lâche, cela est misérable, tout ce que vous voudrez, vous avez raison; mais je l'aime! Voulez-vous que je m'expose à me trouver en face d'elle? Qui sait alors ce qui se passerait? voulez-vous que j'aie la lâcheté dans un mois, dans six mois de retourner à elle? Alors pour qui serait le déshonneur? Vous voyez bien qu'il faut que je parte; et tout de suite, au plus vite.

M. Charlemont lui prit les deux mains.

—Mon pauvres Jacques!

Mais après cette expansion de sympathie et de commisération, il eut un retour sur lui-même qu'il ne put pas s'empêcher d'exprimer:

—Et quand je pense, dit-il, qu'il y a d'honnêtes gens qui me font un crime de n'avoir jamais aimé que des filles; eh bien! non, ma parole d'honneur, il n'y a que ça.

XLII

Ce ne fut ni ce jour-là, ni le lendemain, ni le surlendemain que madame Fourcy vit finir sa détention; malgré les aveux et les explications de Robert, l'affaire était en effet plus compliquée que M. Charlemont ne l'avait cru tout d'abord, car s'il y a un article du code pénal qui dit que les soustractions commises par les enfants au préjudice de leurs père ou mère ne peuvent donner lieu qu'à des réparations civiles, la fin du même article dit aussi que ceux qui auraient recelé ou appliqué à leur profit tout ou partie de ce qui aurait été soustrait seront punis comme coupables de vol.

Il fallut manoeuvrer adroitement, arranger les choses, changer le caractère du vol, faire agir des influences toutes-puissantes pour arracher sa mise en liberté.

Ce fut M. Charlemont qui mena toute cette affaire, et bien qu'il trouvât que madame Fourcy était très justement en prison et qu'on agirait sagement en l'y laissant toujours, il ne négligea rien pour l'en faire sortir au plus vite, montrant un zèle et une activité vraiment extraordinaires chez un homme qui n'avait jamais eu souci que de ses plaisirs.

Enfin le juge d'instruction ayant rendu une ordonnance portant qu'il n'y avait lieu à suivre contre la dame Fourcy, le procureur de la République ordonna qu'elle fût mise en liberté si elle n'était retenue pour autre cause.

Fourcy avait demandé à M. Charlemont de faire connaître ses résolutions à sa femme et celui-ci avait consenti à se charger de cette mission, ainsi qu'à régler tout ce qui avait rapport à la séparation; aussitôt qu'il la sut libre et installée dans son appartement de Paris, il se présenta donc chez elle, après toutefois qu'il l'eût fait prévenir de sa visite.

Si cette entrevue était cruelle pour madame Fourcy, pour lui elle était difficile, car il devait oublier qu'il avait devant lui la femme qui avait perdu son fils et déshonoré son nom, pour ne penser qu'à son pauvre Jacques et aux intérêts sacrés qu'il lui avait confiés.

Ils restèrent un moment en face l'un de l'autre sans parler.

Ce fut madame Fourcy qui commença:

—Je ne dirai pas que je suis heureuse de vous voir, et cependant la vérité est que, malgré mon trouble, je profite de l'occasion qui m'est offerte de traiter avec vous cette déplorable affaire des trois cent mille francs que M. Robert m'a prêtés, et que je vous rendrai aussitôt que je pourrai négocier certaines valeurs qui étaient le gage de cet emprunt.

—Ah! c'était un emprunt, dit M. Charlemont.

—Et que voudriez-vous que ce fût?

—Ce qu'a été le collier; mais je ne suis pas ici pour discuter cette question des trois cent mille francs, pas plus que celle du collier, j'y suis pour vous apporter les intentions de votre mari, que vous connaissez déjà en partie et rien que pour cela, ne nous égarons donc pas: ces intentions, les voici: séparation amiable, c'est-à-dire sans intervention de la justice; liquidation de la communauté avec vente de la maison de Nogent et reprise par vous du mobilier qui la garnit, ainsi que de celui qui se trouve dans votre appartement; enfin, engagement formel de votre part de ne jamais chercher à revoir ni votre mari ni vos enfants.

—Pour ce qui est affaires je me soumettrai à tout ce que mon mari voudra; mais quant à ne pas le revoir, je ne prendrai jamais cet engagement, car mon plus ardent désir, mon espérance est au contraire de le revoir un jour, et si je ne vais pas en ce moment me jeter à ses genoux, c'est uniquement pour ne pas retarder cette réconciliation en essayant précisément de la brusquer; le temps agira; je mets ma confiance en lui; quant à mes enfants, je prendrai encore bien moins l'engagement qu'on veut m'imposer; c'est à eux seuls de décider s'ils veulent ou ne veulent pas revoir leur mère: pour moi, leur réponse est certaine, et je ne vous cache pas que c'est sur eux que je compte pour ramener mon mari et lui faire reprendre sa position à Paris, près de vous et dans le monde, qu'un coup de désespoir, c'est-à-dire de folie, lui fait abandonner.

Elle prononça ces derniers mots simplement, mais cependant en les soulignant de manière à bien dire à M. Charlemont: «Si vous tenez à votre Jacques, voilà le moyen de l'avoir.»

M. Charlemont, sans rien répliquer, reporta ces paroles à Fourcy.

—C'est bien, dit celui-ci, nous partirons ce soir même; rien ne me retient à Paris; à Odessa, je saurai me défendre et défendre les enfants s'il le faut.

—Emmèneras-tu donc les enfants sans qu'ils fassent leurs adieux à leur mère? dit M. Charlemont.

Fourcy le regarda avec inquiétude, longuement.

—Elle peut mourir. Pense à la responsabilité dont tu te chargerais, celle que tu prends est déjà terriblement lourde. Il ne faut pas que tes enfants puissent t'adresser un reproche. Il ne faut pas que tu puisses t'en adresser toi-même. Après tout elle est leur mère.

—C'est là leur malheur, hélas!

—Sans doute, mais quelle que soit sa faute, cette faute n'empêche pas qu'elle ait été bonne et dévouée pour eux.

Fourcy était profondément bouleversé par ces paroles qui ne traduisaient que trop justement ce que plus d'une fois il s'était dit tout bas depuis qu'il avait arrêté sa résolution.

—Alors votre avis est..., demanda-t-il.

—Je n'ai pas d'avis; tout ce que je peux dire, c'est ce que je ferais si j'étais à ta place.

—Eh bien?

—Eh bien, je les enverrais chez leur mère.

—Et si elle les garde?

—Elle ne peut pas les retenir de force; ce ne sont plus des petits enfants; ils doivent comprendre la gravité de la situation; et ils la comprennent, sois-en sûr; c'est pour cela qu'en leur annonçant que vous partez ce soir, je leur demanderais s'il veulent voir leur mère avant; ils décideraient ainsi eux-mêmes et ta responsabilité serait couverte.

La réponse de Lucien et de Marcelle fut la même: ils voulaient voir leur mère.

Ce fut dans ses bras qu'elle les reçut; et ce fut dans une crise de larmes que tous les trois ils s'embrassèrent.

Il s'écoula un temps assez long sans que madame Fourcy abordât la question de leur prochain départ, mais enfin elle se décida:

—Que votre père s'éloigne de moi, je ne peux pas me plaindre, car je reconnais qu'en faisant à son insu ces spéculations qu'il ne voulait pas risquer lui-même, je lui ai causé une grande douleur. Mais pour qui les ai-je faites, ces spéculations? pour vous. Pour qui ai-je voulu m'enrichir, pour qui me suis-je enrichie? pour vous. Malgré cela, malgré la légitimité de mon but, je comprends combien sa douleur et sa colère doivent être terribles; et c'est pour cela que je n'ose rien tenter en ce moment pour le faire renoncer à sa résolution; mais vous pensez bien, n'est-ce pas, que je n'abandonne pas l'espoir de le ramener plus tard... bientôt même si vous voulez m'aider. Pour cela vous n'avez plus qu'une chose à faire: lui demander de ne pas l'accompagner en Russie. Soyez sûrs que si vous restez, il reviendra; il reviendra à vous d'abord, à moi ensuite, et nous reprendrons tous notre ancienne existence, où nous étions si heureux. Ce bonheur dépend donc de vous. Partez et nous serons séparés à jamais. Restez et nous serons bientôt réunis. Parlez et la position de votre père à la tête de la maison Charlemont est perdue; l'avenir de Lucien est sacrifié; le mariage de Marcelle est manqué. Restez, votre père reprend sa position, Lucien continue à se pousser dans la maison Charlemont, et le mariage de Marcelle se fait.

Et comme Lucien et Marcelle avaient laissé échappé un mouvement:

—Je ne parle pas à la légère: ni pour M. Charlemont qui ne désire rien tant que garder votre père et Lucien, ni pour le marquis Collio que je viens de voir. Si je disais à Marcelle qu'il n'a pas été ébranlé dans ses intentions par ce qui s'est passé, je ne serais pas sincère; mais il a compris la situation, et si vous restez à Paris près de votre mère qui se trouvera ainsi protégée contre la flétrissure que le monde m'infligerait dans le cas où vous m'abandonneriez; si d'autre part il peut espérer que cette séparation entre votre père et moi n'est que passagère, il persiste dans sa demande et dans un mois j'ai la joie, chère fille, de donner une dot d'un million à ton mari en signant ton contrat de mariage. Il est bien entendu que le jour où Lucien se mariera, il aura la même dot. Voilà ce que vous pouvez. Vous voyez que votre bonheur, celui de votre père, et le mien est entre vos mains.

Comment auraient-ils résisté à de pareils arguments?

Aussi n'y résistèrent-ils point.

Mais le difficile pour eux était de demander à leur père de ne pas partir avec lui.

Ce fut à chercher ce moyen qu'ils employèrent le temps de leur retour près de lui.

Enfin il fut décidé que ce serait Marcelle qui prendrait la parole, la demande d'Evangelista lui donnant une ouverture.

—Sais-tu, père, que tu avais mal jugé le marquis Collio, dit-elle, rouge de confusion et tremblante d'anxiété.

—Comment cela?

—Il persiste dans son projet de mariage… si… nous restons à Paris… près de maman.

Lucien lui vint en aide, et acheva ce qu'elle n'avait plus la force de dire.

Fourcy fut anéanti.

—Je ne pars pas ce soir, dit-il.

Ils se jetèrent dans ses bras et l'étouffèrent de leurs caresses.

Il les repoussa doucement:

—Je verrai le marquis Collio, demain, dit-il.

Evangelista confirma ce qu'avait dit madame Fourcy, mais sans parler du retour possible de Fourcy, la leçon lui ayant été faite et bien faite à ce sujet par sa future belle-mère.

Fourcy rentra à Nogent plus malheureux qu'il ne l'avait encore été peut-être.

Ses enfants qui l'attendaient accoururent au-devant de lui:

—J'avais compté sur vous pour me soutenir, dit-il, mais je sens que je n'ai pas le droit de vous sacrifier; restez près de votre mère; moi, je pars; vous me conduirez ce soir à la gare.

Puis, cédant à la douleur et à l'attendrissement, il les prit tous deux dans ses bras et fondit en larmes:

—Oh! mes enfants!

FIN